大方
sight

U0452519

你们去荒野

赵松 著

中信出版集团 | 北京

图书在版编目（CIP）数据

你们去荒野 / 赵松著. -- 北京：中信出版社，
2024.8. -- ISBN 978-7-5217-6664-6
Ⅰ. I247.7
中国国家版本馆 CIP 数据核字第 2024Y6L467 号

你们去荒野
著者：　赵　松
出版发行：中信出版集团股份有限公司
　　　　　（北京市朝阳区东三环北路 27 号嘉铭中心　邮编　100020）
承印者：　河北鹏润印刷有限公司

开本：880mm×1230mm 1/32	印张：10.5	字数：204 千字
版次：2024 年 8 月第 1 版		印次：2024 年 8 月第 1 次印刷

书号：ISBN 978-7-5217-6664-6
定价：69.00 元

版权所有·侵权必究
如有印刷、装订问题，本公司负责调换。
服务热线：400-600-8099
投稿邮箱：author@citicpub.com

你们去荒野,为了看什么?不会是风摇芦苇吧?

——《马太福音》

目录

盒子　1

幸存者　39

大理冰期　77

那个太平洋上的小岛　113

我的眼睛如何融化　147

豪华游轮　179

瞳　235

极限　279

SORRY　309

盒 子

0

黄昏的余晖泛起时,树荫下那些铸铜人像的磨光处就会闪耀淡金的光泽。那是无数人手摩挲出来的,在肩头,在脸颊,或是额头、鼻尖、手上,还有衣服褶皱处,而那些很少被触及的地方,则保留着模糊微绿的氧化层,落满了极细的灰尘。要是不看下面铜牌上的文字,你是不会记得他们是谁的。可是,就算你曾一次又一次地看过那些文字,过后也还是会忘了他们是谁。

被这些细节诱发的意识总是短暂的。当你停在那里,在某个铜像前,在某个瞬间忽然转过头去,眯起眼,看那从低矮老建筑顶上射来的残余日光时,还没等你再多想点什么,那光就黯淡了。即使周遭的声音并没有变化,你也会觉得一切忽然安静了。接续日常时间的,是这老路本身的时间,它就像重新漫涨的湖水,悄无声息地淹没了这里。你，以及这里的所有，都是透明的，在轻微波动……有那么一刹那，你甚至会下意识地伸手轻轻触摸一下自己的脸庞，就像要触碰那些波纹漫过时留下的痕迹。

你知道，这种观感并非源自眼睛，而是与当年她写给你的那些邮件里的文字有关，它们早已在不知不觉中渗入了你的脑海，在沟回复杂的大脑皮质层里扎了根，随后就在等待着这样的时刻，等你出现在这里，驻足凝视这一切。接着，它们就忽然涌现，重赋那些事物以形色，并与你的观感融而为一。那时你还在纽约大学读艺术史和摄影，把大量的时间耗在布鲁克林的那些陈旧街道和建筑上，几乎每天都在徒劳地琢磨着，如何为这片地区完成一部图像的传记。

临离开纽约去上海之前，她还跟你开玩笑——说实话啊，你这几乎是不可能完成的计划，最后的结果，可能就是你自个儿迷失在里面，被那些数不清的照片淹没，窒息……布鲁克林这个鬼地方，就像纽约这座城市一样，是不属于你也不属于我的，跟你我都没什么关系，就算你每天都在想着法子深入其中，到头来能得到的也不过是些表面的东西……它就像，你从来都没有真正了解却又觉得熟悉的人，你观察，记录细节，感觉了然一切，可有一天呢，这人只不过是随便说了句什么，就能把那一切都毁了，只给你留个陌生的形象，然后你就会觉得，自己其实从未真正靠近过此人，有过的只不过是些类似于梦的残余而已……当然也有可能，我是错的,你是对的,说不定过不了多久,我还在机场等着登机的时候,就推翻自己的这些听起来有点自以为是的想法呢?别忘了给我写邮件。

"我现在做的。"她后来在邮件里写道,"其实跟你做的这些事,多少有点类似……我在上海的一条很老也很短的弯路上,每天去拍它的各种细节,它的那些建筑,它的那些植物,它的那些老套的雕塑,还有那些每天在这里来来去去的人……我想从中找我要的感觉,好让我多少能想明白,究竟该怎么去设计那个他们想要的现代美术馆,在邻近路口的那块空地上,看着它慢慢地变成现实……可是我每天每小时每分钟都在异常清楚地感觉到,我拍下来的那些东西在覆盖我,跟它们比起来,我微不足道。你看,我说你的那些话,已经落到了我的头上……我看到的那一切,让我觉得它们不是活生生的此时此刻的事物,而是过去的……包括那些每天出现在这里的人,都是过去的……我琢磨着该怎么把这些都拉回到现在。结果呢,却被它们带走了,带回了过去。时间久了,就会觉得,那就像个深渊,引诱我,慢慢下潜,潜到很深的地方。然后发现,氧气管要断裂了……我努力上浮,速度有些快了,感觉心肺都要爆裂了……为了抵抗这种感觉,我得把自己装到一个密封的大玻璃盒子里,它也可以装满水,而我可以从底部慢慢地上浮……等我的脑袋终于露出了水面,我要看到倾斜的玻璃天窗,看到透射进来的灿烂的阳光。"

1

差不多有一年多，你们就这样发着邮件。这种方式，是她喜欢的。在她看来，邮件的非即时性可以让思考来得更为充分，还可以让人多少有些期待，否则，这个世界就太无趣了，无可期待。因此，她总是无法容忍任何便捷的交流方式，不用QQ，尽可能少用手机。

"很多时候。"她在邮件里写道，"便捷其实就是最大的障碍，令人恶心，是能把人变成话痨的陷阱，能把任何沉默或空白都变得可疑……随时随地填满，就像贪吃蛇，把碰到的东西都吃了，直到吃掉整个世界，也吃了自己……现在，我把光标移到'发送'那里，我想告诉你的是，等一会儿，在按下它的那一瞬间，看着页面的变换，我会觉得，整个世界立即变得寂静、空旷，会变得饱满，然后，想着明天中午，一觉醒来，就能看到你发来的邮件了，我会睡得安稳些。"

你完全能理解那种感觉，跟你在凌晨三四点钟处理完当天拍摄的照片，然后再去写好给她的邮件，发送出去。关掉所有的页面，关掉电脑，脱掉衣服，去沐浴间，打开浴霸，让那强烈的金色光芒跟温暖的水流一起充分地包裹身体，等待冰冷的膝盖跟小腿逐渐热起来时的感觉是相似的……那时你的脑子里是空的，除了热腾腾的水雾正弥漫你的头顶，什么都没有。而只有在这个时候，你们好像才是活在同一个世界里的,没有任何距离,没有任何障碍,甚至都不需要说点什么。

就像是为了证明你不会如她所预言的那样陷入徒劳的困境,你以更大的热情投入到拍摄布鲁克林地区这件事,还在邮件里告诉她,你找到了叙事的线索,这样也就不会迷失了……你要以那家诗歌书店为出发点,环绕着那里,向周围展开,就像把一块投入湖水中所产生的波纹那样一圈又一圈地漫延出去……没错,你就是那块石头,那天你意外地在书店里发现安塞尔姆·基弗那本厚厚的《NOTEBOOKS》,并随手翻到了那段:

"所以这些笔记被储存在大脑里,不管是纽约的还是巴雅克社区的。因为你不在纽约了,听他们的声音会让你想起纽约。这并不都对。他们不会令你听到他们所在的地方,而是在他们周围建立起一个空间。他们没有提及一个现有的空间,但听起来他们创建了一个新的空间,在纽约的什么地方建模。换句话说,这些音符与特定的空间相关联。但这听起来太死板了。"

你觉得,这些文字击中了你。而你则像石头一样击中了这个诗歌书店所在之处,这就是布鲁克林的核心……你是那些波纹,衍生漫延出那里的每个层面。你把那段基弗的话发给了她。忙碌的间隙,她表示还没看明白这段话的意思,但要祝你早日完成宏大的计划,甚至还不忘调侃你:"最后千万不要被计划本身的失控颠覆了,然后像个流亡政客那样,失魂落魄地躲起来,不敢见人哦……当然,那一天到来时,我是会收留你的,你呢,需要的只是放下身段,来我这里,用你的那套方法,来帮我研究这条短促的弯路。"

后来,她沉寂了近一个月。没有任何消息。

你不知道发生了什么。有几次,你想放弃之前的约定,直接拨打她的手机,或是干脆打她办公室的电话去询问,甚至想问她的某个好友,她怎么了,究竟在忙什么?可是出于你对她的了解,还是放弃了这些不理智的想法。你能做的,就是耐心等待。那时正是冬天,纽约很冷,布鲁克林更冷。你仍然每天凌晨给她发邮件,告诉她事情的进度,你又想到了些什么问题……最近,已经下过两场雪了,在这种柔软的物质覆盖下,纽约并没有变得柔软,而是变得更加坚硬了。这种硬度,在你的脚下是那么具体,即使是灰白脆硬的积雪在脚底下不时发出咯吱咯吱的碎裂声响,都无法消解这种具体至极的冷硬……还有,你的拍摄进程正在变得缓慢,障碍并不是她所说的那种失控,而是某些错觉。比如,有一天你醒来后,带着某个梦境的残余意识,睡眼模糊地拉开窗帘,看到外面正在下雪。可是,当你看到对面那幢只有四层高的砖墙楼房,以及前面的那几株黑树时,忽然以为自己是在东北的老家,正在看那幢熟悉得不能再熟悉的老楼……你仔细地辨认着它的每个细部,甚至还有那些黑乎乎的窗口,尤其当你发现楼角侧歪放着的那辆自行车时,就完全震惊了。你随手拿起相机，不停地按动快门，变换着焦距，不知道拍了多少张那幢楼房的照片，直到一个黑人从楼门洞里走出来。他伛偻着高大的身躯，把外套的风帽戴上，低着头，走向那条狭窄的马路……直到此刻，那种强烈的感觉才忽然消解了，就像一团雪落到深水里。

2

她的邮件终于来了。

在这封不长的邮件里，她的语气有些疲惫。这一个多月，她的精力和时间都倾注到那个美术馆的设计稿上了，所有的精力和时间。为了避免拖延症的发作，她决定暂时断绝任何与外界的交流。每天关在房间里。他们真的很有耐心，从没催促过她。那个局长还让人给她送了个很大的水果篮。"就在一个多小时前。"她向你宣布，"那个设计稿完成了，下周一，要面对评审们的合议，啊，那些头发灰白的叔叔伯伯们啊，我真的无法想象他们到底会以什么样的眼光来审视我的这个设计稿。说实话，我现在都不敢再看它一眼了，因为我已经开始觉得它有点丑陋了……我甚至会觉得，他们找我来设计它，是个无法理解的玩笑。当然现在，我想好好睡一觉，要是我能睡得着……对了，上午，我在那家旧书店里买到了我的偶像——那位美国早期建筑大师的作品图集。如我所料,他的所有作品都散发着迷人的气息。"

而你在回复里详细描述了自己在那个大雪之夜穿过文物般的布鲁克林大桥,还有最后来到被各种耀眼的屏幕所充斥的时代广场的经历……在大桥上,走到中间的时候,你看到一对老年夫妇靠在一起,默默地眺望着黑暗的河面,你看着那些雪花缓慢地落到了他们身上,觉得它们就像是黑暗本身脱落下来的,在灯光的照射下,它们是淡金色的,有一些落到了他们的肩头和围巾上,有一些落到了他们的头发上。你就这样看了很久,他们也没有动过,就像雕塑一样。而在时代广场,地面上有的只是黑乎乎的雪泥,那些大片的雪花好像还没有触及地面就消融了,两侧和前方那些高低远近不同、大小不一的亮得刺眼的屏幕上,变幻着的鲜艳图像不断撞击着你的眼睛,并在你的脑海里引发钟声般的回响,让你感觉自己好像是行走在过去的某个诡异而又喧闹的梦境里,它已不再属于你自己了,那些频繁变换的鲜艳图像已把本来只属于你的梦境变成了不再属于任何人的视界……你走着,几乎看不到什么行人,这是种涨满的空,你觉得它不只是在吞噬你,还在咀嚼你,然后吐出你,并把某种细微的痉挛感轻易地传导到你的体内。

你仔细看了她发来的那些设计稿的扫描件。很多地方都看不大懂,尤其是那些局部的,你只看个大概,试着去根据她之前描述过的那些特点去对应一下整体的效果。它是个封闭的盒子。之前,她就提到过的那个旋转铁楼梯,被放在了最里面的位置上,有人走上去时,它就会随着脚步的节奏发出咚咚咚的回响,要是不断有人走上去,这些回响就会不断地混合在一起,会重叠,会彼此呼应,就像每个人的心跳声被放大百倍后播放在音响里……这是为了表达她所说过的潜水到深处时,那种心跳急剧加速仿佛要撞开胸膛的感觉。二层展厅的高度,跟一层相比会有种突然的大幅度压低,低到足以让人觉得上面那些呈辐射状的扁方形梁木看上去好像是伸手可及,其目的是制造底部的感觉,同时也是为了表达人在水底上浮过程中忽然看到阳光在水中散开的那个界面的瞬间印象……这样接下来再回到旋转楼梯那里往上走,等来到倾斜的巨大玻璃顶下面时,那种无限量的阳光扑面落下并包裹了你的身体,你就会有种异乎寻常的温暖而又惬意的宁静。对,你并没有窒息,而是浮现在水面上……要是晚上,周围完全黑暗下来之后,你在这里就能看到开阔的夜空,周围那些据说会在不久后拆掉的老房子那时要是还在的话,就会散发着像刚落下的星星般的斑驳亮光,但最重要的并不是它们,而是远处那座轻轨站,它仿佛悬浮在半空中,当列车从里面重新出来,或是正要进入其中的时候,你就会觉得,那不是一列车厢,而是一串钻石链,正在慢慢地飘浮着靠近或远去……当那种声音逐渐消失,你会有种一切凝固静止的感觉,要是赶上天气好的时候,看到夜空里的星星,那就完美了。

  这座建筑的正面是长方形的,除了下面那个小长方形的红色门头，整个垂直的墙面都是灰色的，没有任何装饰物，也没有窗口，只会在左上角放置美术馆的英文LOGO……这样当你站在它的正前方时，就会觉得它很高，像绝壁，但又是平和的，并不会有明显的压迫感，就好像是平面化的心平气和的沉默，没有什么要表达的……要是你在空中俯瞰它，就会发现，那个玻璃斜顶简直像个异想天开的存在，有种独自偷偷地仰望天空的感觉。而那些支撑它的钢架都将被涂成朱红色，与下面那个红色门头构成了隐蔽的呼应。

3

只有想象是可以完美的。而在日常生活里，即使出现了某种近乎完美的时刻，也会意味着它很可能马上就会变成令人沮丧的终结。在那个冬天里，又下了两场大雪之后，你的那个宏大的拍摄计划突然无法进行下去了。她说对了，你发现自己对过去所做的一切失去了控制，或者说，你根本不再相信自己能掌控那海量的图片，不只是无法进入其中，还被它们慢慢地推了出来……或者说你知道，假如自己再努力做下去，就会碰到一道坚不可摧的墙壁，然后瞬间厌倦了这一切。差不多与此同时发生的，还有老妈从国内发来的那个消息，她跟老爸离婚了，双方在一段激烈的互相伤害和漫长的冷战之后，终于决定平静地分手了。也是在这个时候，你发现她又有近一个月没有联系你了。没有任何邮件。过了几天，当你鼓足勇气破坏规矩去拨打她的手机时，却发现，停机了。

跟她有过的最近一次联系，也是一个半月以前，她的高中同学JOY收到过她的邮件，还有短信。这个女孩在纽约大学读博。那天晚上，你们在纽约大学附近的那个咖啡馆里碰了头。从JOY透露的有限消息里，你所能知道的，就是她在失联前曾跟JOY谈到过设计稿完成后，被甲方要求不断修改所摧毁的耐心……他们要的不是一个封闭的盒子，她告诉JOY——他们要的是一个充满现代时尚感和光明感的开放空间，是一个让人在外面看到了就想进来转转的空间，是一个让人进来了就忍不住拍照发给朋友们的空间，是一个大胆、富有想象力又中规中矩的地方。后来，大约过了半个来月，她又跟JOY说，由于局长大人的介入，他们的态度发生了转变，基本上认同了她的方案，只是需要做些局部调整。

"不过呢，这也没那么重要了。"她在邮件里对JOY说，"在那片空地上，我坐到午夜，我看到了满天的星星，它们在缓慢地降落，向这里，向我……我觉得，足够装满我为它们准备的那个盒子了。"当然，在此期间，她也偶尔对JOY提到了你，说估计你已经迷失在布鲁克林的冬天里了，真让人怜悯，你肯定是执拗地拼尽了全力，却发现自己寸步难行……到了这个地步，她也帮不上你什么了，只能靠你自己慢慢熬着，然后再慢慢醒过来了。你早晚会醒的，说到底，你做的，不只是个无法完成的计划，还是个属于别人的梦，而不是你自己的……她也不能叫醒你。她说她自己也在一个缓慢入睡的过程中，恐怕来不及对你再说点什么了。

据JOY说，早在她还在纽约的时候，就喜欢做各种各样的盒子，当然它们都是小巧的建筑模型，里面也会有各种各样的结构。"她还送过我一个。"JOY说，"这个盒子跟其他的不一样的地方，是它上面有个斜顶，用薄玻璃做的，整个看上去有点像个储蓄盒，只是在那个玻璃下面……她还特意放了个布艺的猴子，是她的手工成果，非常小，但做工精细，一眼就能看出那是个小猴子……她还笑着告诉我说，它是个不会说猴语的猴子，所以不得不跟咱们人类混在一起了，它曾经也想过要跟咱们学会说人话，但因为记性不好，只能放弃了，当然好就好在，始终都没人发现这个问题，也没人想跟它聊点什么，这样它也乐得自在了，你说是不是呢？我把它交给你啦，你要对它负责哦。"

4

在这条路上，你走了很长时间。它确实很短，走一个来回，也不过十来分钟的事。你走了好多个来回。对，它是条弯路。走过第一个来回时，你就忽然意识到，要是从空中俯瞰，它其实有点像澳大利亚土著用来打猎的回飞镖——就是猎手将它投向猎物却没击中，它还旋转着飞回到猎手手中的那种东西。

此前在网上搜索这条路的资料时，你偶然看到一位曾在这里工作过的人写的小说，里面提到过那个美术馆，还有这条路上铺的是那种奇怪的步道砖。每到下小雨的时候，砖面就像涂了层油似的滑腻。每天早上，从美术馆后面的停车场里出来的一些骑电瓶车的人，会在左转弯时突然滑倒，被车子压在下面动弹不得，好不容易爬起来后，就把车子立在路中央，坐到美术馆门前的台阶上发呆。小说里还提到，在靠近这条路另一端的出口不远处，有家旧书店，主人是个戴花镜的又高又瘦的老爷子，每天都坐在那家小书店门口用砂纸把旧书弄干净，一直坐到晚上九点左右才关门，那时这条路上只有路灯还亮着了。小说里还写了在路中段的拐弯处，有家老电影主题咖啡馆，主人公在那里坐着等人的时候，正在放映的是个民国时期的黑白片，他坐下时，看到的是电影即将结束时的场景：一个穿着雪白连衣裙的年轻女子，正站在一幢方形高楼的顶上，风吹得她的头发都乱了，她的手抓着栏杆，慢慢地把身子挪到了护栏外。

你是在第四次经过那家老电影主题咖啡馆时，才忽然想到了这些。站在它外面，往里面看了看，你发现几乎没有客人，只有吧台后面有个人影近乎静止地站在那里。她曾在邮件里描述过这个咖啡馆，说她只进去过一次，那还是在跟甲方的人刚开始聊设计方案的时候，当时里面在放映的，是卓别林的《城市之光》。她还是头一回看这部默片。在看的过程中，她一直笑个不停。直到那个盲女恢复视力，并给了流浪汉一朵玫瑰和一些钱，然后触摸他的手，认出了他……他点点头，试着微笑，问道："你现在可以看到了吗？""是的。"女孩说，"我现在可以看到。"看到这个场景的时候，她就在那里流了好半天的眼泪。因为不久之前，她也曾想象过，自己有一天忽然失明的状态。

5

"黑暗是真实的，所以光才会是真实的。"这是她曾经对你说过的话。"反之亦然，"然后她又补充道，"这就是为什么，我现在会经常觉得，周围的一切都是不真实的……所以呢，我希望自己能创造出一个会发光的盒子。"

当时你正埋头于那些布鲁克林的图片里，焦虑于它们散发出来的某种由内而外的距离感，明明你已深入其中，却始终都无法消除这种距离感。如果你是真实的，那它们就是虚幻的；如果它们是真实的，那你就是虚幻的。你曾以为自己抓住的那些东西，不过是流动于它们表面的空气。以至于你甚至会在某个瞬间忽然觉得，她哪怕只是在不经意间随便瞄两眼那些图片，也能让你有种她就身在布鲁克林的感觉，而你却被什么东西挡在了外面。还有比这更令人恐慌的吗？

在过去的十七年里，你曾无数次想象过这条又短又弯的路，想着自己会以何种状态走近那幢与她有关的建筑。想象的无限重复与潜滋暗长，导致你始终都无法下定决心在某一天真的来到这个城市，来到这条路上。而等到你真的出现在这里，走在这条路上的时候，却发现这里的一切是如此寂静。这种寂静跟夜晚无关，跟路上有没有行人也无关，只跟长久以来的那个想象过程有关……它就像个空洞，被厚重的玻璃覆盖着，等着你靠近，并凝视它。

在你的记忆里，与她有关的一切都已变成淡淡的影子。她的样子，她的声音，她的呼吸，都是这些影子的组成部分。就像夜里投映到幽暗水面的斑驳灯光，你再也无法从中辨认任何熟悉的痕迹。你只不过逐渐清楚地意识到，自己从未进入过她的那个世界里。甚至，她所跟你说过的大部分话语，都是你没听懂的。或许，这其实就是另外一种语言，只属于她自己。而你的那些话语，对于她来说，只不过像平常的微风一样，吹过了，也就吹过了。

6

那家旧书店关门之前，你站在它的门口。正在躬身收拾台阶上那些旧书的老爷子慢慢地直起身子，有些意外地看到了你。你说你还能进去看看书吗？他说当然可以，还没到关门的时候呢。

在旧书那特有的浓郁得令你有些不舒服的气息里，你置身这狭窄的空间底部，侧身仰着头，仔细看着书架顶上堆积的那些旧书书脊上的名字。老爷子在门口站着，点了支烟，等着你。不知道在里面待了多久，你终于回过神来，从书架上抽出一本书来，是本并不厚的画册，里面收的都是与这条路有关的老照片，是个美国人在20世纪40年代拍摄的。

你把它递给老爷子，顺口说这里的书还真是挺多的啊。他笑道，这点算什么，我的仓库里还有好多呢，是这里的一百多倍，足够我再卖上十年的了。你知道他在二十年前就在这里开这个旧书店了。位于门口的那个书架侧面挂着的那几张加了塑料套膜的剪报，都是多年来当地媒体对他和这个书店的报道。

"这条路，您一定很熟了。"你接过那本画册，付了钱后随口说道。

"肯定的啦。"老爷子答道，"我闭着眼睛都知道哪里是哪里，哪条小岔路通向哪里，哪些人是这里的老人，哪些人是后来的。"

"那边路口的那个美术馆很不错，刚才路过时关门了……您平时去过那里吧？"

"哦。"老爷子愣了一下，"我是天天经过那里的啦，不过还真就没进去过。我又不懂什么艺术不艺术的，这种地方，是开给你这种有文化的人的，不是开给我们这些老头子的哈……这本书不错，你还是很有眼光的，一眼就看到了它……我跟你说啊，你看这个品相，还有这个价格,也只有我这里才有,不信你到孔夫子上看看,那价格,你是想不到的。我不来虚的,没意思,走的就是平常价格,买的人开心,我也一样能赚到钱,我不贪的。"

"那您听说过关于它的什么故事吗?"你又忍不住问道,"我是说那个美术馆啊。"

"什么故事?"老爷子颇有些不解地看着你,"这条路上的那些老房子,才有故事的吧……它一个新建的,能有什么故事呢?你要是想知道那些老房子的故事,我这里还有些书是可以告诉你的,你要看吧,我找给你?"

"哦,您不用麻烦了。"你有些歉意地说,"我其实就是有些好奇,那个美术馆的建筑,跟这条路的风格,看上去很不一样的,您就没有什么特别的印象吗?"

"什么印象?"老爷子想了想,"哦,我印象倒是有的,要真说起来,也是蛮特别的……就是有一天,我坐轻轨的时候,也是晚上了,远远地看到了它,好像在搞什么活动,那个顶啊,不是玻璃的吗,里面感觉有好多的灯光,它亮得啊,就像个发光的盒子……当时我就琢磨啊,没想到从这里看上去还是蛮灵的……我平时来得早,走得晚,经过它的时候,它都是关着的。"

"哦。"你想了想说,"我最早听说它的时候,它还没有呢……那里有的只是一块空地。"

"哦。"老爷子出了会儿神,又点了支烟,"那是很久了,太久了……哦,我知道你说的是哪一年了……那年春节前,我卖出过一本民国老书,内容是介绍欧洲教堂建筑风格的……印得特别精致,灰亚麻布面,很厚重,我还是从一个老教授家里收到的它。老教授病危,他儿子就把家里的很多书打包卖给我了,我也给了他不错的价钱,当时这本书呢,是我刚拆的那包里的,还没来得及分类,就有个小姑娘买它,她看到它时喜欢得不得了,在那里翻了好半天,我还拿了椅子,让她坐着慢慢看。我还记得她的样子,瘦瘦的,个子不高,戴副大眼镜,说话也很有礼貌,说是在美国读书回来的,就住在附近……哦对了,她说她是个设计师,搞建筑的。我当时还好奇地问她,那你会画画的吧?她说当然也是学过的,只是画得不好。"

7

她刚到纽约后不久,你们就认识了。后来说起看上你的原因,她承认,主要是你这个人话少,又不热衷交际。她什么都能忍受,唯独不能忍受话多的人。而她的前男友就是这样的人。他们一起到的纽约,都在纽大读书,还是同一个专业,结果没到两个月,她就跟他分了。他们是发小,从小学到中学再到大学,从没分开过。分手时,她告诉他,我忍你的话多,差不多也忍了有十年了,你怎么总有那么多的话要讲呢？你就不觉得这太可怕了吗？你好像来到这个世界就是为了不停地说话，跟任何人你都可以说个不停，直到对方都受不了了你还在说，难道你就不知道听的人有多难过吗？你还可以在网上开几个QQ窗口同时跟几个人聊天，只要人家不说再见晚安你就能聊到天亮……现在，到头了。你问我忍到现在的原因是什么？那我告诉你吧，是我过去那么长的时间里一直觉得自己需要一个有声音的背景环境。现在不需要了。另外我觉得你应该换个专业，做什么建筑师呢？你又不是真喜欢这个行当……你应该去选那些能让你说个不停的专业，比如主持人啊脱口秀啊之类的，或者是心理咨询师，甚至去当个牧师。我呢，咱们从小到大，你都没能真正了解我的个性，我就是个默片，有点字幕就可以了，不需要有没完没了的旁白。后来她告诉你，那次是她有生以来最刻薄的一次，她从没对人说过那么多刻薄的话，就像复仇。

其实当时听下来，尽管她语速缓慢，状态也非常松弛，可你还是不大确信她真的说了这么多，这不大像她的风格，那些连珠炮般的话更像她在心里说的，而不是真的说出来的。你甚至想象了一下那个分手的现场，她可能是以最简单的方式，用两三句话就结束了，并在他的话语浪潮扑来之前就起身离开。不过，你觉得她的那句"我就是个默片"倒真是千真万确的，高度地概括了她的特性。你知道，她之所以如此迅速地接受了你这个人，还有一个原因，就是你能接受两个人不住在一起，以及每周只见一面，而且平时只通过邮件交流。她觉得你是这个世界为数不多的几个能懂她的人之一，跟你在一起，哪怕什么都不做，只是默默地靠着，也是很安心的事。而你的回答则是，原因很简单，我是个默片爱好者。她笑了笑，认可了你的这种刻意的幽默，随即提出了最后一个要求，就是在一起的时候，不要拿你那相机拍我，任何时候，都不要，手机也不可以。你同意了。这就是为什么你手中唯一一张她的照片，还是从她的护照上偷拍下来的。

很多时候，她就在你的眼前，动也不动，而你呢，沉浸在她的气息里，想拍她，却又不能。于是在默默注视她的过程中，你就想出了另一种方式——每当她出神地看着哪里，你就悄悄地拍下哪里，这样至少还能留下她的眼光停留过的地方，比如某个公园或广场的局部，某座过于陈旧的建筑、天空，某条倾斜的狭窄街道、河流、鼓胀的海面，一片静止的云朵。或是某些更具体的东西，比如几只肥硕的鸽子、一棵树、某座雕塑，停在街角很久的汽车，寂静地滑过天空的银鱼似的飞机，呆立在路旁的人，书店橱窗里的一些书、某件衣服，丢在角落里的鞋子，甚至是空的纸杯子。后来，也就是她回国以后，你曾花了几天时间，把这些照片都整理出来，竟然也有三百多张了。你把它们分类编辑做成了一个电子版的画册，还取了个标题，《你看即是你在》。然后刻了光盘，邮寄给她，作为生日的礼物。后来，她收到了。仅此而已。又过几天，她在邮件里说，她读了段文字，录了音，哪天发给你听听。

你不知道她到底读了些什么给你，甚至都无从猜测或想象。她还在纽约的时候，曾在某个晚上，在你入睡前，为你读过《达尔文书信选》里的一封长信，是达尔文写给同行老友胡克的，内容是感谢胡克发给他的重要资料给他带来的巨大帮助，以及由此而来的新的思考，最后还感叹了岁月流逝的无情，而他所得到的其实已过于丰厚。她读的是英文版，连里面的注释都读了。她说达尔文的文字是她的最爱之一，甚至还曾反复模仿过《物种起源》的文风。在读的时候，她的声音平静且中性，甚至还略带些苍老的气息。出乎你意料的是，你竟然被那封年代久远的书信忽然打动，先是一股暖流涌动在心里，随之而来的，却是某种莫名其妙的伤感弥漫了你的心，让你只好闭上眼睛，装作睡着了。她喜欢偶尔这样为你读点她喜欢的东西，算下来虽然为数不多，却也是每次都印象深刻。你认同她的观点，这样读点什么，胜过彼此漫无目地地瞎聊。咱们就像两个杯子，她说。能让那些好文字装满，就避免了被各种傻话所充斥，要是没有，那不如就那么空着的好。

8

后来，你花了大半年的时间，去拜访她曾经的几个好友、同学。目的很简单，就是想能知道更多一些关于她的事情，然后写一篇回忆她的文字,与那个摄影集放在一起,做本画册,留个纪念。你们在一起的时候,她几乎从不谈论自己的过去。当然你也清楚,这并不是件容易的事。毕竟十七年过去了,对于人的记忆来说,十七年前的事,比小时候的事还要难以回想。那些人跟你一样,差不多都四十好几了,要让他们从记忆深处重新翻找出与她相关的那些记忆,其实是勉为其难的。他们甚至会想,你这人也是奇怪,过了这么久,忽然想起做这事来了,早干什么去了?要是哪个人真的这么问出来,你真不知道该怎么回答。

那几个人,有的在纽约,有的在伦敦,还有的在北京。跟他们取得联系,就花了你不少时间。等到约好会面的时间和地点,又花费了你不少心思。他们表示完全能理解你这样做的目的,但不能理解的是,你为什么非要见面聊,而不是通过邮件、微信,或是电话?这难道真有什么区别吗?那个在伦敦研究戏剧的男的很直率地表达了类似的不解,除非你喜欢长途旅行。而且啊,我说句实话吧,你想听的,我可能只需十几分钟就讲完了,有很多事真的想不起来,或者说也没有那么多事,太久了,做这种事,你确实应该早一点,更早一点……这样会不会让你很失望?他这么一说,就让你决定先去伦敦。在从机场出来的地铁上,他就开始说了,还不忘调侃一下,说是没准还没到站就讲完了。

他跟她是高中同学,她很早就知道他喜欢男人。到纽约前,她先去了趟伦敦,就是找他玩儿的,说是顺便考察琢磨一下是不是要去伦敦读书，而不是去纽约。她总觉得伦敦比纽约好得多，不像纽约那么粗糙无趣。到了后她就住在他那里，当时他的室友刚好去了以色列，她可以住那个房间。他本想带她去看看那些著名的博物馆啊美术馆啊名人故居啊什么的，她也觉得应该这样。结果呢，等到了之后，她却改了主意。当时吧，他说。她到的第二天上午，睡醒了之后，她就听到旁边那个伊斯兰教徒活动中心的高音喇叭里传来的礼拜诵经声。她坐在客厅里听了好半天，然后就说不用我陪了，她要先自己随便转转。我当然没问题了。然后呢，我们就差不多都是每天晚上才能见到了。当时我住的地方是伦敦的东区，那里有很多来自印度和中东地区的移民。走在外面，经常会有种错觉，感觉自己不是在伦敦，而是在中东某地。她也是这么觉得的。可她太喜欢伦敦了，好像就没什么能让她不喜欢的。对了，她特别喜欢那些旧书店，还淘到了不少关于伦敦老建筑的画册。有天夜里，她还特地要我陪她出去转转，说是想看那些夜间出没的狐狸。其实那个时候我就知道了，她是不可能来伦敦读书了。最后一天，我带她去的是那个里士满公园，可把我们晒得够呛。也就是在那里，她告诉我，她那个整天喋喋不休的男朋友只想去纽约大学读书，其他地方都不会考虑。为了避免被那个家伙烦死，她也只有同去了。当时我是不大能理解她的这种选择的，还嘲讽了她，说她是迷恋某种异常的戏剧性，就是喜欢做出跟自己的想法完全相反的选择，你知道有些人就是这种性格。

你在伦敦那几天,都住在他的客厅里,睡沙发。临离开前的那个晚上,他找出了一本她落下的硬皮笔记本,交给了你。准确地说是个画画的人常用的速写本,比一般的笔记本要大不少。里面有一半页面都被她画满了,各种建筑草图,还有简单的注解文字,在最后一页上,是她画的一个关于迷宫的平面图,标题是"如何随意藏起一个人而永远不被发现"。你就是带着这个本子离开的。在去机场的地铁上,他沉默良久,忽然有些神情索然地说道,我有点想不起她的样子了,这是实话,我甚至连高中时与她有关的事情都忘了,她在伦敦的那些天里,我们其实也没聊过几句话。你来的这几天,我一直在努力回想与她有关的事,可就是想不起来什么。我甚至觉得自己基本上不了解她这个人。我们曾经那么熟,可真要说起来呢,又完全像个陌生人。有时候我甚至会觉得,她可能就不想跟谁保持什么密切的联系,这样会让她活得轻松自在些,当然很可能她从来就没有过这种时候……我到现在也还确实理解不了,你为什么一定要跟我面谈才行……不过呢,你们倒真有点像同一类人,走的却是相反的方向。

9

后来,你回东北老家待了一周。当时已经入冬了。你熟悉的那些人,都在外地,或是国外。你每天出去四处转悠,在这座没有熟人的城市里,很多曾经熟悉的建筑物甚至街道都消失了,在零下二十多度的气温里,踩着被冻得坚硬光滑的积雪地面,你经常会觉得自己走在另一个世界里。有时候,站在自己家所在的那幢新楼下,看着对面那幢旧楼原址上伫立的新楼,你甚至连拍摄的欲望都没有了。

现在家里只有老妈了,老爸在离婚当天就搬出去了。老妈每天好像随时随地在睡觉,说是要为下个月的旅行做好精力上的准备。她已经七十二岁了。她跟几个老同学在完成了一次长达一个月的红色之旅后,就商量好了,要花上半年时间,走遍朝鲜、越南、蒙古、古巴、俄罗斯、罗马尼亚、塞尔维亚、捷克、保加利亚、波兰、阿尔巴尼亚等国家。老爸呢,每天泡在麻将馆里,跟几个大妈麻友像上班一样打麻将。你去看过他两次,难得他愿意抽点时间,离开麻将桌,抽着烟斗跟你聊上几句。他笑称你妈那是疯狂的一代,跟她比起来,像我这种人,只不过是腐朽堕落的小资产阶级,没有任何理想与追求,趣味恶俗。你知道我是怎么回答她的吗?我说啊,虽然咱们是两个阶级,但咱们其实是坐在一个滑梯上,还是在一起迅速地滑向那个不远处的大坑里的,区别就是,你是闭着眼睛胡说八道,而我呢,是闭着眼睛享受。因为骨质增生,老爸走起路来,是一瘸一拐的,在推门进入麻将馆的一瞬间,他又忽然转过头来,好像还有什么要补充的话,犹豫了片刻之后,只是挥了下手臂,意思是，算了。

在发给她的邮件里，你把这些场景都写进去了。每天给她写邮件这个习惯，你一时半会儿也改不掉。这也没什么不好，你喜欢这样。你告诉她，每天，不同的时段，你都会坐在老妈的床前，看着睡觉中的她。老妈的衰老速度超乎想象，这不是时间的作用，而是大脑的作用，就像一台陈旧的电脑，老化的不只是硬件，还有整个系统，里面有过多的垃圾文件，导致系统运行得越来越缓慢，甚至频繁死机，需要重启。睡觉，就是老妈的系统死机和重启的过程，而且重装系统已经不可能了。你总是努力把邮件写得很长，避免那种突然地结束，尽力写到再也写不动。像之前那次伦敦之行，你写了六千多字，把你看到的所有场景都写进去了，就好像你看到的也是她曾看到过的……不，准确地说，应该是努力恢复她看到过的一切。你把排好的访问计划也告诉了她，难点就是这些人的时间太难碰了。但你有足够的耐心，等到他们确定跟你碰面的时间和地点。

10

她们出现在你的面前时，是圣诞节后的那天下午。她们跟她是在国内读本科时的同学，也在纽约大学读过一年，随后就转去了德国海德堡大学读哲学，后来就定居在那里了。你知道她们分开过两次，后来又在一起了。刚看到她们时，你觉得她们有点像一个人的两个版本，说话的感觉、神态，都很相似。要是你不看她们，只是听她们说话，有时甚至分不清到底谁在说话。她们都是那种瘦瘦的不容易显老的女人。她们说到她在大一暑假时曾去她们的家乡玩儿，一个在四川，一个在浙江，她们的父母都很喜欢她，觉得她聪明懂事，言谈举止都很得体，一看就知道家教很好。她们也是在那个时候知道她老爸在上海做房地产，而她老妈在深圳有两个服装厂，她是跟外婆长大的。当时她有个男朋友，在读大四，是个非常令她讨厌的家伙，相处不到半年就分了，却对她纠缠不休，骚扰了她的每个朋友，还有她的父母。她们还在纽约的时候，她跟她们见面的时候并不多，倒是她们去了德国之后，她去过两次海德堡，说是考察建筑，其实多数时间只是待在房间里看书了。她们当时刚到不久，忙于学德语，也没有多少时间陪她。在纽大的那个发小兼男友，几乎每天都要询问她们，她怎么样了，在忙些什么。因为她基本上不理他，不接他的电话，不回他的短信，也不回复他的邮件。她们很好奇她为什么要这样，她的回答很简单，就是希望他能在某一天自然脱落。

　　在晚上那顿沉闷的晚饭过程中，她们表示能告诉你的都说了，而且她们也不想去分析她当时的生活方式和心理。在收到她的那个建筑设计稿和后来的那个令她们非常难过的消息之间，她们也找不到任何逻辑关系。也许确实有什么她们不知道的事情发生了，但也完全可能并没发生任何事，她仍然可以做出那个选择，就像接受了自己的自然脱落。在她们看来，一个人选择活着还是不活，都不是什么问题，都可以理解，而理解本来也不需要什么因为所以的道理。随后就是漫长的沉默。临道别前，她们说，从来没跟任何人谈论过她的事，尽管也有人问过她们。最后，她们从包里取出一个移动硬盘，说里面有她在德国时她们拍的几张照片，尽管她不喜欢被人拍照，可她们还是偷拍了几张，有在外面的，有在室内的。你把它们拷贝到笔记本电脑里，一共九张，有六张是侧面的，三张是背面的。她们还说，实话实说吧，我们都想不起她当时的样子了，即便是看着这照片，看她的侧影，也无济于事。

  从吃饭地方出来，她们在路边等出租车时，你站在一边抽烟。她们就像陌生人那样，再也没看你一眼。出租车停下时，她们朝侧面挥了下手臂，就头也不回地钻进了车里。你略微俯下身子，朝车里挥手道别时，她们甚至都没有转过头来。那一刻你知道，你不可能再见到她们了。当出租车远去之后，你注视着马路对面的那些庞大的建筑物，觉得这个世界之前裂开的一道缝隙完全闭合了，没有留下任何痕迹。甚至，她们的这种离开，跟她的那种离开，在本质上是一样的，都是这个世界上无时无刻不在发生的无数自然脱落的现象之一。你当然可以把之前看到的那一切都记录下来，可是这种记录对于她们来说是没有什么意义的，或许只是对你自己会有些意义,可以多少用来抵挡一下你的那个世界里随时存在的分崩离析的趋势。

11

回纽约前,你又去了上海,停留了两天。你订的酒店就在那座美术馆旁边,只隔了一座小桥。那两天都在下雨。断断续续的细雨。整个城市里都弥漫着湿冷的气息。在那条短促的弯路上,你发现原来下雨就很滑的路面砖已被换掉,变成那种有意制造成坑坑洼洼状态的小块石板,走在上面明显有些硌脚的感觉。那座美术馆关闭了,门口贴的通告里说要整修一年。你去的时候是下午,可多数店铺都关了。只有那个老电影咖啡馆和那家旧书店还开着。

那书店里的老爷子几乎马上就认出了你,说你胖了。寒暄过后,他又仔细地打量了你一番,说你上次来之后,我就在琢磨,这个人为什么要问那些事呢?后来我就问了一个老朋友,他以前是在文化局里做事的,对那个美术馆的事很了解。经他一说,我才知道,那个美术馆是怎么造起来的,还有那个负责设计它的女孩子的事。原来啊,她爸跟文化局那个局长是好朋友呢,不然她那么年轻,怎么可能会把这么大一个项目的设计交给她,你说是吧?不过我那朋友也说啊,这女孩子,也是极有才的,据说后来那个设计稿也是给一些有名的建筑设计师看过的，都觉得很有想法，并不是乱来的，毕竟是留洋的啊，功底很扎实的，只是经验上比较欠缺。她出了那事情之后呢，负责把她的设计稿最终完善好的也是个有名的老设计师，她的多数想法都被保留了。有一天我还特地去那美术馆里转了转，那个风格啊，还真是你想都想不到的，当然我是不懂的了。说到这里，他忽然把半截香烟丢到了台阶上，拍了下脑门儿，说你等一下，还有个你想不到的事呢。站在那里，在等老爷子的时候，你忽然有种莫名的紧张。过了几分钟，老爷子从里面出来了，手里拿了一本精装的画册。

当着你的面，老爷子小心地翻开了那本厚厚的灰亚麻布面的画册。他说是这样的，前段时间，有人送来一箱旧书，让我看看，能收吗，要是能收的话，随便出个价钱就可以。我一看呢，多数都是英文版的书，还有这本图册，就是上次我跟你提过的那本民国时出的欧洲教堂图册，其实也是原版的。我就跟他说啊，这些外文书是没人要的，但我最后还是给了他不错的价钱，他蛮开心地走了。我估计啊，这些书，都是那个女孩子的，因为有好几本上都有签名，还有购买的日期，字体都是很清秀的，一看就是女孩子的。这本图册啊，我当时也没仔细翻，后来有一天偶尔翻开它，结果就有了意外的发现。他抬起头，那双浑浊的眼睛从眼镜上方注视着你。他说你能想到这个意外的发现是什么吗？你下意识地摇了摇头，心里不由自主地抽紧了。那，他迟疑了一下问道，你能告诉我，你是她的什么人吗？你只好承认了，我是她男友。

　　他默默地看了你一会儿，然后从那本图册里抽出了一页纸，递给了你。那是一页画有设计草稿的纸，是作废的，因为上面被很多叉画乱了。他说你看一下背面。你就把那页纸翻转了过来，发现上面密密的都是手写英文，几乎写满了。当然，这是她的笔迹。他说我不知道写的究竟是些什么，也没找人帮我看过，我觉得没准哪天你还会来的，就把这图册收起来了，倒是真没想到你还会来，看来也是缘分啊……好了，你把它带走吧。不需要再付我钱啦，本来就是她买过的，给你是应该的，也算物归原主了。我付给那个人的钱，光是那些书就够翻倍赚回来了。于是你就提出，把那几本书也买下来，就按双倍的价格。他想了想，同意了，这样你也好安心，我懂的。

　　离开的时候，你们用力握了手。彼此的表情都很严肃。再来支烟吧，老爷子意味深长地说道。你说好，就接过他递来的那支香烟，他把点燃的打火机也伸了过来，你就凑过去，把烟点上了。你们就那么默默地站在那里，把烟抽完了。这个时候，雨也停了，天也黑下来。你慢慢地走远，大约走出几十米的地方，回头看了一眼那个旧书店，不知道为什么，里面反射出的白色灯光使得那里看上去就像是漂浮在黑暗之流中的一个形状不大规则的亮球，或者说，就像一个正在融解的白亮雪球……而你呢，则仿佛一个半透明体，正在慢慢地顺流而去，接近入海口。

12

回到纽约后,大约过了两周,你才去见JOY。去的时候,你把那本图册,还有那页纸也带去了。JOY是个身材娇小的圆脸女人,好像任何时候都喜欢戴顶帽子。在那家早餐贵得吓人的咖啡馆里,你们面对面地坐着。在确认你并不会录音之后,她才开始讲了起来。她的语速有些偏快,而且明显有些心不在焉。她几乎是复述了之前就跟你说过的那些事。但你并没有打断她,只是默默地听着,直到她忽然停住了,有些尴尬地说,我好像把那些讲过的又讲了一遍。没关系,你平静地安慰道。随便讲吧,怎么讲都可以的,不要有什么顾虑。她低下了头,想了想,又略微抬起头,有些不安地看着你。

"我记着当时有一天,"她清了清嗓子,"她在邮件里跟我说起她最近的一个变化,她说,她爱上了一个人,是个著名的建筑大师,并且研究了他所有的作品和设计方案。我吓了一跳。当时还特地上网搜了一下那个人的名字,发现他是20世纪20年代美国非常有名的建筑师,纽约有不少建筑出自他手,还有一些大桥,也是他设计的。这个人当时是各类媒体追逐的对象,有过很多花边新闻,离过几次婚,后来,他主持设计的一座在康涅狄格州的大桥发生了垮塌事件,让他就此身败名裂……然后没过多久,他就从自己设计的另一座大桥上跳了下去，死了。然后我就在邮件里问她，你爱上的是那个死了很多年的人吗？她回复说是的，而且她已经深陷在他的那个世界里不能自拔了。对，这是发生在你们已经在一起之后的事，我之前没跟你提起，是因为我觉得这实在是有点荒诞，不知道该怎么对你说起。然后她告诉我，她也爱你，说这是两种截然不同的爱。你们的爱是寂静的，而她对那个人的爱是巨大的轰鸣。她说曾梦到过她跟那个伟大的人一起在布鲁克林大桥上散步，在一个下雪天里，什么都不说，只是那么慢慢地走着，在走到桥中央那里，扶着铁栏杆眺望黑暗的河面。她说有一天，她会告诉你这事情的，也许那个时候她就有可能会克服对你的愧疚了，是自然而然发生的，瓜熟蒂落。要不要跟你讲这些，我其实犹豫了好久。说实话我很怕说这些让你感到困扰，毕竟早就是过去的事了，这么多年了……而且我发现，她的好多事我也想不起来了，唯独这件想起还是很真切。"

你把那本图册从包里拿了出来，翻开找到那页纸，递给了JOY。你简单说了一下得到此图册的那个过程，然后告诉她，主要是这页纸，上面写着你的名字，可能是她要给你写邮件之前拟的草稿，所以我就带来了，我留了复印件，这个原件，你可以留着做个纪念。她诧异地注视着你，过了一会儿，才把视线转到那页纸上。后来，你花了整晚的时间，把这页纸上的文字翻译成中文，作为你计划中的那本回忆她的图册附录。

JOY，在这里写下你的名字，其实更像自言自语，写的时候，我也不能确定最后是不是会真的把这些字重新打出来，复制到邮件里，发给你。我不确信。你知道我是多么容易随时推翻自己想法的人，我心里有个反对派，她总是会突然跳出来，用最简单粗暴的方式否决我的想法，不容我反驳或解释。但很多时候其实我喜欢她的这种粗暴，能帮助我摆脱犹豫不定的恶习，少了很多不必要的麻烦。要知道我这个人总是喜欢自找麻烦。这一点你可能比我还要清楚，你人好，不会告诉我的，但我也能猜得到。你跟我不一样，你是个乐天派，类似的经历，在你那里就看不出什么影响，每天都能让自己过得挺开心的，能量充足。我不行，我就像块老旧的手机电板，要经常充电、随时充电，不然就会突然自动关机。所以你也知道，对于我来说，随时犯困跟不断失眠是同等的状态。你说得对，我是个喜欢随时拆除跟别人的关系的家伙，你说我就像国内那些拆迁办的，到处拆旧的建筑，而且比他们拆得更彻底，甚至都不会去做点说服工作。吊诡的是，我竟然学的是建筑设计，是要谋划建设的。你说你很震惊他们会把一座现代美术馆的设计交给我，我也非常震惊。可事情就是这么发生的。整个过程的刺激程度是超乎你想象的，当然也超乎我自己的想象。他们最先找到的是我的导师，而我的导师推辞了几次之后，最终推荐了我，并向他们保证他会指导我完成这个设计项目。当我的导师告诉我这个事情时,我都无法相信这是真的,而不是个愚人节的玩笑。当然考虑到我只需要完成一个创意设计稿,我才接受了。这是个非常刺激的过程,那种强烈度,是我这辈子都不可能再有的。我把它,那个建筑,当作自己作为成年人活在这个世界上的礼物,让它完整清晰具体地出现在一片废墟上,那样的话我就可以拥有"现在"了,要知道我可是个从来都没有现在感的人啊,无论在哪里,很长时间以来,我都觉得自己哪里都不在。最近我抽烟了,你肯定会惊讶,我这么一个讨厌抽烟到了神经质地步的人,怎么也会抽起烟来呢?可是它就这么自然而然地发生了。其实也不算那种很正经地抽烟,我就是喜欢没事让手里有支烟夹着、燃着,我发现能接受自己手里的烟燃烧着散发出来的味道,但还是不能忍受别人的烟味儿,一点都不能容忍。那次初稿评审会时,他们都在抽烟,我简直要疯了,恨不能丢个炸弹,跟他们同归于尽。你看,这就是我跟现实世界的关系写照。他们提出的意见其实一点也不苛刻,甚至太过宽容了些,但也让我怀疑他们是成心呵护着我那脆弱的心。那个局长是我见过的最有风度的官员了,他好像什么都懂,轻描淡写几句话就能把大家纠缠不清的事理出头绪。要不是后来意外地在他的办公室里看到我那个老爸的身影,我甚至会把他假想为理想的父亲。我那个老爸当然不希望我看到他出现在那里,但我确实就看到了,这是命中注定的事,就像命中注定我是他的女儿，而不是别人的。一切就像个玩笑，像个闹剧，当然他是想弄成喜剧的，我知道，就像给我做个高难度的心脏搭桥手术，然后恢复我跟这个世界的日常关系。我得谢谢他。我曾想过撤回那个设计方案，但没人理我。他们委婉地告诉我，要履行合约的，话里话外的意思，也就是它不属于我了。有很多天，我哪都不去，就待在房间里，趴在窗台上，看外面来往的人，还有车，看那些街道旁边的树。那些天的晚上，我一点睡意都没有。这不是失眠，而是清醒。没有任何疲倦。我没有什么事情要做的了。在给你写下这些字的过程中，我脑子里反复出现的场景，就是我十来岁的时候，可能是十二岁吧，有一天我发烧，我妈带我去医院，就是那种社区里的，在等着打针的时候，我觉得很困，就闭着眼睛对我妈说，像退潮一样……当时我的感觉是所有的血液都从脑部退下去了。后来医生给我打了两针，据我妈说是强心剂，然后就叫了急救车。我恢复意识之后，看着我妈坐在那里流泪。可我却跟她说，你不知道当时的感觉，其实是很舒服的。她差点被我这句话气得昏过去。后来她还在几次说起这事时，说她就没见过像我这么没心没肺的人呢。他们是决意要把那个建筑，那个美术馆，建起来的。说实话，这样也没什么不好，我也并不总是很矫情的，顺其自然吧，我甚至觉得它可能就是我注定的分身呢？只不过它实在更像个物理化的，对我这个人永远的嘲讽。我知道你是不会嘲讽我的。我认识的很多人都自然脱落了，你不会的。不过，要是哪天有人问你，我到底发生了什么事，那你就告诉他，我并没有发生任何事，只不过是自然脱落了，仅此而已。此时此刻，你猜我在想什么？我在犹豫，要不要把这么多字打出来，然后发给你。我会犹豫很久的，直至喜欢拆迁的那个我又一次以暴力的方式帮我做出决断。我实在太喜欢她了，亲爱的JOY，我感觉我已经很老了，而她却永远年轻。

幸存者

> 对被暗示者，
> 继续进行暗示的
> 暗示。
>
> ——海德格尔

他推门，动作轻缓，没有急迫。

看上去，他伸出手，更像是在检查那些马桶间的门是否关好，而不是为了找到空位。他总是把自己的需要表现为相反的姿态。就像此刻，垂下手，他有些困惑，却露出悠闲的样子。站在那里，他犹豫着，回去，还是等待，或是干脆到小便池那里解个手？尽管此刻他并无尿意。那里人来人往。没人注意到他。他也没看他们。右臂向上弯曲，他的手里擎着那部厚厚的关于地球生物几次大灭绝的书，恍惚间，觉得自己就像个正在梦游的人。

他走回刚才的位置，想着这个场景，背对洗手池，还有那排镜子。没回头时，他就觉得它们像一排超级摄像头，在盯着他的一举一动。他转过头去，看到的是镜中的自己，那张脸有些僵硬，就试着放松，似乎并没有改观。于是他掉头继续看那些门。透过下面的空档，能看到射灯光圈里的各式鞋头，偶尔闪过人造大理石地面的模糊人影。里面的射灯异常明亮。只要你站在马桶间里，关上门，就会有种独处舞台中央，被一束追光灯的垂直光束突然灌顶的感觉。在里面，他会按下那个白色的椭圆形，等到水流声停止，这才解开裤带，把裤子褪到膝盖，安坐在余温犹存的马桶圈上，把书摊开在膝头，点上烟，就觉得自己像在为举行什么神秘仪式而做好了准备。

　　就这样，那些做物联网的年轻人填满了原本空着的几个办公区之后，他的节奏就有些乱了。他又一次意识到了脆弱。属于自己，也会属于所有人的，脆弱。甚至不需要什么随意地一击，只需轻轻地改变点什么，就会让一切松动脱落。而那些时常对他紧闭的灰色的马桶间门，也完全可以被理解为一次松动开启的原点。某天傍晚，临近下班，看着同事们从近乎静止的状态里退出来，开始为下班预热身体时，他忽然意识到，其实，那些年轻人，就像是大地震前突然蜂拥出现的小动物，只不过是个预兆。

　　没过多久，新投资方雇用的会计师事务所和律师事务所就来了。

资料清单。领导说，你要待在办公室里，随时解答对方的问题。他加了这些陌生人的微信，知道他们是哪里来的，周末飞回去，周一再飞回来。他们住在江边那座著名的酒店里，偶尔在朋友圈展现江边夜景。一周后，他们消失了。新投资方的高管们转遍了每个角落，用英语夹杂方言谈论这座奇怪的建筑，陆续约谈了很多人。他被排到最后一组。他等待着，他们却消失了。领导在微信里告诉他，尽职调查报告的初稿据说会在一周后完成的时候，他正坐在马桶间里，看那部厚书里描写的最近那次大灭绝，发生在距今一亿年前的白垩纪。

走廊里，那些陌生而又年轻的脸，那些缺少表情变化的脸，那些容易在疲惫中变得模糊的脸，似乎随时都在重叠晃动。要不是不时被堵在马桶间门外，他跟他们近在咫尺也永远不会有交集。里面的人在刷手机视频，按动打火机点烟，或是打电话。他不喜欢闻别人的烟味儿。能否碰到有空位，纯属运气问题，而运气又总是稀缺的。过去他曾充分享受过的那种自在——随时可以安坐在马桶上，想坐多久都可以，或是随意到空办公区里散步、抽烟、看风景——都已瓦解了。

没有什么变化是现在的他所不能接受的。跟两个月前被警方陆续带走的那些同事相比，他已算幸运的了。当然，也可能哪天他也突然就被带走了。有时候，从同事们的眼神中，他也能读出某种疑惑。他们对他更友善了，似乎早就做好了随时跟他道别的准备。每天下班时,他仍会跟他们一道离开,在那个打卡器上按下食指。他们乘电梯下楼,在外面道别。然后他会在那些餐厅、水果店、理发店的灯光交织里走很久。有时他忽然停下脚步,是吃饭,买水果,或是理发?往往是不做任何选择,而是走回去,把办公室里的灯重新都打开。这会让他安心。到处都是寂静的,就像是太平洋上一艘失去动力的轮船,而他是唯一幸存的船员,除了长久望着没有边际的洋面,就是等待。

你们那里有震感吗?

那天下午,她发来微信时,他正在走廊里仰望方形的天空。缓慢移动的几朵云,被阳光照得白亮。刚才,纷纷投送到手机里的那些新闻告诉他,在离海岸线198千米的近海,发生了五级地震,震源深度17千米。朋友圈里已有人在描述震感。一点都没有感觉到,他回复她。我就站在走廊里呢。她奇怪的是,他为什么会站在走廊里?他承认,自己是在等马桶间的空位。她回复了一个令他欣慰的搞怪表情。

这是在三个多月前。他们聊了一会儿。他们交流的频率是以月为单位来计算的。他跟她说起自己小时候的地震印象。六岁那年,冬夜里,他被父亲从睡梦中拉起,穿着衬衣衬裤,裹着棉大衣,跟家人站在寒风里的街头。父亲在跟人描述摇晃的感觉,他听着就像是梦里的事。天太冷了,没来得及戴棉帽子的他被冻得想哭。过了一会儿,她才回复,听起来确实很遥远。

那次大地震前,据说由于出现了很多老鼠集体逃离的场面,才让人们提前跑到外面,避免了大规模的伤害。相比起来,这次小地震简直就像只是发生在手机里,无数手机屏被各种新闻反复震亮。她发来一串大笑的表情,确实如此!朋友圈的地震!在这轻松的气氛里,她忽然表示,今年无论如何都要来看望他,早就说过多次了。她是做审计的,经常出差,说走就走。而从她的城市到他这里,坐高铁只需五十分钟。可是她出差的目的地就从来没有过这里,她无法理解。看着她发来的微信,他来到了厕所里,随手推了下第一个马桶间的门,开了。于是他回复她,你带来了运气。她没明白,此话怎讲?说来话长,他回复道,以后再告诉你,见到的时候。

坐在射灯下,他看了看她的朋友圈。只有一条内容,还是半年前的。两张照片,没有配文字。一张是海边黄昏的风景,另一张是她穿泳装戴墨镜在沙滩上的,近乎远景,但效果唯美。那个拍摄者,他没猜错的话,应该就是她跟他提到过的那个理财专家,每天都要对着电脑屏幕研究股市曲线的人。他们是两年前同居的。她觉得,大概这个世界上只有这位还能忍受得了我的坏脾气。她说,你无法想象,我在某些时刻会变成什么样。

再微不足道的地震,只要发生在近处,也会导致人的重新关联。那天问候他的,还有两位久不联系的年轻朋友。在那个沉寂多时的三人微信群里，他们发来的问候意外地触动了他。他们谈到这无感的地震，为时间过快和忙忙碌碌而感叹，随后就是互问现状，他们都活得不错，他呢？他们看到了他所在公司的创始人失联，那些高管被警方带走协助调查的新闻。他表达了谨慎的乐观，转机已在出现，障碍在逐步克服。只是他没有说，这其实跟他也没什么关系。在轻松热情的氛围里，他们就向他发出了邀请，有空到我们这里来玩儿吧，坐高铁这么方便。他马上就答应了。

他们没想到，三天后他就去了。三年多没见了，还有两年多没在线聊天了。在高铁站附近的那个咖啡馆里，他们努力用话语填补时间里的空白。面对这位前辈，他们始终笑容亲切。这一男一女，依次比他小十岁和二十岁，刚好三代人。随着话语起落间沉默的人数不断增多，他渐渐意识到，他们发出的邀请，其实是出于礼貌性。所有的热情，似乎早在地震当天就已用完了。话题在耗尽，而他们的表情似笑非笑，手里都拿着屏幕还亮着的手机。令他们诧异的是，他为什么忽然聊到地球物种大灭绝这种话题。您什么时候变得这么悲观了？印象中还很年轻的他们，现在都过于成熟了。因为不知道他会来，他们的周末都已有安排。他为自己的随性而至感到惭愧。他只是想看看他们，明天就回去。您下次一定要提前说一声，我们好做准备。说实话，您可是一点都没变啊！他笑道，我早过了变的年纪了。吃过简餐，他们跟他深情道别。他微笑着目送两辆出租车分头离去。后来，他在街上走了很久，以看场警察卧底黑社会的港片作为此行的收场。其间他睡着了两次。再次醒来时，发现银幕上浮现出那个卧底警察那疲惫不堪的脸，闪着黯淡的光。

午夜，他忽然醒了，发现出租车停在了小区门外。外面的气温明显在降低。他是在那场电影结束之后，决定坐高铁返回的。穿行在那些高大香樟树投下的重叠暗影里，他闻到了异常浓郁的桂花香气。甚至，不是闻到的，而是撞到的。那股香气直接撞到了他的鼻腔顶端，又撞入了肺细胞里……就像是由一次极度缓慢的爆炸催发的，仿佛那在空气里弥漫的并不是桂花气息，而是无数细小的爆炸碎片不断裂解而成的微粒，它们以不可阻挡的强势渗透到他的血液里，流遍了周身。

没有洗澡，他就关了灯，上床躺下。黑暗里，他闭上眼睛，听着旁边手机里播放的白噪音，有时是淅淅沥沥的雨声，有时是海浪声，偶尔还有森林里的鸟鸣声……不知过了多久，他的意识才渐渐模糊起来，觉得此前弥漫在体内的疲惫感似乎终于落下去了。后来，他好像梦到自己在海边，躺在沙滩边缘椰树的阴影里，而不远处，有几个孩子，正光着身子跟一头高大的长颈龙玩耍。

在东侧的那些办公区，能望到不远处重叠交织的高架桥，更远处，则是有些模糊的机场高速公路，还有那远到近乎地平线的贴着雾霭的所在。而在西侧的那些办公区里，可以看到远近密立的楼群，夹杂其中的深绿树木，散落在空隙里的玩具般的车辆。他也喜欢到北侧的办公区里，看两个塔楼之间的空中花园，即使公司处境艰难，也仍会有园艺工人按时来修剪那些景观跟草坪……那始终不变的图案，让他觉得这里的时间是凝固的。花园的南北门都锁了。他有时会想象，这饱满的空寂里，有些小动物就隐藏其中，比如鼹鼠、狐狸，它们只在夜晚出没，而他坐在办公室里什么都不做时，甚至能听到它们跑过草坪时的窸窣声。

那时候，在那些空办公区的临窗角落，他都放了椅子，还有空的饮料瓶或易拉罐，用来放烟头。这样就可以坐下来，慢慢抽烟，看外面的景物。有时他还会带上一罐可乐，坐在能让自己沉浸在阳光里的地方。除了偶尔要去陪那些来看办公区的人，或是来做尽调的人，他在这些空间里是完全自在的，有时会一直坐到日落时分，看着东南方那幢高楼的玻璃罩面上火红的光彩，等着那火焰逐渐黯淡消解……又一次，留下整座城市的灰烬。而明天早上，他跟所有人一样，都要从灰烬里重新爬出来。

这种近乎完美的日子，再也没有了。现在他也不会去怪那些年轻人了，哪怕他们喜欢在走廊里对着电话喋喋不休，哪怕他们在马桶间里随地吐痰，乱丢烟头和扯碎的手纸……他跟他们不过是碰巧撞到一起的，并无本质的区别。而且，他是可以习惯的。比如他已习惯了在幽暗的安全通道里抽烟，也习惯了去厕所不再带书，而是坐在余温犹存的马桶上，跟那些年轻人一样没完没了地刷手机，看各种搞笑的视频，或是各种资讯，所有这一切都是在彼此交织的，就像他跟这些陌生的年轻人的命运曲线。

他们每天晚上都在加班。在白亮灯光充斥的办公区里，那些年轻的脑袋似乎都静止在电脑屏幕前，只有手在频繁移动点击鼠标，不时快速敲打键盘，每个人都像被系统精确操控的AI。在这种时候，他会觉得，对他们应该宽容些。你也不过是靠了点运气，才安稳度过他们这个年纪，并在这座建筑里安稳地坐了十年之久的。只不过，跟他们那种每天都在拼命挣扎着要上岸却又不能的状态相比，你其实更像在岸上即将被晒干的状态——没人会把一个即将下车的人拉回到座位上的。他跟他们的共情点，就是都在煎熬。

其实，他并没有觉得自己有那么老。只是，49，这个数字本身确实就像正在缓缓升起的预兆。随之而来的50，就像是俄罗斯轮盘赌里那支左轮手枪中正在靠近击锤的那颗子弹，只有一发，你却不知道它会在哪个瞬间突然爆炸在脑袋里，那时，所谓的人生，也就只剩下余响时段了。而举枪的手，其实又并非你自己的。到了这个时段，他觉得，所有莫名出现的事情，可能都是某种预兆的变体而已。

所有的可能，似乎都很遥远。

正在临近的，只有新投资方的收购行动。他们又来了，只是约谈的时间被一再推迟。他喜欢同事们那种对于任何变故都能泰然处之的状态，哪怕明天会有翻天覆地的变化，今天也还是会照样谈笑风生。有时候，在他们的笑声里他忽然听到自己的笑声，也会有种诡异的感觉。最初，每次他拿着书出去，随即又转回来，默默坐回办公位上，他们就会笑。他知道他们只是觉得好玩而已。不过现在他跟他们一样了，只能这样老实地坐着。他的时间，再也不能随意地凝固或是分叉了。

在这里，他已生活十年了。每个工作日他都是坐出租车往来于四千米不到的途中。晚上，他在租的房子里给自己做点吃的，然后看看综艺，看看书，听听音乐，这几乎就是全部内容。以前常有人会问他，为什么不买房呢？他的回复总是一样的：错过了最好的时机，只好将错就错了。有时他甚至会觉得，自己这大半辈子，似乎也都是处在各种将错就错的状态里。要是对方继续追问，他就只好说，房东是对退休的老夫妇，住在近海那座岛上的别墅里，儿女都在国外。你想住多久都可以，房东老太笑眯眯地跟他说。有次在微信里，她甚至对他热情地发出邀请，他们的别墅足够大，有客房，要是他有兴趣，随时可以去住几天，看看风景，品尝岛上的土特产。我看你就一个人，她又补充道。在这也没什么亲戚，难免会寂寞，你就当我们是亲人好了。热诚如此，夫复何言？

其实，他也不清楚当初自己为什么要租这套三室一厅的房子。就一个人，用得着这么大的房子？房东老太也有些不解。他给的理由是，父母有时会从老家过来，住段时间。他说话时，他的表情淡定平和，让人信任。还有家室问题。他说妻子几年前过世了，没有孩子。惊讶之余，房东老太有些尴尬于自己的随口问询，并表示了歉意。他并非有心要骗她，只是想让她对他放心。要是他坦承自己其实并没结过婚，那她肯定会把他当成怪人，甚至不把房子租给他都是有可能的。

后来，他们又来过一次。或许是看到每个房间都有叠得整齐的被子，房东老太就问他，平时会有朋友来住吗？他说我不习惯有外人来，更不要说住了。这当然也不都是真的。为什么每个房间的风格都不一样？她好奇地问道。比如门口那间，里面放的是日式榻榻米，地板上铺了图案温馨的地毯，墙上有投影幕布，对面放着投影机，旁边的小茶几上有成套的茶具，墙上还挂了十几幅有框的经典电影海报。她注意到，那些海报里的女明星其实是同一个人。他就告诉她，这是很多年前的法国明星，阿加妮。

北面那个小房间里，有张单人床，地板上有个草编蒲团，除了飘窗那里有座陶瓷小佛像，剩下的就是四壁白墙，再无多余的东西。你信佛？房东老太问道。他说不是，那是朋友的艺术作品。她想了想，忽然微笑道，我看到蒲团，还有佛像，就以为你每天都要在这打坐礼佛呢。他尴尬地笑了笑。她又沉默了片刻，那，为什么佛像会没有五官呢？他想了想，可能那个朋友觉得，这样更能让人放下表面的东西吧。其实，他也不知道到底是不是这意思。她出神地看了会儿佛像，哦，想起来了，我家里还有个很老的小香炉，你需要的话，我回头快递给你，可以放在佛前，插上三炷香，那就更有样子了。他忙说不用，我有鼻炎，是闻不得香味儿的。她有些遗憾，好吧，什么时候你需要了，就告诉我，我留着它也没用。

最后那个房间，无异于装书的仓库。除了满墙的书架，地板上也堆了很多书，就连他们留下的大衣柜里都装满了书。那张大双人床上，也在两边堆出了书的堤坝，中间留出一道单人床的宽度。窗帘是拉着的。他打开顶灯。她发出了惊叹，这么多书啊？！他有些不好意思，就这点爱好了。那将来呢，她问。怎么办？他说我都想好了，临终前都捐给贫困乡村图书馆，要是他们不需要，就处理给旧书店。哦我不是这个意思，她拍了一下额头，又是满脸的惭愧。

老师出身的她，仔细打量了周围的书，发现多是历史和自然科学的。你是学者啊！哎，她叹了口气，早知道这样，当初我们那些老书就不都留给你了，我们搬走的时候，犹豫了好久，最后还是把它们都卖给了收废品的了……那些书啊，都是他年轻时买的，后来他眼睛不好，也就没啥用了。我是不会看的，都这把年纪了，只想活得轻松些。这时候，他才注意到，那位始终不大言语的老爷子，从进来到现在，一直都戴着墨镜。或许是觉察到他的目光，老爷子有些拘谨地冲他笑了笑。

他没有告诉房东老太，那三个房间，其实他是换着睡的。不想早睡的时候，他会住到那个装满书的房间里。尤其是周末，他可以躺在床上看书到黎明。要是他想早些睡，就会去那间有榻榻米的房间里，用投影机播放韩国女团的现场秀，听着她们的歌声，在那强烈舞动的光影里入睡。那些年轻、精致、性感的形体，不断地被无数荧光手环生成的浪潮推动着，被海啸般的年轻尖叫声缠绕着，闪闪发光的她们，仿佛无所不能的身体语言，其实在近乎完美的状态里就已渐渐消解了能量，哪怕清晨你醒来时发现她们仍然在唱跳着开场的一幕。曾经有位年轻的女性朋友在这个房间里住过一晚，跟他边喝啤酒边探讨女团的话题。最后她告诉他，大叔，你想得有点多了，她们其实就像冰激凌一样，会不会很快就融化掉，这根本就不是需要你去琢磨的问题，你只要看她们，像个年轻人那样。

他不想睡觉的日子越来越多了。这意味着他会更频繁地睡在那个装满书的房间里。但不管睡得多晚，他都是个永远不会迟到的人。只要手机闹铃响起，他就会立即起床，赶在九点之前，在办公室门口的打卡器上按下食指，听到那声电子语音的"谢谢"，他脑子里的生物钟才会调到工作状态。即便是他在办公室里待到夜里十点以后，也还是会老老实实地把食指摁到那个打卡器上，听到它说声"谢谢"，才会安心离开。偶尔因为手上有汗，或过于干燥，它就会说，"请重按手指"。这时候，走廊里的灯都已关了，只有中央天井里透进来的黯淡天光能让这里不至于完全黑暗。听着打卡器里发出的响亮语音，他有时会觉得，发声的似乎不是打卡器，而是这座建筑，在跟他道别。

那些办公区里，并不是关灯之后就没有人了。有天夜里，他在离开前又去了趟厕所。经过洗漱间时，他发现里面有两个年轻人正在以古怪的动作默默地刷牙——他们站在那里，面无表情，左右摆动着脑袋。你们要住在办公室里？他问道。他们看着他，点了下头。后来，站在他们办公区的门口，借那些电脑屏幕发出的光，他看到有些工位旁边的地板上放着睡袋，下面是垫子，旁边放着鞋。有些电脑屏幕前，还有白亮的脸。那两个年轻人也站在门口。你们抽烟吗？他问道。他们摇头，这里是禁烟的。我是说你们要不要跟我到旁边的安全通道里抽烟？他解释道。他们互相看了一眼，我们这就休息了。

走到安全通道里，他点了支烟，靠着楼梯口的墙壁，慢慢抽完。

他记住了那张脸。那个瘦高个儿的脸。它的形状有些奇怪，不只是瘦长，还有些左右不对称。另外，整张脸都有种过度磨损的感觉，尤其是眼白很少。另一张脸则没给他留下任何印象，就像个影子。后来，等他再次经过那扇玻璃门时，忽然有种错觉，里面躺着的，都是些年轻的死者，而这座建筑里，只有他还活着。回到办公室里，他有些轻微的眩晕感，仿佛自己刚走过的，并不是走廊，而是长长的跷跷板，身后躺在幽暗中的那些年轻人压下了那一端，而这翘起的这一端，他走到尽头也无法压下去。

一切似乎都在奔向某个终结的时刻。不过，那家新投资方的表现却出乎意料的友善。他们暗示未来，只要你们愿意，是可以留下的。这是座建筑杰作,那个约谈他的美女高管认真地说道,需要对它有感情的人来继续为它贡献才智……我常被它的独特气质所打动,现在的困境,对它是不公平的,我相信,有你们的支持,它肯定会焕发新生的。他对她那张小巧精致的脸没能产生应有的好感,这当然跟她那过于煽情的语言有关,但更主要的还是他觉得,这个女人的言谈举止之间隐藏的那种过于娴熟的套路感。

她放下手机,注视着他。看过你的资料,少数资深的员工之一,对这里的一切了如指掌,再没有比你更有资格谈这座建筑的了。在强调她是出于职业角度做出客观评价之后,她问起那位已失联两年多的公司创始人的情况。这方面,他倒是可以讲很久。从二十年前的创业,直到失联之前,充满戏剧性的人生故事。她若有所思地听着。后来,她随手把手机扣在了桌面上,我听说,之前那些被带走的同事,陆续都判了,看来这案子离结束也不远了。现有的这些人,算是都过关了,这是好事。这也是为什么我们还需要你们的原因。对了,我还听说,这里曾有人跳过楼,就在中庭那里?

他沉默了片刻,我对那件事也不了解,我只知道那人在那天上午十点这里刚开门时就出现了,中午从中庭的四楼跳了下去。等我知道这件事时,现场已清理干净了,据说当时也没有现场目击者。就像什么都没有发生过?她略微显得有些失望。他点了点头,对,就像个传闻。

那换个角度,过了片刻她继续说道。你怎么看这个事件?他说,无论如何，都应该避免的悲剧……人在无路可走的情况下，可能特别容易这样，本来也未必就有这个想法，只是在那个瞬间，内心最后的防线断了，觉得跳了也就解脱了。她默默地看着手机。过了一会儿，她才若有所思地说道，据我所知，这个事件对你们公司也确实没什么影响，我们是通过警方才知道这个事情的……不过你不要担心，这丝毫不会影响目前我们正在推进的工作，我们只是需要尽可能地消除所有潜藏的问题，你要帮我们排雷呢。

    他是在事后调取监控录像时，才看到那人是怎么跳下去的。

    之前，那人一直站在四楼北侧的金属护栏那里，注视着下面空荡荡的中庭，像是在琢磨人造大理石地面上他根本看不清楚的花纹。12点13分，那人抬起右腿，跨上护栏，停顿了片刻，又把左腿也跨了上去，然后突然就跳了下去。在监控视频的黑白画面里，那个看上去又瘦又小的身体，几乎转眼间就撞到了地上。监控录像里没有声音，这纵身一跳，最初那一瞬间看起来甚至显得有些轻飘，只是撞到地面后，身体那过于猛烈的紧缩状态，才让人感觉到那撞击的力量有多么大。那人的脑袋窝在了上身底下，黑色的血，仿佛是从身体里慢慢流出来的。

    他从没跟人说过此事。有同事想跟他聊的时候，他也没接茬。而他听到的就是，这只是个偶然发生的轻生事件。直到他们又调取了之前几周的监控录像之后才发现，那人其实早就来过五六次了，几乎走遍了每一层楼,最后才确定了那个地点。他记得那人穿的是一身深色的运动服,跨上护栏时,嘴里还叼了根没有点燃的烟。那几个监控摄像头离得都有些远,通过画面根本看不清那人的脸。这让他觉得,这件事虽然发生在这里,却又是遥远的。

他并不想去了解什么。他仍旧会经常在办公室里待到很晚才走。以至于有些热心的同事忍不住在下班时提醒他,你最好早点回家哦。当时那家物联网公司还没有入驻,一到晚上,整个大楼里都是黑暗寂静的,只有他们办公室是亮着灯的,就像寂静深处的一块亮斑。可是对于他来说,这寂静本身就是额外的拥有,是只属于他自己的。至于这里曾经发生过什么,他倒并不在意。那个人跟他没有任何关系,他也从没见过他。那人最后的一跃,发生在一个平行时空里。

另外,他也不认为那人的选择算什么错误。说到底,这只不过是所有解脱方式里的一种而已。有时他甚至会想,要说我跟这个人有什么不同,或许就是我们对时空的理解不一样吧,我需要有更多属于自己的时间和空间,而它不需要。他需要的只是终止时间。他做到了,以这种直截了当的方式。

那位美女高管问及此事时,他正在仔细观察她的着装风格,脑海里则在重放那个监控录像里的最后片段。从她的眼神里,他读出了几丝厌倦。面对这里的一切,她的耐心似乎要耗尽了。她微笑,然后陷入沉默。后来,她以一个常规得让人想笑的问题结束了对话：你对未来有什么规划？他想了想，也没什么，就是准备四处走走，去些没去过的地方，然后就是，休息。她点了点头，不错，要是休息过后，你对这里还有兴趣，随时可以找我，打我电话，发微信，都可以。我说，好的。她站起身来，跟他握了一下手，接下来，我们还是会经常见面的，啊，这是个漫长的过程，我们都需要有足够的耐心。出乎他的意料，这是只温软的小手，几乎让他瞬间就原谅了此前她的所有装腔作势。

    法院冻结银行账户的那天中午，整个办公区里只有他一个人。对于这个消息，似乎没人感到意外。后来，走廊里有人在大声说话，是打电话的声音，像在争吵。他到门口那里站了一会儿，听了听。顺着声音，他来到走廊的转角处。一个胖胖的女孩蹲在那里。她背靠墙壁，对着开了免提的手机大声说着，不知是哪里的方言，完全听不懂。手机里传出的声音更是如此。他站在那里，注视着她。她忽然抬起头来，诧异地看着他，眼里含满泪水。过了片刻，她才回过神来，立即关了免提，低声连说了几个对不起。

    他转身要走的时候，发现那个瘦高的小伙子正站在不远处，表情有些古怪。他没有理会，直接回了办公室。想着刚才那个胖胖的女孩一脸惶恐的样子，尤其是那全是泪水的眼睛，让他意识到，自己刚才的样子好像有些严厉过头了。或许是她跟家人之间出了什么问题，正在备受煎熬，而他这样对她怒目而视，显然无异于雪上加霜。整个下午,他的脑海里都在不时浮现她那近乎绝望的样子。他需要找个机会,对她表示歉意,哪怕是给她一个歉意的眼神呢。后来,他又想到了那个小伙子古怪的脸。

到了晚上,他待在办公室里,与饥饿相伴的,是某种空荡荡的感觉。后来站在落地玻璃窗前,他俯视着下面马路两侧树冠里闪烁的灯光,往来穿梭的车辆。远处,高速公路上缀满了毛茸茸的金黄小灯,它们伴随着那条蜿蜒绵长的道路飘浮在漫无边际的黑暗里,仿佛永远都不会熄灭。而周边的低矮建筑,此刻就都沉没在黑暗的深处,留下些散碎的微亮,飘浮在黑暗的浅层。

有人进来了。尽管办公区里铺了地毯,他还是听出了脚步声。他转头看去,发现站在那里的正是那个年轻人,那张古怪的瘦脸,有些尴尬局促的表情。呃,不好意思,年轻人轻声说。您还有烟吧?当然,他把烟盒递过去,还有那只红色的一次性打火机。他把旁边那把带滑轮的椅子也推了过去。坐下来后,年轻人点燃那根烟,又把烟盒跟打火机还给了他。从吸烟的姿态,他就知道这不是个老烟枪,只是偶尔抽上两根那种。他感觉到了,年轻人有话想说。他也点了根烟。

真不好意思,年轻人带着歉意说道。这么晚了来打扰您。我刚才经过这里,看办公室里还亮着灯,就觉得只能是您还没走,我就想着,跟您讨根烟。他露出腼腆带些尴尬的笑意。他也笑了笑,说我也是刚好没事了。他打量着对方。近距离看,那张瘦脸有点汗津津的感觉。他们闲聊,什么时候来这个城市的,哪里毕业的,学什么专业的,这个公司待遇如何,在哪里租的房子,以及将来有什么打算,等等。年轻人老实地回答着,但似乎还有别的话要说。他就又递了根烟。年轻人想推辞,但还是接了,嘴里念叨着,那就再来一根吧。

您还记得那天中午,年轻人想了想说道。那个躲在角落里打电话的胖女孩吧?她那天后来跟我说,她被您的眼神吓死了,感觉你就要对她怒吼了……当然您并没有,可她还是觉得要被吓死了。呃,他说,当时我只是想看看到底谁在那里大声讲话,听着像在吵架……等我看见她,虽说没听懂她用家乡话在说什么,我还是放弃了想要提醒她不要这么大声的想法,可能是我太过严肃了,我过后也是有点后悔的,请你代我向她表达我的歉意。

不不,他赶忙说,我不是这个意思,这不能怪您的,主要是她的性格就是那样的,有点什么风吹草动的都会紧张得不行,稍不留神就崩溃了。她总觉得自己一无是处。在她父母眼里,她永远一无是处,他们经常打电话把她骂崩溃。我都劝过她几次,不要再接家里电话了,可她做不到,据说她母亲精神不大好,有事没事都会歇斯底里。她觉得自己从小到大都在受着,也不差现在了。今天上午,她离职了。临走前,她告诉我,她其实不想被任何人记得。

她为什么忽然就离职了?他有些诧异。

好吧,年轻人想了想说。我还是跟您说了的好。前些天,她被一个男同事骗了。那人带她去迪士尼玩了一天,就得手了。然后大家都知道了。我问她为什么,她说那天在迪士尼里玩得很痛快,从来没有人带她这样开心地玩过,所以怎么样她都认了,她也知道他不是什么好人。她说这也算是一种交换吧。唯一让她难过的,是他骗了她的钱,尽管不多,但已是她的大部分积蓄了。她更后悔的,是把这事告诉了家里,结果就被她妈骂了几天,几乎是想起来就打电话痛骂她一顿,甚至反复质问她,为什么不去跟那个人同归于尽?

那个人渣呢?他问道。

这个混蛋,连离职手续都没办就跑路了,年轻人说。他是个惯犯,专会骗那些长得不好看、性格又偏软弱的女孩子。真希望他哪天被车撞死,他一定会有报应的。说完这话,年轻人又跟他要了根烟,他帮他点上时,发现那张脸更显扭曲了。

你呢,他问道。最近怎么样?

我吗,年轻人愣了一下。不过就是熬着了,我们是吃青春饭的,要是有别的可能,就不会在这里了……不过大家好像都习惯了,除了我。有时候,我会觉得自己在心理上更像个老年人,没什么劲头,落到哪里就算哪里了,至于该不该挪动一下,我连想的动力都没有。从学校出来,我就是一个人,一直都是,一个人呢,也就没有什么好不好的了。

沉默了片刻,他对年轻人说,确实,一个人,也就没什么好不好的，反正到了最后，都是一个人。

自打那天晚上聊过之后，他就会经常下意识地观察他们，在走廊里的男男女女，他们的脸、眼神、装束、走路的姿态。可实际上什么都没有看出来。那是些普通的面孔，普通的眼神，普通的着装，普通的声音，似乎都只是平面的状态，就像打印机附近被随手丢下的作废纸张。或许，他想，在别人的眼中，我也是这样的吧。

大约又过了两周，有天晚上，他才忽然想起，自从那次聊天之后，就再也没见到那个年轻人。他们是加过微信的。于是他点开了年轻人的朋友圈，发现设置的是三天可见，什么内容都没有。头像是个黑色的正方形，下面签名档上，只有一行省略号。他发了条微信，你还好吧？等了很久，也没有回复。会不会也离职了？要是真的离开了，说不定还是有可能换个活法的。还有那个胖胖的女孩，其实也可以换个活法，哪怕为此切断此前所有的关系，也没什么。活着固然是麻烦的，但是死其实也很麻烦。想到这里，他忽然想到一个多年的朋友说过的话：我之所以没自杀，主要原因，就是不想让自己死了以后还变成新闻，被到处传播，让那些傻叉当作谈资。他跟她也有几年没联系了。

你还好吗？他给她发了条微信。

过了几分钟，她就回复了，只有三个字：活着呢。

哦，他回复，那就好。这几年，都在忙些什么？

没什么，她回道。不过就是上班，睡觉，我的大部分时间，都耗在这两件事上了。只要不上班，我都是能睡多久就睡多久的。这样的好处，就是省得去想那些有的没的事了。接着她又问他，这么久了，你忽然来问候我，是不是觉得我可能已经挂了？

当然不是，他回她，要是你真的挂了，肯定会有人告诉我的，要不是自然死亡，可能还会有新闻投送到我的手机上的。她发了个脸裂开的表情。

大约又过了半个多小时，她才发来新的信息，长长的一段文字，大意是：她确实在不久前认真思考过这个问题。但念及家里的老父母，还是算了，她怎样都可以，唯独不想亏欠他们的，让他们到了晚年还要面对这种困境。要是能给他们留下一大笔钱，那倒也还可以，可我又是这么的穷，啥都留不下……我也终于明白了，就算是想死，也不是谁都有资格的，至少呢，是需要有资本的，你说是不是？

嗯，深刻。他回复道，确实也不是谁都有资格的。

后来她又不言语了。他等了很久，又发了个问号，她也没有回应。结果他就失眠了。在客厅里，他抽了半天烟，有点乌烟瘴气的，就把阳台的窗户完全拉开通风。然后就像走马灯似的，在三个房间里转个不停，不知该睡在哪里。所有的灯都开着。他感觉脑袋里都被白光充满了。后来，他把投影机也开了，播放BLACKPINK的东京演唱会。随即又转身去了那间装满书的房间里。他从书架上翻出几本想看的书，堆放到床头，每一本都看了十几页。凌晨三点多，他出去把灯都关了，只是让那个投影机继续开着。回到放书的房间里，打开床头灯，他继续看那本仿佛永远都看不完的关于物种大灭绝的厚书。

差不多两年前，他们曾有过一段邮件往来。这是她的提议，她觉得那种即时聊天毫无意义。他们写了十来封邮件之后，就不了了之了。他记得那些邮件围绕的只有一个话题，就是自杀的问题。他当时为她深入分析了活着还是不活的背后问题。关于死，最后他这样写道。我没有发言权，这是个值得思考很久的问题，谁都没有答案，我不能鼓励你，也不能阻止你，说到底，这本来也不是个具体到可以反复讨论的问题，它就像一个隐藏在黑暗中的答案，碰到了，不管是有意无意，结果就出来了。她没有再回复。他们的那段通信，也就这样无疾而终。

凌晨四点多，他忍不住打开手机里的邮箱，搜到了那些邮件。令他意外的是，记忆是错的。那些邮件里讨论的，是她要不要换个城市去工作生活的问题。而他在最后一封邮件的结尾处是这样写的：不管怎么说，无论如何，我想告诉你的是，绝对不能后退，不能撤退，因为实际上我们早就没有了撤退的路了，只能向前，即使不能继续向前，也要钉在现在，哪怕只是做一块又臭又硬的石头。

他为自己写过这种话而羞愧。他们面对的根本就不是什么如何撤退的问题，而是弹尽粮绝后无力突围的问题。就在他终于有些睁不开眼睛的时候，手机忽然又亮了，是她发来了微信：哦，我之前睡着了。哦，他回复，我也快要睡着了。过了一会儿，她又发来一条微信，给我说个故事吧，有助于入睡的，你擅长这个。

好吧，他想了想，就讲了上次见那两个朋友的尴尬而又乏味的过程。她说这种事没什么意思，太过现实了。他只好继续想。后来就想起，以前看过的一个俄罗斯作家的小说里，有这样一个故事：在19世纪末，有个乌克兰大妈，在莫斯科郊外，开了家旅馆兼酒吧。她每天坚持亲自做的一件事，就是穿着正装，在大堂的正中央，跟所有来去的客人默默地拥抱。这件事，从她十六岁那年接手这家旅馆兼酒吧时就开始了。据说，那年春天里的一个清晨，她父亲躲在自己书房里，用猎枪打碎了自己的脑袋，而她的母亲则不知去向。她的旅馆兼酒吧的生意始终都很好，所有来的人都知道，在到达的时候，离开的时候，要跟她做一次深情的拥抱，这会让她安心。

写完这段发出去，他又补了个拥抱的表情。而她呢，并没有回复。直到次日早上，她才发来微信说，不好意思，好像你还没有讲完，我就睡着了，还睡得很沉，都没有做梦，也没有像平时那样偶尔醒一下。刚才醒来时，我又看了一下你的故事，想了想，我觉得我并没有看懂，不过还是要感谢你的，好了，我要起床了。还有些问题，等以后什么时候有机会再问你吧。

有时候他会觉得，这世间发生的事，是存在对称关系的。比如，在他跟她在微信里恢复联系后，次日午夜，他老家的一个老友，也在很久都不联系的情况下忽然发来一条微信：你在吗？他看了下此前最后那次聊天的内容。那还是一年前的事，也是在半夜里，这个老友转了个在线视频给他，是1990年意大利足球世界杯的决赛录像。当时他好像正处在情绪有些低落的状态里，没有马上点开它，只是回了他一句，这个好。老友马上回复道，是啊，美好的回忆。

意大利之夏，他回道。那首让人热血沸腾的歌。当时他的脑海里确实立即回荡起了它那有些夸张的旋律。但是接下来他们就再也没有说什么。那个老友是个容易怀旧的人，时不时地会转发个老电影给他，比如《阳光灿烂的日子》之类的，或是一些在地摊上发现的老书照片，比如《鲁迅书信集》。其实，那时他并不想看这些东西，甚至有些厌烦这种刻意怀旧的状态。他总是把话题转移到对方不想说的事情上，像有没有存上点钱之类的。当时老友在那家小餐厅里打工已有七年多了，最初说是当管事的，后来又说只是外卖了。而他并不想知道这种变故究竟是为了什么。想起来，他们至少有十五六年没见面了。

我想了很久，老友在微信里写道。想了很多，最后决定，还是跟你说了吧。跟你比起来，我是个非常不现实的人。这对于我来说，几乎是致命的问题。我仔细考虑过，想去你那里，重新开始自己的生活，你觉得有可能吗？我不会打扰你多久的，只是暂时在你那里住一段时间，找到工作后，我会再找地方住。

他一时不知该如何回复了。他无法跟他解释自己的处境，只能想法证明这种想法是不现实的，咱们都老了，能像现在还偶尔联系，我知足了，不可能再改变什么了……就在他反复琢磨如何措辞才不至于激怒对方的时候，老友忽然又发来了几段语音。古怪的笑声，深呼吸，然后才开始说话：其实，我是跟你开个玩笑，当然也是想试试看，在我真需要你出手的时候，你会怎样。我很了解你，这么多年了，变化也会有，但骨子里，你还是那个你。当年我就说过，你需要我，我会全力以赴，不留余地的。可你不会。你会帮忙，但是有限度的，这就是你的方式，处处都有限度，不喜欢没界限的关系。我是兄弟情义重于一切的，你呢，更喜欢孤家寡人，这是你说过的话。十年前，你帮过我，我没忘。再往后来，你可能觉得我这个人无药可救吧，就不帮了，我也不怪你。你用大道理教育我，我也受了。我想你在那边过得好，我为你高兴。我过我的。你活你的。后来我就想，你其实就没认同过我。为什么这些年我跟你不怎么说话？我确实没有话要说，你也一样。这就是最真实的沉默。咱们认识三十多年留下的唯一成果。我还是我，你已是另一个人。我本来想看看你到底会说些什么，可是想想还是算了，只是个玩笑而已。原因呢，只不过是我晚上在看书时，忽然想起那个十七八岁的你……我现在活得很简单，从不去想明天会怎样。你肯定比我活得累，自己多保重吧。

这些话，刺痛了他，这个家伙完全不了解我，却自以为看到骨子里了。思前想后，在这股强烈的情绪里，他写了一千多字的回复，几乎是逐字逐句反驳老友的言论。最后，他写道：这十几年里，我们是两个世界里的人，都不再了解对方了，所有的都不过是年轻时候的印象和种种错觉。其实我们已是陌生人了。你可以继续活在你的幻觉里。你今天的话，把最后的那条线，也彻底切断了。写完这些话，他热泪盈眶了。过了片刻，当他按下发送时，发现已经被拉黑了。

　　新投资方忽然又没有了声音。取而代之的，是法院的传票不时抵达。不到一个月的时间，他跟律师就已出庭几次了。等一切终于稳定下来，已到了十月底。想到他们这艘又大又破的船竟然还没有沉没，仍在缓慢地航行，尤其是想到自己还有机会把十五天年假好好休掉，他竟有种如释重负的感觉。差不多与此同时，他也发现了一个颇为严重的问题，就是由于最近两周都没有做个人备忘录，结果好些饭约都因时间撞车而令他不得不尴尬无比地做出临时的取舍，还要为爽约找到合适的借口，并不住地道歉。简单归咎于记性不好似乎也说不过去，其实主要原因还是他的脑袋经常会自动进入浮想所导致的那种空白状态。

　　处理这突如其来的一切，令他疲惫不堪。以至于在面对最后一次发生时间撞车时，他近乎使性子地推掉了几个老友的饭局，然后去了一位女士约好的茶局。他跟她其实并不很熟，只见过两三面，但她偶尔会在深夜里跟他聊上那么一会儿，基本上没什么主题，不过是想到什么就聊什么而已,当然有时也会嘘寒问暖。出乎他的意料,在那个幽静的日式茶室里,所谓的品茶局,其实只有他们两个人。身着和服的女茶艺师过度优雅地表演了全套茶道技艺。他们面对面地坐着,注视着茶艺师的一招一式,这样的好处,就是可以不用说话。但表演结束之后,他们就不得不说点什么了。

这位女士应该在四十岁左右,保养得很好,不经意间看上去,要比实际年纪年轻,但说话的声音还是藏不住那种饱经世事的味道。她先是跟他聊到自己最近在做的教育项目进展情况,这可能会决定她未来事业的走向。然后她又把话题转到了自己那里,小时候父母离异,母女关系的紧张,被母亲安排好的一切。她再把这些逐一拆掉。她有个女儿,离婚后也交给了母亲,算是有个交代。没有人可以安排我的生活。我今天之所以约你来喝茶聊天,主要是觉得你是个从来都不缺少耐心的人。其实我也很想听你聊聊自己,你的生活,你想做的事,都可以。

他有些走神。听她说话期间,他偶尔翻看了一下微信朋友圈,刚好看到那位做审计的朋友发的几张照片,都是那种以挥动手机的方式拍的,所有的图片里出现的都是流动中突然凝固的光影,看不出在哪里。沉默的存在,让他抬起头来,看着她,她的微笑。他想了想,怎么说呢?这么些年过去了,我忽然发现,自己其实就像个梦游人,一直在悬崖边上散步,却不自知。明年我就五十岁了。可是我却忽然有种身边的所有一切都在瓦解,都在不停地脱落……实际上,我现在最想的,就是休息,休息,好好地休息,要是过后我还能缓过来,再想其他的吧。

这时候,他的手机屏亮了。趁她陷入了沉思,他点开了微信。是那个做审计的朋友发来的:大叔,我来了,然后,我在江边走了很久,本想告诉你的,我来了,咱们就要见到了,但请你原谅,我这个人,终归还是情绪化的,在给你发微信的瞬间,我又忽然决定离开了。现在我已在高铁上,再次向你表达我的歉意。等我感觉准备好的时候,再来看你吧。

他把手机扣在了茶台上。他露出的微笑有些尴尬。之前在朋友圈看到的那几张光影模糊的图片,现在似乎都重叠在他的脑海里了,它们慢慢地融合为肌理更为复杂的光晕,这让他下意识地眯缝起眼睛。对面的女人以为他在仔细地打量着她,就躲开了他的眼光,抓起手机,好了,我还安排了今晚最后一档节目,要是你还有兴趣的话。他从恍惚中抽离出来。她笑了一下,我买了两张电影票,是今天的最后一场,去吧?

电影结束时,已是后半夜一点多了。她开车送他回去。他客气了一下,还是接受了。一路上,她不时说着电影观感。他只是听着,注视着前方。看电影时,电影院里只有三个人,在他们前面不远处,居中的位置上,还坐着个老年男人。电影开始不久,那个老男人似乎就已经睡着了,身体有些蜷曲,头也垂下了。在那巨大的银幕上出现火爆的枪战场面时,那人也没醒。在此期间,他们的眼光几次相遇,其实,他只是想找个合适的机会,跟她说,能否提前离场?现在,都结束了。快要到他家小区附近那个路口时,她忽然问他,你怎么看那个卧底?他犹豫了一下,呃,这个电影,我在两周前就看过了,在另一个城市里,也是晚上,最后一场。

休假前的那天晚上,房东老太发来了微信,说最近天气实在是太好了,到处都是阳光,可是马上也要降温了,要是有时间,就到我们这里来吧。她还发来好多张白天刚拍的照片,有她家院子里的,有外面的风景的,当然,还有海。

那座岛,由于海底隧道的存在,已彻底被陆地捕获了。再也不用乘船了,只要坐长途大巴就能到达岛上了。当然,他可以假装它仍然是座岛,毕竟它还在海里,还有那一圈完整的海岸线。他仔细看过地图,它那样子,有点像海龟。岛上的公路很完备,打车到房东老太那个别墅区的路线也非常简单。下午三点多,出租车快要抵达目的地时,他的手机亮了,是那个莫名消失了的年轻人发来的微信。

您好,他写道。非常不好意思,因为走得匆忙,都没来得及跟您打声招呼。我回老家了,因为父亲受了伤,需要人照顾。家里发生了很多事,都不知道从何说起。唉。对了,我想跟您说的是,你还记得那个胖胖的女孩吗?后来我听说,她去找那个人渣去了,想跟他要回自己的钱。她真的很执着,一直追到了他的老家,找到了他的父母。结果发现他们家里非常穷,就又走了,去继续找那个人渣。是她的同学告诉我的，还给了我她的新手机号，我打过两次，都是关机状态。

出租车停在了别墅区大门外。要开进去吗？司机在后视镜里看了他一眼。他说不用了。下车后，走进别墅区，他并没有马上回复那个年轻人。他不知道该说些什么。坐了这么久的车，他感到疲惫，不想跟任何人说话。微信上已积累了很多未读信息。他现在只想到房间里躺下。

这个树木高大茂密的别墅区里，偶尔从树冠缝隙里渗透下来的午后那些阳光斑点都是寂静的。每户人家院子里的植物似乎都不一样。按照路牌的指示，他曲折地走着，沉浸在各种植物和刚修剪过的草坪里散发的浓郁气息里。没遇到人。等他远远地看到房东老太的白色身影出现在路的尽头时，心里意外地浮现出几丝暖意。

你能来，她轻轻握住了他的手，我们很高兴。她带他穿过院子里那几株枇杷树下，来到底层厅里。他四处打量着。厨房里飘来煲汤的香气。她刚把一只岛上特产的母鸡煲上。他连忙表达谢意。你真的不要跟我客气，她笑道，来这里，就跟回自己家一样。你在那里，本来也是住在我家里，对吧？

他立即点头称是，心想是啊，我确实是一直住在她的家里。宽敞的客厅整洁朴素，几乎没有什么装饰物。她穿了身宽松的素白麻质长套裙。在落地窗边的沙发上，他坐了下来，观察这里的一切。靠近楼梯口左侧那里，放着个画架，上面有幅被涂抹得一团糟的油画,旁边的调色板上随意丢了些画笔和扭曲的成管油彩。

房东老太拿了只色泽晦暗的西式铜烟灰缸,放到了茶几上,说在这里你不要不好意思,可以抽烟的,我不怕烟,我们家老头子抽了半辈子的烟呢,五年前才戒掉。他这才想起问他老人家在哪里。她微笑着说,在上面睡觉呢,昨晚没睡好,现在补回来。她又给他泡了杯绿茶。她的热情周到,让他之前的倦意几乎消失了。坐到茶几旁边那个单人沙发上,她微笑着看他,你的状态,比上次好很多。这当然是客套,而不是实情,早上起来时,他是照过镜子的,看到的是一张灰突突的脸。

接下来,她又热情地介绍了岛上哪些地方值得一去,哪里风景最好,以前这里还曾驻守过部队呢,去年撤走的,那些营房都还在,你要是有兴趣,可以去看看。我家老头子也是部队出来的,做过宣传干事,会画画,也能写文章。你刚才看到的画,就是他才画的,其实他脑子出了问题后,就不会画了,但他有时还是想画,结果就成了这个样子。今天一早,我跟他说,你要来了。他都记不得你是谁了。下个月他过完生日,就是七十八周岁了。我比他小七岁。你不相信我们有这么大年纪?那是因为我心态好,而他呢,是因为什么事都记不住。在我们眼里,你也还是个年轻人呢。

在沙发上,他睡着了。他甚至想不起来聊天是怎么结束的。他跟她说了自己是怎么来到这座城市的,完全是因为那座巨大的建筑,它的设计师是个闻名世界的怪才，所以才会有这个奇怪而又壮观的样子，让他着迷，就到它所属的公司工作了，他喜欢独特的东西。这也是实话。他的十几年时光，就是在那座建筑里耗掉的。他也没有告诉她更多的事。她很好奇的是，这么多年，他一个人是怎么生活的，为什么不考虑找个伴儿呢？他只能说，一个人惯了，无法适应跟别人一起生活了。

哦，她若有所思地点了点头，这样，也是一种活法吧。

那个老爷子慢吞吞的下楼声，让他忽然醒了。老爷子仍然戴着那副墨镜，穿着肥大的睡衣，扶着楼梯护栏，站在最后一级楼梯上，朝他这里看着。过了一会儿，才继续走了下来，缓步踱到那幅油画前，注视了片刻。随后，老爷子默默地来到茶几旁边，坐在刚才房东老太坐的那个沙发里。过了一会儿，才把脸转向了他。他看着那副墨镜。又过了片刻，老爷子才慢悠悠地说道，你好，我们好像没见过吧？这里是不好抽烟的，她会不高兴，烟是她最讨厌的东西，她没告诉你吗？唉，你看到它了，我又画坏了。

他有些尴尬地看着那副墨镜。这时候，房东老太端着两碗鸡汤，满脸笑容地走了过来，放到了茶几上。她大声对老爷子说，这位就是我跟你说过的客人，你睡觉的时候就到了，要在咱们家住两天，你高兴吧？老爷子点了点头，嗯，可以的。过了几分钟，又露出了一丝笑意，欢迎你。房东老太笑着说，你看，他还是很高兴你来的，喝汤吧。

外面天色正在暗下来。没有人说话的时候，这里就显得特别安静。汤喝完了，她就端着空碗进了厨房。吃过晚饭，他们坐在沙发那里看电视。房东老太告诉他，老爷子的眼睛不好，见不得光，灯光也不行，只要是醒着，就得把墨镜戴上。电视正在播放的，是央视农村频道报道某山村脱贫的节目。其实他也不知道他们是不是在看电视。他偶尔会瞄几眼电视里那个山区小村庄里的景物和人。很快，困意又来了。正当他准备跟他们说，想上楼休息的时候，那位老爷子忽然说话了，像在自言自语，我今天晚上，还是不想睡觉。好，房东老太剥了个橘子递给老爷子，那就不睡好啦。老爷子嘴里塞满了橘子瓣，缓慢咀嚼，汁水从嘴角里渗了出来，流到了那件松松垮垮的睡衣上。

房东老太把他带到楼上的房间里，说了洗浴间的位置，就离开了。等他去洗浴间冲过澡，重新回到房间里，睡意已完全没有了。借着床头灯的光，他躺在床上打量着房间。对面的墙上，挂着一幅尺寸不大的油画，看不出画的是什么。下方，是玻璃拉门的储物柜，里面放了套茶具，还有一摞书。他下床过去，发现并不是书，而是旧相册。一共六本。他把它们捧到了床上。其中有两本是20世纪70年代的黑白照片，剩下四本都是彩色的，从80年代到十多年前。他发现，只有最早那本里出现了几张房东老太的照片，都是她跟某个女友的合影。在最后那本里出现的，都是老年人的合影。但所有相册里都没有他们夫妻的合影，也没有子女的照片，或是子女跟他们的合影。

在那本90年代的相册里，夹了份发黄的折叠过的剪报。一次湖上沉船事件的报道，在那次事件里，共有一百一十二人遇难，有七个人获救。其中有位军人，找到女伴遗体后，痛哭了很久。那个晚上，看了很长时间的画册之后，他把它们放回原处。躺到床上，盖上薄被，他仍然感到由内而外的冷。他想让自己的脑袋彻底地放空，直到看见外面天色已经蒙蒙亮的时候。据说这里离海边只有一千米不到的路程，他就想着，等一会儿就出去，散步到海边，去看看日出。他有很多年都没见过海上日出了。

把那部厚书夹在右臂下，他蹑手蹑脚地走下楼梯。客厅里光线黯淡，电视还亮着，只是声音很小，整个客厅里只有这点光亮在微弱地浮动。来到门边，他准备扭开锁时，借着落地窗那里的黯淡天光，他忽然看到沙发那里坐着个人。正是那位老爷子，坐在长沙发的正中央，身体笔直，戴着那副墨镜。在那张单人沙发上，房东老太蜷缩着，裹着薄毯子，正在熟睡。看着那副墨镜，还有那看不出表情的脸，他忽然有些莫名的紧张，也不知道到底该不该打声招呼。

你要出去？老爷子忽然说话了，身体仍旧保持不动的状态。

哦是的，他轻声说。准备到外面去转一转，到海边，看看。

还回来吗？老爷子继续问道。

哦，当然。他觉得自己的声音尽管很轻，但听起来仍然显得有些怪异。

你确实睡着了吗？老爷子过了一会儿又问道。

他犹豫了一下，还是老实承认了，哦，基本上没睡着，可能是到了新地方，不大习惯了。

那你是谁呢？

我？是你们的房客。说完这句，他已下意识地扭开了门锁。

哦，老爷子想了想又说。明白了。你带的，是什么书呢？

哦，是本辞典，他几乎下意识地说了谎。

好，老爷子顿了顿说。你去吧，只是不要走太远。

哦，好的。他把门开了道缝，几乎是钻出去的，然后随手把门轻轻地关上了。他甚至听到了他在里面还在自言自语。犹豫了一下，他想着要不要去听听老爷子到底在说些什么，但随即就丢掉了这个念头。打开院子的那道栅栏门，他朝外面走去，空气是湿漉漉的，冷森森的。寂静幽暗的枇杷树冠里，传来一只鸟的浑浊叫声。

那个清晨，他走了很远。那里的海滨没有沙滩，只有乱石滩。沿着海岸线，他足足走了一个多小时，远处海面上的天色也渐渐明朗了起来，是淡蓝的，只有近处的天空还是有些暗蓝的色调。他之所以这样一直不停地走下去，只不过是因为这里的一切都是如此的陌生突兀，甚至越是看到好的景色就越觉得如此。他听到很多海鸟的鸣叫，可并不想停下来看看它们，只是继续努力走下去。他的脑海里浮现很多人的脸,它们不断重叠在他凌乱的脚步声里,然后又纷纷脱落。当他走到一个海岬上时,远处的海面上,原本有些暗紫色积云的地方,突然跳出了一轮红日,小小的,像烧得通红的炭。他终于感到累了。于是他找到一块倾斜平坦的地方躺下来,正对着日出的方向。他随手翻开那部厚书。"兽孔目爬行动物,大多数都从化石记录中消失了,只有很少的一些进化成了一种小小的、毛茸茸的穴居小动物。作为幸存下来的小型哺乳动物,它们在长久地等待时机。它们之中最大的也不比现在的猫大,大多数比老鼠还小。但是,最后这竟成了它们幸存的原因。只是,它们还得耐心地等待1.5亿年,直到第三大王朝的恐龙突然迎来末日。这就为第四大王朝,也就是属于我们的哺乳动物时代让开了一条道。"这时候,无数海鸟在上空飞舞,海浪拍击岩石声异常清晰地传入他的耳中。海面在缓缓下降,而那小小的红日在慢慢上升。很多东西都脱落了。刚才还淡薄的金色阳光已忽然变得浓烈起来,正以不可阻挡的气势扑面而来。他睁不开眼睛。他感到通红的光裹住了自己的眼球。他觉得整个身体都在持续倾斜的过程中,是这过于浑厚而又强烈的光芒在推动着身体倾斜的……在近乎眩晕的状态里,他感觉身体开始迎着阳光向下滑行,就像一架小的滑翔机,正在轻缓无声地滑入低空,但又并不是滑向那波涛渐渐平息的大海。他觉得其实是滑向了另一个寂静的虚空,就像一颗渺小的星球,在宇宙的深处,悄无声息地滑向那个无光的黑洞。

大理冰期

> 在庐山冰期之后还有一个更晚冰期,在此冰期中,长江中下游虽无冰川发育,但在气候上有所反映,而在中国西部地区则有冰川作用……属晚更新世,以云南大理苍山的冰碛物为代表。
>
> ——360百科

我有朋友。我没有朋友。

这种意识就像钟摆,晃到左边,感觉没有朋友,摆到右边,则感觉还是有的。比如现在,我躺在沙发上,看着投影机放的电影,这是我今晚看的第四部。晚上没吃饭,也不饿。我喜欢电影,但要是想不起来,可能很久都不看,想起来,就会一次看几部。

就这样，到了午夜。看完了那部007系列里的。以前看没看过，我忘了。接着看《傲慢与偏见》。我对简·奥斯汀无感，倒是她的书信选还不错。据说，马克·吐温看《傲慢与偏见》时，想把奥斯汀从坟墓里挖出来，用她的膝盖骨敲打其头骨。可福克纳说马克·吐温是个平庸作家，欧洲四流。我喜欢马克·吐温，更喜欢福克纳，他们都有资格毒舌。我则是那种永远也说不出刻薄或恶毒话的人。不过，估计等我进了坟墓，也会有人想拿我的膝盖骨敲打我头骨的。比如阿宁，我多年的朋友。

她比我小五岁，还很年轻，这意味着可以试错。她喜欢试错。不试你怎么知道错没错呢？她不仅这样说，还会这样做。而在试之前，她又偏偏要跟我商量，觉得我理性。要是我劝阻，那她大概率会去做的。我就像是她的助推器，我的反对声，会让她冲向前方。我还单身的时候，她没事儿就问我，为什么非要单着呢？像你这样的，随便抓一个，都不会差的。等我有了男友，她又说，为什么偏要有个男人呢？一个人不是也挺好的吗？当时我们住在首都的一家宾馆里。听说我来出差，她特地飞过来小聚。我刚洗过澡，她不动声色地扯掉了我的浴巾，把我拉到了门口的穿衣镜前，跟我并肩站在那里。廊灯的强光打在我赤裸的身体上。她从睡袍侧兜里掏出香烟，给我一支，自己叼上一支，划着火柴都点上。这个场景让我印象深刻。过了一会儿，她若有所思地说道，你看，你是裸着的，我是包裹着的，这就是差别。转身回到床上，她扬声说，你太瘦了，我也是，这可不是什么优点。

那天晚上，我耐心地劝她，不要去那个遥远的西北城市。结果她随即订了机票。我知道她是会反着来的。或许，我应该什么都不说，那样她就会犹豫不决了。那时我们都认识有几年了。初次见面，是在那场持续了三个多小时的谈判桌上。我们分属甲乙方。中场休息时，我到外面抽烟，她也出来了。点了支烟，她侧目打量我。我觉得你不错，她说着，就转到了我的对面，歪着脑袋看我，食指跟中指夹着燃了半截的烟，有些生硬地翘在侧面。咱们属于天然的朋友。她说，你不觉得吗？我说我没朋友的。她说那从现在起，我就是了。这种自以为是，意外地打动了我。晚上我就住到了她的房间里。

当时我带的书，是福克纳的《八月之光》，看了几天，那个去找男人的女孩还在马车上晃悠呢。福克纳用了一百来页写她在马车上这样晃了很久，却能吸引你看下去。后来她把书拿了过去，翻了翻，问我，写什么呢？我就说，一个打工的女孩去找男人的事，她怀孕了。这么厚的书，她拿着它晃了晃。就写了这么点事儿？我抽着烟，没回答。她告诉我，自打上次那个男友突然离她而去之后，她都几年没谈恋爱了。她觉得，一直这样，也没什么不好……再后来，我感觉自己开始社恐了，跟人打交道都困难了。

我们是朋友哦。第二天临道别之前，她这样跟我确认道，至少我把你当朋友了。我礼貌地表示了赞同，当然，不然我能初次见面就跟你睡一张床吗？她略带嘲讽地看了看我说，最好别用这种口气，别这么礼貌，这会让我不自在的……我们是朋友。嗯，我点了点头，当然。她过来拥抱了我一下说，我喜欢这样的感觉，简单明了，我受不了任何社交的感觉出现在朋友之间。

我们并不是一类人。我不想掩饰这个看法，她也不介意。这是显然的啊，她善于找证据，你看，你抽的是玉溪，烤烟型的，而我呢，抽的是中南海，混合型的，你从来不换烟，只抽这一种，我呢，经常换，只要是混合型的，就都可以，这就是区别。后来，我们之间就无话不说了。比如她跟父母关系不好，而他们各奔东西也有年头了，平时跟她也很少有联系。而她的父母呢，据说是那种永远不可能分开却又不停互虐的状态。她爸被撤了职，就是她妈举报的。我们都有过一些短暂的异性关系，关系的有无，全凭一时的感觉。总的来说，我们观点比较一致的就是，没啥意思。

她飞到那个西北小城，住了一个月才回来。那人几乎虚构了一切。可是，既然这样，为什么她还要住那么久呢？她说，我又当真了。他说妻子因车祸成了植物人，而他要照顾一对很小的双胞胎和偏瘫的老母亲，房子抵押给了银行，车也卖了，还欠着债。他带她去了医院，隔着重症监护室门上的小窗，眼含热泪地把里面那位插满管子的女人指给她看。她当晚就给他转了笔钱。他在电话里痛哭流涕。不过，她说，我真的是个天生的侦探。有一天中午，在酒店里他睡着了，她就拿起他的手机，输入记下的密码，点开微信，发现里面有个名字是"1",看聊天记录,是空的。然后她又去看那个"1"的朋友圈,设置的是三天可见,但她还是看到了几张照片,双胞胎的。其中一张,刚好露出他的背影,扶着一辆双座童车,标注的文字是:两个宝贝,一个冤家,一辆新车。随后她又找到他母亲的微信,发现他们在争论要买哪里的房子,他母亲说去过这里那里的。次日,她先是查到了他单位那个处室的电话号码,打了过去,对方说没这个人。随后她又去了那家医院,当然,那个植物人跟他也没关系。

余下两周,她就重新找了家宾馆,闭门不出。他找不到她,就每天打电话忏悔,所有的谎言都是为了爱。听到这话,她放声大笑。后来她就不接他的电话了。他发微信,编故事。她就拉黑了他。他又发短信。她把他的手机号也屏蔽了。对她讲的这些事情,我没作评价。后来,有天半夜,她打来电话,平静地告诉我,一个坏消息,怀孕了。也有个好消息,那个人渣,还钱了,然后还打公用电话给她,发毒誓,两个月内离婚。她说好,我等。当天下午,她就去了医院。我感觉。她说,我做掉的,不是孩子,而是他。

我结婚了。跟一个结过两次婚的工程师,比我大二十岁的新加坡华人。蜜月旅行,选在古巴。他问我理由。我说那里的感觉,就是很老,很旧,我没去过。我除了带了两本福克纳的小说,还带了本《卡彭铁尔作品集》,里面收了《消失了的足迹》和《光明世纪》。

在飞机上,我先看后者。长途飞行中,我是从来都睡不着的。即使看这种复杂而又奇怪的书,也没有困意。他在旁边断断续续地睡。后来,有次醒来,他侧着头,看我拿的书上写的什么。当时我正用笔在一段话下画上线:"我们必须提防那些漂亮话,提防那些漂亮话虚构的美好世界。咱们这个时代被废话压垮了,乐土就在人们自己身上。"他这人有个优点,就是很少会随口点评什么。这真的是我最看重的品质,不像过往的那些男人,无一不喜欢随时点评别人,对你做的事指手画脚。我看了他一眼,他点了点头,似乎在表达某种认同。

决定跟他在一起时,我曾问过他,知道我为什么会选你吗?他想了想,摇摇头。我说,你安静,话少。其实不止这些,还有其他的因素,比如,他从来不用推特、微博之类的,微信也只是用来谈工作,从不发朋友圈。他爱干净,家里永远一尘不染。他不抽烟,但不介意我抽烟,还特地买了各式各样的烟灰缸,放在茶几上,电脑桌上,床头柜上,厨房,洗手间,还有阳台上。我们平时也不怎么闲聊,通常都是各自对着电脑做自己的事。他喜欢烧饭,喜欢做咖啡,坚持亲手磨咖啡豆。他还喜欢红酒,存了很多不同国度的上好红酒。另外,他还喜欢不声不响地出现在我背后,看我在做些什么,我回过头去看他,他就翘翘嘴角,耸耸肩说,你继续,我看看,没事的。然后他会顺手把那个装满了烟蒂的白瓷烟灰缸倒掉,重新放了纸巾在里面垫上,再加点水,这样好清理。

要说矛盾，也不是没有。我喜欢歌剧，而他近乎反感。后来我才知道，他小的时候，母亲是个歌剧迷，至爱普契尼，《图兰朵》是播放频率最高的。那时，他感觉无论是醒着还是睡着，家里都会大声播放这部歌剧。甚至在她跟她父亲发生争吵甚至冲突的时候，整个房子里都在响彻《图兰朵》的乐曲和歌声。偶尔，他们都精疲力竭了，母亲倒在客厅里的沙发上，而父亲不知躲到了哪里，那部歌剧刚好放到《今夜无人入眠》那一段，他听得入迷，然后泪流满面。直到后来，发生了他父亲酒后跳楼这种事，家里的歌剧声都没有消失过。长大以后，任何歌剧的声音，或是普契尼、图兰朵这种字眼，都会让他本能地厌恶。不过还好，我不喜欢普契尼。我喜欢马斯卡尼。我对他说，这会不会让你觉得好些？他笑了笑，表情略显不自然。从那以后，我就戴着耳麦听歌剧了。

他对我有种依恋感。这让我有点不适应。一个五十来岁的男人，有过那么多的感情经历，还有这样的依恋感，我有些理解不了。当然我也不会去碰这个话题。晚上睡觉时，他喜欢蜷缩在我的侧面，把头倚在我的臂弯里。而我不喜欢仰着睡，就不得不等他睡熟之后，再把手臂小心抽出来，转过身去睡。我喜欢一个人睡。而更让我不能适应的，是我发现他不希望我经常外出，去会朋友，参加饭局。他从没说过什么，是我猜出来的。他每天不管怎样，都会准时回家做饭。我要是有约回不来，会提前告诉他。可等我回来时，发现他做了丰盛的菜。我就说，我不回来吃的时候，你就不要多做了。我知道他是不吃剩菜的,做多了只能倒掉。这样提醒了几次,他依然故我。我也就明白了,这是一种态度。我能做的,就是尽量减少晚上外出。

除了看专业书,他看得最多的,就是天文书跟科幻小说。它们装满了一个小书架。我的那个大些的书架并排放在旁边,放的都是文学、音乐类的书。在阳台上,有台专业级的天文望远镜,是他的,他经常在那坐观天象。他不大喜欢跟人谈论自己的爱好,跟我也一样。我能感觉到,他是乐在其中的。这就可以了。有时,他坐在那里对着望远镜出神,我就窝在旁边的小沙发里,抽着烟,借着那落地灯的淡黄色光,看我的福克纳。这种默契的气氛里,其实也隐藏着某种距离感,两人之间,就像隔了层薄薄的玻璃。遇到天朗气清,一轮满月悬在空中,银光洒满阳台的时候,我就会把落地灯关了,看着他那被淡淡清光包裹的身形,想象月球表面的环形山……有时,我还会想象一艘宇宙飞船,我们是里面仅有的两位宇航员,正在远离地球,远离月球,甚至远离整个太阳系,周边只有无限深邃的真空寂静。那种情境里,我能做的,就是再点上支烟,然后看着烟雾慢慢升腾,笼罩在他的头上。

我们并不是朋友。阿茜在电话里说,我们认识十三年了。现在她通知我,不是朋友了,以后不是,以前也不是。我能说什么呢?我说你这样讲,我真的无话可说了。我是很平静地说的。她沉默良久,最后说道,现在才是真实的,不好意思,我觉得由我来戳破更合适些,在你眼里,我不过是个笑话……以后,你可以随意地笑了,再也不需要顾虑什么了……你知道我的一切,我却没有意识到你经常在笑,还把你眼里的笑意误会成善意。现在,你能在电话里对我放声大笑吗?我想听听,然后再挂断电话……这样会有种仪式感,你应该能理解的,对吧?得体如你,在这样的时候,真实地笑一次吧。

你说的这些。我说,我会记得的,会好好想一想。沉默片刻之后,她挂断了电话。我就把手机关了,来到阳台上,坐在那个小沙发里抽烟。他不在家,两天前回新加坡去了。当时已是午夜,十月下旬的微凉夜气里,天空高悬着一轮满月。据说满月时,人跟动物都容易烦躁甚至情绪失常。可阿茜说话时是那么的冷静,没有任何情绪。我为什么要关了手机呢?这可不是我的习惯。说明我在意了,她的话刺到了我的痛点?其实,自从一周前从她那里回来,我就不想去琢磨她的心思了。现在也不想。

后来,我开启那台据说口径有 127 mm 的望远镜,坐在椅子上,低下头,右眼对准镜头。以前我从没看过它。这个黑色的像半截火箭筒似的东西,就是他说的深空望远镜。我对天文没兴趣,也不想为了跟他有默契而去关注这个领域,但我还是被呈现在眼前的高清晰度月球景观震惊了。那个月球,是如此的清晰、古老,跟它投给地球的银光似乎刚好构成了两个极端。这种震撼甚至让我紧张,就好像我看的是什么不应该看到的东西。我回去取来手机，重新开启，没去看微信里累积的信息，而是去搜索月球的相关资料。

那些小小的环形山没什么可意外的，只是更加清晰了，清晰得有些诡异。还有它们附近的山脉，看上去就像谁用深灰色油彩反复堆涂的痕迹。但我确实不知道哪里是月海。我记得以前偶然在网上看到的月球图片里，有一张清晰度比这台望远镜所见低些的，环形山都比较小，而在月球表面上方，有几簇很大的暗痕，就像粗糙水泥地面上的水渍，或者说是摩擦后留下的痕迹，它们彼此相连，形状不规则，只有最右侧的那片，有点像银杏树叶。这个深灰色球体，在那个黑暗的背景下显得极度冷漠，就这样，它在那里已有几十亿年了。阿茜发来了一条微信。我继续查看网页上的月球信息，有段文字让我印象深刻：

"因为月球的自转周期和它的公转周期是完全一样的，所以地球上只能看见月球永远用同一面向着地球。自月球形成早期，地球便一直受到一个力矩的影响导致自转速度减慢，这个过程称为潮汐锁定。亦因此，部分地球自转的角动量转变为月球绕地公转的角动量，其结果是月球以每年约38毫米的速度远离地球。同时地球的自转越来越慢，一天的长度每年变长15微秒。"

我跟他说起要去大理休假时，他有些不置可否。我也只是让他知道而已。我说阿茜想我了，让我过去陪她几天，刚好我也想休息一下。他这才像从沉思中回过神来似的，微笑道，好的。这应是那天晚上我们唯一的对话。订好了机票，午夜前我就上床睡了。

凌晨三点多，我醒了。他没在床上，也没在电脑前。在黑暗里爬起来，我来到客厅里。灯是关着的，但投影机亮着，声音很低，幕布上播放的是BBC的宇宙探索系列节目，这是他经常会看的。隔开阳台的落地窗帘上，有对面灯光勾勒出的身影。我挑开窗帘，拉开了阳台玻璃门。他扭头看了一眼，继续低头看望远镜。我说你怎么还不睡呢？过了一会儿，他才慢悠悠地说道，在看土星呢。我拿起小沙发上的那盒烟，抽出一支烟点上。那天晚上没有月亮，但有很多星星，小小的。抽完那支烟，我就回去睡了。在沉入朦胧的梦境过程中，我想到了土星图像，它很美，跟它相比，月球真的没什么可看的。我还想到，有次跟他一起看那个BBC节目时，里面提到过美国发射的探测器，旅行者1号、2号。

去大理的过程跟以往没什么不同，只是这次我约了阿宁，我们约定在大理机场会合。自从那件事之后，她每天下班就宅在家里，周六周日，她甚至连床都不想起。说服她跟我一起出来，并不是件容易的事。我跟她说过阿茜，好多年的朋友，人特好，好客，又擅长美食。我每年都要去她那里两次。那里的环境倒也没什么，主要是在她家里跟住旅馆完全不一样，甚至比在我家里还舒服。她现在是个画家，没事就到苍山洱海边画点画，卖给游客。这种活法，是我羡慕的。不过，对于阿宁来说，似乎能做出这个出发的决定，就已经要把能量耗尽了。

在那个很小的候机大厅里，她戴着墨镜，穿着一身黑色的长裙，面无表情地拉着黑色拖箱走在人流里，像是刚参加完葬礼。她那副疲惫不堪的样子，我估计要是有人说，你可以回去了，她肯定会转身就走。远远地，我就朝她挥手。她歪了下脑袋，露出有些无奈的表情。等出租车时，我掏出烟，点了支。她晃了晃头说，我只想睡觉。昨晚她几乎没怎么睡，一直在想着找个借口，跟我说她来不了了。就这样，直到天亮，她也没能给我发出那条编好的微信。后来在床上躺到上午十点多，她才说服自己，起身出发了。她的眼皮有些浮肿，没涂口红的嘴唇有些干瘪。她这种状态我还是头回见到。我都不敢碰她，生怕她会爆炸，像个充气过度的气球。

一切都过于熟悉了，出租车行驶在狭长弯曲的公路上。阳光透过车窗，照耀着我的脸庞，让我有点恍惚。我在微信里跟阿茜不时聊几句，她在买菜，等我们到了，就可以做晚饭了。不过，她没提老陈在做什么。若是在以前，她肯定会说一下他在忙，什么的。他们结婚也有十来年了。老陈很温和，跟我也成了好友。他们有一条狗。他每天最开心的事，就是早晚出去蹓狗。有段时间，我很同情他。那还是两年前，阿茜认识了一位著名指挥家的儿子，狂热的马勒爱好者，五十来岁，身患多种疾病。但用她的话说，就是浑身上下散发着贵族艺术家的气质，非常有绅士风度，会作曲、写诗，热爱绘画。当老陈看到那幅从美国快递来的水彩裸体画,并认出画里的女人体就是阿茜时,她就跟他坦白了,我爱上了他。画得不错,老陈点了点头,仔细观赏着那幅画。这个瞬间,她莫名地感动了,拥抱了他,泪流满面。后来,他给那幅画装了框,挂在卧室里。从那以后,每当他们家的音响里播放马勒的交响乐,而她又在客厅里画画时,他就会出去,带着马勒。

出租车在那条小路的尽头。车子前面不远处,有个人,牵着狗。我叫醒了阿宁。她整个人就像散了架子,好不容易才重新组装起来。出租车走了,我们拉着拖箱,站在那里。老陈微笑地看着我,又看了看阿宁。我都在这儿等了半个多钟头了,他说。看你们的样子,不知道的还以为你们是坐了十几个小时飞机呢,真有这么累吗?他又看了眼阿宁。那副墨镜几乎遮掉了她的半张脸。她点了下头,嘴角抽搐了一下,算是回应了。只是那表情就跟含蓄地表达节哀顺变差不多。我这才注意到,她不知什么时候涂过了口红,黑色的。

马勒温顺地靠在阿宁腿边,嗅她的大腿。她有点紧张。老陈笑道,它这是在表示喜欢你呢,你看它就不去挨着别人。他冲我挤了下眼睛。我说是啊,我总是叫它废柴嘛,它是记仇了。他大笑,对它叫道,马勒,差不多就得了,不要没完没了。这是只柴犬。我们走在那条细长而又不平坦的小路上,拖箱不时发出咕咚咕咚的响声。九月下旬了,这里下午四点多的气温有些微凉的感觉。到了晚上,气温会降到十几度，要是坐在客厅里，是要加件衣服的。马勒在前面轻快地小跑，不时回头望一眼我们。我跟老陈走在前面，阿宁跟在后面。周围那些看不到的鸟偶尔不叫时，就会立即现出那种其实从未消失过的寂静。不像在城市里，哪怕是夜深人静的时候，也还是会感觉到各种声响在不远处飘荡。这寂静，就像无边的透明体，无论是什么声音，对于它来说，都不过是小小的泡沫。在这里，任何时候，只要你停下脚步，就能感觉到这寂静的深邃与广阔。

我问老陈，阿茜最近怎么样？他看了我一眼，她啊，好着呢，最近在拼命地画画，多数都是大画，你到了就知道了。我说她给我发过一些作品的照片，还有创作亢奋时的自拍照。我就说，你这状态真让人羡慕。她说，我现在就是疯狂地画，所有的疯狂都是彩色的，不是吗？！我跟她说，我要记下这句话，没准哪天就用在广告文案里呢。她就笑道，那我可是要版权费的！说实话，她的这种状态，还是很有感染力的。听我这么说，老陈出了会神，喃喃自语道，感染力。

走进他们家院子里，我闻到了花的香味。马勒兴奋地上蹿下跳。阿宁下意识地躲避着。老陈把我们的拖箱放在一边，请阿宁坐在那个长方形实木餐桌旁边。我去了厨房。门关着，里面没有什么声响。我轻轻扭动门把手，开了道缝。进来吧，阿茜的声音。我推门而入。她坐在圆形草垫上，仰望着我，手里有支烟。我随手就把门关上了。她看了看我，像喝多了似的，眼神迷离。煲了汤，她沮丧地说道。冰箱里还有些冷菜，我没力气烧菜了，累了……我知道你是不会介意的，可毕竟还有你的朋友……其实我只是想见到你，跟你好好聊聊，我最近糟透了……老陈没跟你说吗？

我摇了摇头，他要跟我说什么？蹲下身去，我拿了支她的薄荷烟，点上了。我从不抽这种烟。他在外面待了几天了？她冷笑道，带着马勒，都是后半夜才回来，然后就是睡到中午才起来，又出去……他说这是为了让我安心画画。我都要被他气死了。听说你今天就到了，他昨晚不到半夜就回来了，但也还是睡到了中午……疯了。我看着她，过了一会儿说，我饿了。她有些恍惚地看了看我，然后忽然就笑道，哎我都忘了要吃饭了。她的性格，就像变幻莫测的多面体，每一面都很真实。我见她还在看我，就伸手捏了捏她的下巴，吃完饭，我还要看你的画呢。她站起身，忽然又问道，我是不是像个疯子？我说我喜欢你这种疯劲儿。她叹了口气，用力掐了掐我的右臂，我忍着痛，拥抱了一下这个丰满的女人。

晚餐确实过于简单了。在吃饭的过程中，阿宁几乎没说话。阿茜也只是随便吃了点，喝了半碗汤，就在那里默默地抽烟了。只有我跟老陈一直在闲聊。其实他平时话也不多，今天却是讲了很多茶馆里的事。他开心时，会有些孩子气。阿茜在沉默中一直在观察阿宁。而阿宁则低着头，似乎只是在重复一个动作，手机屏幕暗了，就点一下，让它亮起来。后来，阿茜显然不想再听下去了，就起身去了那幅正在画的大画前，看了很久，也没动笔。那幅油画上，画的是盛开的山茶树，在深蓝色的底色衬托下，满树猩红妖冶的山茶花，却没有一片叶子。

老陈的话音突然就停住了。沉默了片刻，他露出苦思冥想的神情。之前他脸上的那种微红消失了。你们也该休息了，他忽然说道，然后就端那个砂锅，朝厨房走去。我也把桌上的几只碗摞到一起，收拢了那些筷子，带去厨房。收拾完毕，在带我们上楼之前，老陈顺手把几盏大灯都打开了。阿茜回头看了一眼我们，又转过头去，继续看那幅画。其实根本不需要老陈带我们上来，我对这里太熟了。到了房间，他客气了几句，就出去了。阿宁则是直接就倒在那张大床上，说她要先睡一会儿。我换了身宽松的绒衣，找出手机充电器，下了楼。

阿茜还在那幅画前站着，手里多了支油画笔。她在调色板上调出纯黑的颜色，在那山茶树的枝干上仔细地涂抹着。我坐在她侧后方的椅子上，抽着烟。等到她把那些枝条都涂成了黑色，已是晚上八点多了。外面包裹着寂静的黑暗。在那些明亮的大灯照射下，那些黑色的枝条显得有些诡异。她放下画笔和调色板，走到画前，仔细看了看，然后又退远些看。她叹了口气，唉，不对。我说这样就很好了啊。她也不回头，幽幽地说道，那要是我把那些花朵也画成黑色的呢？我想了想说，也不是不可以。

哈，我说什么你都会赞同的。说完，她转过身来，拉了把椅子，坐到了我对面。她摸着手指上粘的黑颜料,像在自言自语,老陈,几天前,跟我发火了。他这种向来温吞吞的人,竟然也会有发火的时候……至于原因,你想都想不到,我有天心情不好,就打了马勒,是用扫把打的,其实并不重,只是马勒被吓坏了,一通乱叫乱跳,老陈就怒了,说我冷血。然后就把我一个人丢在家里,自己带着马勒出去了。后半夜回来,他睡到了你们那个房间里。第二天中午,他就一声不吭地带着马勒又走了。后来我半夜去了那家茶馆,看到他坐在角落里,低着头,玩手机里的数独游戏。我坐到他旁边,跟他说话,他也不理我。在那坐了半个来小时吧,我就跟他说,要是你想跟我离婚,咱们明天就去把手续办了吧。他突然抬起头,对我怒目而视。我也没理他,起身就走了。我知道他不想。

我正想跟她说点什么,手机却响了。我就略带歉意地跟阿茜说,我老公,我先跟他说几句。然后我就走到了客厅门口,跟他说话。今天过来的情况,这边的天气,阿宁的疲惫嗜睡,晚餐,还有阿茜的画,尤其是那些大幅的。他说他是傍晚到的家,处理完工作上的事,就收拾了卫生,正看一本新出的科幻小说,是一个加拿大作家写的,内容是关于未来某个时代里人类发明了一种太阳风帆飞船,可以飞出太阳系,人类组建了考察团队,有对即将分手的科学家夫妻都被选中了。他刚看了几十页。我说那你先看吧,等我回去也看看。

她扬头笑道,你们真是恩爱啊,让我听着都羡慕。你看,像你这种向来对婚姻、家庭甚至爱情都兴趣不大的人，却偏偏就会有这么好的运气……而像我这样的人，却要饱受煎熬，跟烙饼似的，翻过来掉过去，两面都糊了，还在翻着。不过你能来，我真的挺高兴的，只是没想到你会带朋友来……要是你一个人来，该多好啊，咱们可以睡在一起，像以前那样，一直聊到天亮。可是这次就不行了，我只能跟老陈睡了，他又不想跟我睡在一起的。你看，多一个人，就都乱了。现在的年轻人，也真是有个性，比如你那个朋友，她为什么要把嘴唇涂成黑色呢？

　　话题转得有些突然。我就说，哦，她平时就是这样的，不是涂那种纯红的，就是涂这种纯黑的。她忍不住笑道，你是想说，我跟她有缘吗？我的画上，有红的山茶花，黑的枝条，跟她的口红色号刚好配上？不过我确实是在见到她之后，才决定把那些枝条涂黑的，怎么样，你看着效果是不是很强烈？其实我极少会用到黑色，这是所有的颜色里我最不喜欢的，主要是觉得这种颜色比较脏，你看，我把那些枝条都涂黑了之后，是不是整个画面都显得很脏？

　　我侧过头去，又看了看那幅画。我说真没觉得这样就显得脏了，反倒是视觉效果更强烈了。说完，我起身来到那幅画前，指着那些黑枝条说，这种笔触特别好，每笔都有顿挫感，让这些枝条有了种金属的质感，我喜欢。她没有回应，甚至都没有转过头来看我，而是继续着那种似笑非笑的表情，看着我坐过的那把椅子。等我重新坐下，她才继续说话，表情似乎比之前轻松了一些。她说还是你这种做创意的人敏感,甚至能读出作者都没想到的东西……哦,对了,你推荐的那本《八月之光》,我看完了……应该说是翻完了。说实话,我不太喜欢这种题材,尤其是不喜欢那个女主人公,当然,你的大神,他的写法也是我不能喜欢这本小说的原因,推进得太慢了,让我看着就着急,绕来绕去的,原地打转,当然我这些都是外行话,作为普通读者,我确实欣赏不来这部杰作,还有点反感……你不要不高兴啊,我还特地搜了一下他,结果就看到了纳博科夫的恶评,哈哈,他说福克纳写的是"玉米秆儿编年史",就是土嘛。当然我也不喜欢纳博科夫,他那本《洛丽塔》,挺变态的……不过看他恶评福克纳,我忽然对他就有了些好感。

我也笑了,就跟她说起马克·吐温恶评简·奥斯汀,福克纳又恶评马克·吐温的事。她听了也哈哈大笑,拍着手说,有意思,我喜欢……好吧,看来哪天我也要看看马克·吐温了,我也不喜欢奥斯汀,写的都是鸡毛蒜皮的事,完全没有才华,谈个恋爱都要把财产挂嘴边,完全没有想象力,也没什么情调。我的那位,就说过,英国人哪里懂什么小说,只有法国人才会写小说,影响了全世界,唯独没能影响到英国人。怎么样,是不是也很毒舌?你别看他五十几岁的人了,毒舌起来,浑身都发光。

我知道她说的是哪位。于是我就顺势问起他们怎么样了。她忽然又沉默了。过了几分钟,她才又有些兴奋地说道,他啊,每天都说自己快要死了。真的,他就是在视频里这么对我说的,他感觉自已活不了多久了……其实我早就习惯他说这些了，都说了一年多了，不还是活着吗？他就是希望我能多安慰他，随时安慰他，可他不知道，每次安慰他之后，我都要大哭一场。你还记得我跟你说过的吗？当时我还在美国，在他那幢大房子里，他经常就像疯了似的，光着身子在房子里到处走，为了哄他穿上衣服，我不知要费多少口舌，他就跟个孩子似的，任性极了。可是，只要他穿上衣服，就完全不一样了，他给我讲解马勒，分析不同版本的微妙差别，他最喜欢的是伯恩斯坦的版本，其次是阿马多的，他不喜欢他老爸的，在他看来，指挥马勒正是他父亲所有作品中最失败的。哦对了，你知道他喜欢叫我什么吗？中国的包法利夫人。真是太毒舌了，我再怎么着，也不至于那么傻吧？他就很严肃地告诉我，这说明你完全不懂福楼拜，更不懂包法利夫人，她其实是个艺术家，跟艺术家一样充满了狂热的想象力……他说你还记得我送你的那张巴黎老地图吗？我说，我当然记得这个礼物，当时我不是还把它摊开在桌子上，跟你一起指认那些熟悉的地方，说我的印象吗？你还哈哈笑个不停。他说，是啊，我笑的就是包法利夫人也干过同样的事。我真是服了他，完全就是个老顽童。

　　手机震动了一下，亮了。我也醒了。早上六点刚过。老陈发来微信，跟我去蹓狗吧。

　　昨晚我是午夜上的楼。阿茜说还要再画一会儿。在我们结束聊天之前,她讲的最后一个关于那个老男人的故事,是他为自己经常尿不出来或尿不干净而难过的事。他跟她说,这就是老天在提醒一个男人,你完蛋了,你就要完蛋了。他说每当这个时候,他的脑海里都会想起贝多芬的《命运交响曲》,说着他还哼唱几句开头的旋律,然后摇晃着脑袋,叹息着说,这种音乐,配上我的那些尿液,真是绝了。听她说完这些,我就沉默了。最后我随便又说了两句,大概男人都这样的吧,据说毕加索晚年有幅看上去表情恐怖的自画像,就是在他发现自己丧失性能力之后画的。阿茜听我这么说,就露出鄙夷的神情,笑道,毕加索啊,太坏了,其实他骨子是个很庸俗的人,根本不懂什么是爱情,只在乎肉体,不管什么女人,在他眼里就是肉体,他要吃了她们,保持创作的状态,够变态的。

　　昨晚我回到房间里时,阿宁还在沉睡,只是已换了睡衣,盖着被子,嘴唇颜色是浅淡的。而此时的她,已不再蜷缩着身子,是仰面躺着的,双臂张开在两侧,就像漂浮在水里,头发散开在脑袋周围。我蹑手蹑脚地来到洗手间,洗漱完毕,穿了件厚卫衣,把风帽戴上,就出了门。老陈带着马勒,正在不远处的路口等我。除了远处的天空已经见亮了,透出安静而又纯净的蓝色,这附近的一切都还是黑着的,老陈也是黑影,马勒则是跑来跳去的小黑影。

　　我们往山那边走。没走出多远,不远处的山顶上,忽然就露出来一抹太阳,我正眯起眼睛凝神观望的工夫,就已是带着光晕的小半个太阳了,散射出耀眼的白光。我戴上墨镜,停下脚步,看了会儿。很快,整个太阳就出来了。当它的光芒在黑色低矮的山顶上破开了光的豁口时,我才注意到,它那微红暗黄的光晕已然向周围铺展开了,洇染了很大的一片原本是暗蓝色的天空。

马勒兴奋地围着我们跑前跑后。我们走得轻松,但并不快,都没怎么说话。直到看见那片柿子林时,老陈才开了口。他觉得,阿宁似乎有点怪怪的,从到了之后,就没怎么说过话,没精打采的,有点像大病初愈的样子。我说还没痊愈呢,这次带她来,也就是希望能让她好一些,不过,我现在觉得,可能也不会有什么效果……这种事,别人也帮不上什么,还得靠她自己。他就说起最近刚过世的一位朋友的事,是我见过的一位酒吧驻场歌手,上个月初,死在了家里,心梗,在这边也没什么亲人,被发现时,已经死了三天了。我想起以前老陈说过这个人的事,没上过学,本来是在藏区放羊的,因为嗓子好,会唱民歌,十七岁那年被人叫到县城里的酒吧当歌手……后来又辗转了几个地方,结了婚有了个女儿,但他过惯了无拘无束的日子,平时也总是喝酒到很晚才回家。再后来就发生了地震,等他半夜跑回家,发现那幢楼已是废墟了,老婆孩子都没了。老陈说这个人还来家里吃过饭,特别能喝酒,喝多了就反复念叨一句话,一个人啊,不好。

一个人呢,其实也没什么不好的。我说着,点了支烟,看了看不远处的小山谷,那里流淌着一条小溪。老陈笑道,那你还不是也结了婚?我说不是这个意思,不是说一个人挺好就不能结婚,这是两回事儿。就算我结了婚,也还是认为一个人没什么不好……相对于现在这种稳定的二人世界,我其实更喜欢一个人的状态,所以我喜欢出差,四处走走,一个人,真的很自在。老陈摇了摇头道,你这样说,是自相矛盾的,你不觉得吗?我说,一点都不矛盾,我跟我那位也聊过类似的话题,他也认同我的观点,两个人在一起,拿了个证,也就是个形式。他也觉得一个人挺好的,两个人也就是有个伴儿……我们在一起时都很安静的,聊天都不多。说到这里,我忽然沉默了。

其实我很想问老陈,为什么要这样跟阿茜闹情绪,何必呢,除了都不开心,还能怎样?可想了想,还是忍住了。走出了柿子林,我们来到了下面的小溪边。老陈笑道,你还记得上次你来的时候,还在这里洗脚来着?这时候,太阳已升起来了,晒得身上暖暖的,甚至感觉有点热了。他说,你要不要再试试,只是这水现在还有点凉。那有什么不可以的呢?我说着就坐到溪边一块大石头上,然后脱掉运动鞋和袜子,把一只脚的脚尖伸到清澈的溪流里试了一下,发现那种凉还是可以接受的,就把两只脚都放入了水中。老陈拿着手机,给我拍照,后来还拍起了视频。马勒在我身旁的浅水处撒着欢跳来跳去。我低头看着溪水泛着亮光流过足面,感觉很惬意。过了一会儿,我抬起头,看着正在拍视频的老陈,我说,你不会是要拍个关于洗脚女人的长视频吧?他摇摇头,继续拍摄。

在返回的途中,我们都没怎么说话。穿过那片柿子林时,我才对老陈说，你整天那么晚才回去，也不是个事儿啊？他看着在前面跑来跑去的马勒，过了会儿才说，至少这样我会舒服些吧。他忽然又看了我一眼，然后继续看马勒。她说得对。他说道，她要是舒服了，我就不舒服，我舒服了，她就不舒服，我们就像个跷跷板，你懂的，就是这样的状态……我是直到最近才想明白的，她觉得什么都是她的，一样不能少，那我呢，我也并没有让她真的少了什么，我只是想自己一个人多待一会儿，在外面，这样也没什么不对吧？就像演戏那样，她想当主角，那就当好了，但我可以做个剧务，而不用去做个二号配角……我是个很好的剧务，我是称职的，尽力做好幕后工作，让她可以把那出戏演得尽兴……但剧务也是需要休息的，对吧？

老陈出去买菜了。我没想到我们在外面走了那么久，到家里时已是九点多了。阿茜站在台阶上，看着我们远远地回来，还挥了挥手。来到客厅里，我就闻到了新鲜的油彩味儿。阿茜说她八点不到就起来画画了。她去泡茶，我就来到了那幅画前。我忽然发现，她把那些山茶花里的三分之一都涂成了黑色。然后我就上了楼。阿宁还在睡着。我也没叫她，就换了件衣服，又下了楼，坐到那个大桌子旁边喝茶。阿茜坐在对面，手里夹着燃了一半的烟，另一只手在点着桌面上的手机屏幕。

你看，她说道，但并没有抬头。你来了，老陈特别开心，竟然要主动烧饭了，我已经很久都没吃过他烧的东西了。过了几分钟，她又接着说道，我忽然就觉得啊，画画这事儿，我真是缺少天赋，以前只是画画水彩，还没这么觉得，现在画油画了，这种感觉就出来了，特别受打击……实际上，早在美院读书的时候，老师就坦白地告诉我，你不适合画画，因为你没有耐心，想法倒是很多，你可能更适合做观念艺术，装置啊，影像啊，你的感觉还是有的。他可能想象不到，他的话，当时对我打击有多大。我开始恢复画水彩的时候，其实心里想的就是要证明给他看，我是可以画画的。可等我画油画没多久就意识到，他可能是对的。你看那幅画吧，被弄成了这个样子，完全不成样子，还脏兮兮的。我对自己的画，怎么样都行，就是不能脏兮兮的。

我只好劝她，还是不要急着下结论，既然你画水彩那么好，画油画也不应该差的，只不过是材料上需要个适应时间而已。我说的是实话。我以前听过一些画家朋友聊过材料的问题，虽说我是外行，但道理还是懂的。我说，我可以拍几张你的画，发给他们，请他们提些建议。她说，还是不要了，自己看着都觉得羞愧，再发给别人，岂不是自找丢人现眼？我说，我真没觉得这幅画有什么不好的，即使你又增加了黑色，也还是不影响什么，画面的感觉甚至更强烈了……我也没觉得有什么脏兮兮的感觉，你不要太敏感了，当然，这是你的作品，我也没有发言权，但我觉得你也不要对自己苛刻到这种地步。

她的表情里闪过一丝尴尬，但随即就露出了灿烂的笑容，哎，不说我那破画了，说说你的幸福生活吧！说实话，这种情绪与话题的快速转换，还是让我有点诧异的。哪有什么幸福生活啊，我笑着晃了晃头。我跟我那位啊，是半年就过成了老夫老妻的状态，除了安静，就是安静，大家互不打扰，各做各的事。她也笑了，我说错了吗？难道你不幸福吗？我说拜托，这个世界除了幸福跟不幸福，还有很多状态呢，比如我这种。那是你的世界，她说。在我的世界里，只有这两种，要么幸福，要么就不幸福，当然还有两种都有的时候。我冲她摆了摆手，因为她在盯着我看，眼神里有种奇怪的笑意。她站起来，又来到那幅画前。她说，你那位朋友，不是要睡到中午吧？哦。我说，我去看看她。我上楼梯时，听到她在那里说道，看来我得对它搞点破坏了。

阳光在窗帘上留下斑驳的碎影。那布满山茶花图案的暗红窗帘应该是最近才换的，而我上次来时，这里挂的还是米色的有雏菊花纹的。等我适应了房间里的暗度，才发现阿宁其实是醒着的。她躺在那里，默默地注视着我。啊，我说我以为你会睡到中午呢。她说我倒是想了，可是你们回来时我就醒了，一直躺到了现在……我听到你们回来的说话声，还有那只狗的叫声，在你们回来之前，下面好像还在大声播放交响乐，不过当时我还迷迷糊糊的，也听不清是什么音乐。我笑了，肯定是马勒了。她撇了下嘴，不懂，我对这种音乐从来都无感,我宁愿去听重金属,那种吵闹至少是直截了当的,毫不掩饰的,不像这种,什么马勒的,永远是拐弯抹角的,用鼻子在喊的,没意思。我被她的话逗乐了。我说这话真该让阿茜听听,她肯定会爆炸的,啊,神圣的马勒,竟然会被描述成这个感觉,这真是只有你才会说出来的话。

她出了会儿神,点了支烟。我是被她吓到了。她淡定地说道,我没听懂。说起来,她接着说道。也确实是够诡异的,我四点多醒了一次,当时感觉特别饿,因为晚上我也没吃多少东西嘛,你也知道我最怕饿的,会心慌,而且这次走得匆忙,也没带点巧克力什么的,我看你睡得正香,就自己下了楼……打开冰箱,发现里面除了那锅汤,什么都没有,好像剩菜都被倒掉了……然后我就只好四处找了找,最后终于发现了一盒泡面,就烧了水,泡上了。等我端着泡面来到餐桌那里坐下,抬起头看了眼前面,我就被吓了一跳!那里竟然还有个人坐着,因为我只开了另一边的壁灯,这里跟餐桌这里都是暗的,所以我之前根本就没有看到那里还有人!我真的差点被吓死,要是我当时刚吃了口泡面的话,估计会呛死的,我差一点就被她吓死了。是阿茜。她坐在那里,一动不动地凝视着那幅大画,像个木头人似的。我整个人僵在了那里,手里拿着那个塑料小叉子……你想象一下那个恐怖而又尴尬的场面。

"饿了?"阿茜动都没动地问道。

"呃,是的。"阿宁回答。

"招待不周。"

"没有啊,我这是老毛病了,晚上总是吃得少,又怕饿,饿就心慌……"

"我没看出来你是个容易心慌的人啊?"

"饿了就会的。"

"你不喜欢孩子吗?"

"不。"

"真可惜……要不要我给你煮两个鸡蛋呢,光吃泡面怎么行?这东西一点营养都没有。"

"哦,不要了,我吃了就上去继续睡了。"

"我吓到你了?"

"呃,有一点,我下来时没看到你在……"

"我在这里琢磨怎么处理这幅画呢……我想用什么颜色把它覆盖掉,你觉得黑色怎么样?"

"哦,我不懂画的……"

"你不是喜欢黑色吗?我看你来时涂的口红就是黑的,我觉得你应该是喜欢黑色的,对吧?"

"我只是在心情不好的时候才喜欢黑色……"

"嗯,我也是。我是在心情不好的时候才会想到用黑色,不是喜欢黑色,我不喜欢黑色,我觉得这种颜色特别脏,以前我画的画里从来不会出现黑色，就是这样的原因。你能帮我个忙吗？"

"呃，做什么？"

"我累了，想去睡了，你能不能吃完面，帮我把这幅画涂成黑色？我把颜料给挤好，你只要拿笔慢慢涂就可以了……"

"我想，上去，吃面。"

"哦，这样，那我能不能对你说句心里话呢？我发现，我不喜欢你，一点都不喜欢，从看到你那一刻起，就不喜欢你，你一点都没有感觉到吗？你穿着一身黑，还戴着墨镜，就像来这里参加葬礼似的，有这样来别人家做客的吗？你想不吃，就不吃，想吃，就吃，我让你帮个忙，你还拒绝，真是够可以的了……"

说到这里，阿宁脸上闪过诡异而又不安的笑意，你想象不出，我当时是凭着什么样的勇气，端着那盒泡面，目不斜视地走过她的身后，上了楼梯，回到房间里的。我进了房间就把门反锁了。我感觉浑身冰冷，在发抖。我不想打扰你，就到洗手间里，坐在马桶上，把这盒泡面慢慢地吃了下去，其实早就冷掉了……说实话，当时我真的有点担心她会冲上来，踹开门，然后让我滚蛋。我在那里坐了很长时间。直到感觉胃里有些不舒服了，我才起来，去翻出胃药，吃了。我本想叫醒你的，跟你说，我得走了，明天一早就走，可是看你睡得很沉，就算了。躺下去之后，我老是能听到下面有什么动静，恍惚间，我甚至有种冲动，想下去，按她说的，把那幅画都涂成黑色，没准这样可能就会改变她对我的看法呢……我不知道是什么时候睡着的，我发现惊恐也是会让人疲惫的，我是抱着你的胳膊睡着的，你在睡梦中还知道转过来抱着我，当时我的眼泪差点就涌出来了。

这时候，老陈发来微信，下来吃饭了。我不知道该怎么描述当时的感觉，所有这一切听起来是那么的不真实。我试图安抚一下阿宁，说阿茜的个性跟感情经历的关系，可是我感觉自己完全是不知所云。我想换个说法，又找不到。没关系，我听到自己故作轻松地说道，她这个人，睡一觉就好了，从来都是这样的，她可能确实就是被那幅画搞坏了心情，然后焦虑过度，就变成了那样了，刚好你又是在那个时候出现了……没事的，等一会儿，你就知道没什么事的……另外，我保证，我们再住两天就走，就像什么都没发生那样，你就当是帮我一次，好吧？我注意到，她的表情渐渐凝固了，就像一个准备要落荒而逃的人，忽然被告知逃不掉了。

出乎我的意料，最后她又忽然同意下楼吃饭了。我们整理了一下房间，就一起下了楼。从客厅里那套发烧级音响中传来强烈的交响乐声。是我熟悉的，马勒的《大地之歌》。我在这里不知听过多少遍，伯恩斯坦的那个版本。我听到了定音鼓的急速敲击声，还有随后急转直下的短暂安静里那低缓沉郁的旋律的浮现。客厅里靠近厨房那一侧的投影幕布上，正在播放的就是伯恩斯坦指挥这首交响乐的现场。与此相对应的，是餐桌上摆满了刚烧好的菜，丰盛得让人惊讶。阿茜早就坐在那里了，正拿着手机对着那些菜拍照。我们坐在她的对面后，她满脸笑容地看着我，天呐，你看这些菜，是不是太丰盛了啊，我真的被惊到了，老陈这手艺，完全可以当厨师了，你看这些菜多好看，简直就是热情洋溢啊！

老陈端着最后一道菜从厨房里出来的时候，我都有点担心了，他那副满面春风的样子，会令阿茜不快的。可是阿茜还在不住地夸赞他的手艺。我也跟着夸了他几句。阿茜说，你看，还是你有面子，能让他出手，我是没这个福分的，今天也是沾了你的光啦，你要多吃点，让他也高兴高兴。我注意到，阿宁早就开始大口吃了。老陈给她盛了碗饭，很快就吃光了，问她要不要添，她嘴里咀嚼着食物，点了点头。经过这个晚上，她也是饿坏了。

老陈吃得很少，在那里自己喝着白酒，也不怎么说话。后来，阿茜说你一个人喝，多没意思，我来陪你吧。就给自己也倒了杯白酒，喝了起来。不知不觉地，我竟然就吃撑了。这时候，老陈忽然站了起来，走到音响那里，把声音关掉了。这样，就只剩下投影幕布上的画面了，那个瘦瘦的白发苍苍的伯恩斯坦，还在那里投入地指挥着，没有任何声音，看上去怪怪的，就像他正沉浸在幻觉里。

阿茜微笑地看了看他，端着酒杯，来吧，干一杯，为了伯恩斯坦。老陈看都没看她一眼，端起酒杯，一饮而尽。她笑道，你看我们家老陈吧，这种时候，可能是你很少能看到的一面了，特别像个男人，像个杀手……我喜欢他这个样子。她发现阿宁的那碗饭又吃光了，就露出有些夸张的惊讶表情，你的饭量，真是了得，不过这样对你的身体是有好处的，你要是天天都这么个吃法，身子肯定不会那么病恹恹的了……我早就说过，人是有很多面的，谁也不知道什么时候会露出哪一面，你说是不是呢？她看着我。我只好点了点头，微笑道，这个我同意，确实就是这样的。她又喝干了一杯酒，我喜欢你的笑意，一直都特别喜欢，只是没跟你说过而已，你的那种笑意，是从眼睛深处浮上来的，特别动人，我就经常被打动，你看，我一直都没跟你说起过吧，不过今天我得说出来了……因为每次想到你眼睛的笑意，我就会感慨万千，浮想联翩。我就想，这是我最好的朋友啊，这眼神，如此的动人。

说完这些，她忽然就沉默了。没有人再说话。这沉默一直持续到这顿饭的结束。老陈收拾完餐桌，就问我今天有什么打算，想到哪里转转？我说今天起早了，要上去睡一会儿，补一觉才行。他想了想，坐在那里歪着脑袋，看了看我，又低下头去看手机了。阿茜抽着烟，注视着桌面。然后我就叫上阿宁，一起上楼，回到了房间里。关上门，阿宁就跑到洗手间里，狂吐了起来。我尴尬地站在洗手间门外，有点不知所措。后来，我听到了冲马桶的水声，又听到她在洗手池那里洗脸和反复漱口的声音。我说你没事吧？过了一会儿，她才缓缓地说道，没事。

她从洗手间出来时，看都没看我一眼，就回到床上，躺下了。我走过去，坐在床沿上，点了支烟，递给她。她摇了摇头说，不抽了，我还在恶心,真的被恶心到了,不能不吐,虽然这样有点对不住老陈的辛苦。我抽着烟,来到窗前,把那道窗帘完全拉开了。楼下的院子里,老陈在逗马勒。它总是那么兴奋。我听到背后的阿宁平静地说道,你真的要再等两天?我犹豫着,没有回答。那好吧。她说,那我只有一个要求,就是这两天,我不会再下楼了,吃饭的时候,你给我带上来点就可以了,要是老陈问,你就说我身体不舒服。我想了想,说,好吧。我猜她一定在注视着我的后背,但我没有转过身去。

那两天,有种莫名的安静。白天里,阿茜都是早早就出去了。我跟老陈坐在那个餐桌前,面对面地,也不知道聊了些什么,没头没尾的。从他的神情里,我感觉到某种类似于绝望的东西。但我并不想问。什么都不要问,我想,不问就不会有任何事情发生,我的精力已经在过去的一天里耗尽了。哪怕是老陈忽然说起那个老指挥家儿子的事,我也没有表现出任何兴趣,也不做任何回应。他的语气里充满了嘲讽的意味。尤其是在谈及他偶然看到那个老头子给阿茜发来的裸照时,他甚至用了"可怜",他觉得一个老年人的身体,除了让人看了恶心和可怜,实在也引发不了其他的感受了,那个瘦骨嶙峋的衰老中的身体,松松垮垮的,能下坠的都在下坠,而那双瘦得露骨的手里,还举着阿茜画的那张水彩裸体自画像。

当时已是黄昏了。我忽然感觉后背一阵发冷。我知道得有点多了。我希望这个世界没有另一面,只有表面的东西,能看得到的,有限的那些,我不想知道任何秘密,再听下去,我可能会跟阿宁一样,跑回房间就对着马桶呕吐。我不知道阿茜会在什么时候忽然回来,想到她看到我们时会有什么样的表情,我就很不自在。于是我打断了老陈的话头,说我累了,想上去睡一会儿。此前还在出神地讲述的他,愣在了那里。我没等他再说什么,就起身上楼了。阿宁还在睡觉。我就到洗手间里洗了个澡,把水温开得很高,热到我浑身的皮肤都发红了。后来,我躺在床上,在床头灯下看那本《八月之光》。我完全不知道那些文字究竟写了些什么,我只是看着,一行行地看下去,一页页地翻过去。

  吃晚饭的时候,阿茜也没有回来。老陈只是简单烧了几个素菜,我也只是简单地吃了点,就夹了些菜在一碗饭上,给阿宁带了上去。整个吃饭过程没超过二十分钟。不过为了避免尴尬,我还是随便跟老陈聊了几句,主要是工作上的一些麻烦事,他也给了些建议。他其实知道我并不想说这些,甚至知道我并不想说话。这种场面,到最后的时刻,还是会让我有些歉意的,对他。回到房间里,我给他发了条微信,说我心情不大好,但又不知道说什么,所以,只能说声抱歉了。他过了很久才回复,没关系,我懂的,不说,比说好。我说我已订好了明天下午的机票,但我们会在早上出发,车子也约好了,会来这里接我们去机场。他回复,好的,那我就不送你们了。我回复说,不用,你自己保重。

听我说要提前一天离开，阿宁并没有什么特别的表情，只是哦了一声，然后又转过身去睡了。我又给我那位发了条微信，告诉他明天晚上就到家了。过了一会儿，他回复，我明天中午就出差了，大概要去一周，只能等回来再见了。我回复他，好吧。后来，我看书看到午夜才睡。我做了些梦。后来我是忽然就醒了的。旁边的阿宁还在沉睡中。直到早晨，我都没能再睡着。等到阿宁也醒来时，已是上午九点多了。我看着她说，昨晚梦到了你。她出了会儿神，梦到了什么呢？我想了想说，梦到你在微信里给我发来好长的一段文字。她有些诧异，我吗？我哪里会发那么长的文字，我都是短短的，哪里有那么多话要说呢？

我预约的出租车准时到了，停在了院门外。司机从车里钻了出来，朝院子里望着。这是个又矮又瘦还有些秃顶的老年司机。我们梳洗之后，收拾好行李，就下了楼。客厅里没有人。我犹豫了一下，又重新上楼，来到阿茜的房间前，敲了两下门。里面没有任何声音。我就叫了她的名字，也没有回应。我就拧动那个把手，门开了，里面没有人。我就下了楼，给阿茜发了条微信，我们走了，给你添麻烦了，抱歉。到了楼下，我发现阿宁戴着墨镜，正在朝另一边凝视着。我顺着她的目光看过去，就看到了阿茜一直在画的那幅画，它现在是黑色的了，完全被涂黑了，像一块正方形的黑板，只是上面涂的油彩明显过厚了，有些地方近乎是在堆积油彩的状态，根本不像是画上去的，而是直接把油彩挤上去的。我跟阿宁对视了一下，就拖着行李箱出去了。来到院门外，司机帮我们把行李箱放到后备箱里的时候，阿宁跟我说，抽支烟再走吧。我点了点头。她点着烟之后，深吸了一口，似乎有话要说。我看着司机钻进车里，等她说话。过了一会儿，她却什么都没有说。

  坐在出租车里，望着外面流动的景色，我又想起了那个梦，在梦里，我们出了机场，阿宁钻进了出租车，连声招呼都没打就走了。随后她在微信里发来了长长的一段文字，我隐约记得，她说，你对于一切都是无动于衷的。而在随后的一个梦里，我只记得白茫茫的无边无际的冰原，还有被厚厚的冰雪覆盖的山脉。后来，我还做了另一个梦，我在家里，一个人，看投影幕布正在直播的登月过程。

那个太平洋上的小岛

> 但一切都必须得忍受,因命运如此。
> ——萨福

……

气温在下降,比想象的要缓慢。

他光着身子,坐在客厅里,没觉得冷。阳台上,窗户留有手掌宽的空隙,拉门则是敞开的。外面已黑透了。马路上的车流声仍旧密集,对面楼的灯光斑驳地亮着。天气预报用语有些夸张,说是寒流已于凌晨突破岭南一线并迅速南下,还在地图上标出了多个橙色箭头,它们指向的未来两天将要大幅降温的地区也都是橙色的。

这两天没有见到阳光了。每次睁开眼,天都是阴晦的。他仔细观察过云层,从不同的角度,在上班的途中,借着出租车的不时转向，透过高耸林立的楼房间隙，看着那淡薄模糊的深灰云层……降下一半车窗，让空气进来，凉飕飕的。没什么湿度，应该不会有雨了吧，他伸到车窗上的右手又放了下来。司机就回了句，天气预报说了，没有雨……天气预报就是规矩，你们坐车的，是可以不理的，我们不理就不行了，每天早晚都要听，听了心里才有底。

他没再言语，继续出神地注视着车窗外流动而又静穆的树。

过了会儿，他又自语道，坐车的，也是要听的，听了才知道是什么天气，要不要带把伞啊，有雨就要早点叫车，不然就叫不到了。司机在后视镜里瞥了他一眼。不过，我确实是从来都不听天气预报的，他说着就打了个哈欠（觉得司机的眼神有些奇怪），然后趁眼角湿润，抠掉残留的眼屎。

来到阳台上，他把手伸到了窗缝外。阳台上挂满了衣服。晾了几天了。闻了闻其中一件，有尘土的味儿。又闻了闻其他几件，也有。明天穿之前，得好好抖一抖。客厅里的地板上，也有薄薄的灰。吸尘器没电了，他找到充电线插上，看了会儿上面闪烁的蓝色指示灯。卧室地板上也有灰。摞在地上的那几堆书的书脊上也有薄薄的灰。吸尘器充满电需要七个小时。这就是说，要等到凌晨两点，他才能把整个房子都吸一下。想到这里，他又把床上的书都搬到了地上，就像拆掉夜里守护在他身体两侧的堤坝，发现它们比想象的要多……然后他小心地把床单、被罩和枕巾卷成一团（里面也有很多灰尘），跟换下来的衣服裤子袜子一起塞进洗衣机里。回头又换上干净的床单、被罩和枕巾，然后把那些书重新恢复为床上的左右堤坝。

三个房间、客厅、厨房、洗手间的灯都开着。他在每个灯下都站了会儿，仰头静观片刻。有灰尘在飘浮的，极细微，要看得仔细。那些扁圆的顶灯边缘，都有厚厚的灰垢，毛茸茸的。围绕着灯的光圈，看起来像灰亮的雾，也是由细微的灰尘生成的，就像太阳系最外围的柯伊伯带……若按这个比例，那他自己恐怕连个灰尘都算不上了。那些灯被他逐个关掉了，只留下客厅里的。外面的车流声似乎比之前更响了些，有点像海浪声的慢速播放，而播放器则是金属的，里面发出一阵又一阵回响。

我第一次发现，自己原来连灰尘都算不上。

他打出了这句话，又默读了几遍，然后复制发给了微信里的六个人。六分钟十秒后，第一个人回复的，是个发愣的表情。又过了三分钟左右，第二个人回复了，是个微笑的表情。第三个人是在半小时后回复的，是个大哭的表情。第四和第五个人回复的都是省略号。而第六个人，直到一小时后才回复，是三个字，怎么了？于是他决定跟这个女人聊一下。

你知道柯伊伯带吗？他问道。

对方迟疑了一下，没听说过呢，说说看。

就是太阳系外围的那个小行星带，他开始耐心地打字。柯伊伯带被认为包含许多微星，它们来自环绕着太阳的<u>原行星盘碎片</u>，未能结合成行星，只形成较小的天体，最大的直径都小于3 000千米……总之，它不像带状而更像花托或甜甜圈，而且，这意味着柯伊伯带对黄道平面有1.86度的倾斜。

过了十来分钟，对方才回复，噢，你想说的不是这个吧？

他想了想，对，我想说的，其实是我刚发现的，假如我家客厅顶灯是太阳系的话，那我也就是个柯伊伯带之外的灰尘，或者是太阳系内的一颗微尘，哦不，是我第一次发现，自己原来连灰尘都算不上。当然我更倾向于前者。

对方沉默了片刻，这样说来，那我们都是。

他想不起她的名字。以前也没留下聊天记录。她的朋友圈是关闭的状态。这就意味着，他要是不问，就无法知道她到底是谁。她的头像是个卡通女孩。这个人是什么时候认识的，在哪里认识的，都无从查考。在他那一千八百人的朋友圈里，像她这样的人还有很多，有时他觉得就像住在一条巷子里的邻居，只要长时间不说话，慢慢地就会忘掉。她说那我们都是了，当然是对的。之后，他顺手上网搜了张柯伊伯带的图片发给她。可是她再也没回复。

等了半个多小时，他又把那句话发到了公司的大群里。自从三天前老板走了之后，这个有两百多人的群里就逐渐没了声音。群里最后一句话，还是昨天上午发的，是有人在问，你们都还在吗？他发出的这句"我第一次发现，自己原来连灰尘都算不上"，倒像是回应了。等了半天，没人说话。

他就翻看前面的那些对话，长长短短的，越是往前翻，就越是长句多，而越是往后则越是短句。他一直翻到了三天前的那个时刻，确认了老板已然跑路的消息属实后，人们密集发出来的句子形成瞬间爆炸的效果。

……

他们在楼下马路对面的那个星巴克里碰面。他们坐在进门左侧角落的位置上，面对面坐着，他点了美式咖啡，她点了杯橙汁。我就坐在他们旁边的位置上，能听得到他们在聊什么。她跟他讲自己的旅行经历，具体细节这里就不写了，因为都是事实描述，值得一提的是，她在蒙古买了把刀给他，是那种据说是蒙古牧民随身带的小刀，有点像匕首的样子，只不过是弯的，她把它拔出来，说非常锋利。他接过刀，仔细端详了一下，点了点头，就把它插回鞘里。她还在尼泊尔买了个陶瓷小象给他。后来她还提到写信的事，说她的字迹很难看。他说写得还不错，明显是练过的。她说是小时候练过，被父亲逼着练的，留下了很大的心理阴影。后来他们没怎么说话。她说她要写点东西，就打开笔记本电脑，写了起来。他拿出随身带的速写本，用铅笔在上面画着，我以为是她的肖像，后来我站起来走过他身边，发现并不是，他画的是头大象，被很多古怪的植物线条缠绕着。后来他把速写本递给了她，是她要看的。她看过之后，问他能否再画一张彩色的，那种大的水彩画或是油画？他说当然可以，只是需要点时间。她说她要把它挂在卧室里。他们在那里总共待了两个半小时，离开时他是打车走的。她直接回家了。

……

那天早上，八点五十分，他是第一个到机构的。这是从未有过的。整个办公区空空荡荡，只有一个保洁工在清理每个座位下的纸篓。在指纹识别开门时，他录了三次都失败了。他把食指在裤子上擦了擦，再放到指纹识别器上，那里闪动绿光，门开了。作为儿童英语教育培训机构，这里到处都有色彩亮丽的宣传图片和海报，每个教室的门都敞开着。那天是个大晴天，东侧那些教室里的阳光灿烂而又温暖，就像童话世界里才会有的。昨晚他睡得太晚了。从机场回来，已是凌晨三点左右，早上六点多就醒了。躺在床上，他抽着烟，想着老板在过安检之前，有些神色凝滞地看了看他。她说这段时间，你的压力会很大，希望你能保持好状态，等我的消息……忘了我昨天晚上说的那些，具体情况，我回头会跟你解释的。最后，她伸出手，用指背碰了一下他的脸。跟眼神一样，她的指尖也是冷的。

喧哗的人声吵醒了他。从办公室的沙发上坐起来，他不知道发生了什么，也想不起来自己是什么时候睡着的。前台那里挤满了人，有几个民警在维持秩序。派出所李所长看到了他,就把他拉到一旁没人的地方,你们老板呢?外面这些孩子家长,听说你们资金链断了,就都跑来退学费,还报了警,说你们老板卷款跑路了……看到你在,我就放心了,要是老板真的跑路,也不会把你留下啊……这样,你出去代表老板,跟大家解释一下,交个底,他们放心了,我们也好做。当时他们站的地方,刚好在窗前,明亮的阳光照在所长的瘦脸上,像照在一块干枯的木头上。

所长拉着他,穿过人群,来到了门口,像把一个俘虏交给了占领者那样,最后还轻推了他一下。很多脸。他听到自己的声音,有点像别人的——关于资金链断掉的问题,是竞争对手散布的谣言,我们已发了律师函,他们必须公开澄清道歉,否则就起诉他们……关于老板,她今天去参加一个重要的国际会议,会跟一个国际投资方签署合作协议,后天大家会在媒体上看到消息……作为合伙人,我会一直在这里,大家随时都可以来找我,也可以去我家里找我。那些脸在晃动。那些脸慢慢静止。那些脸重新晃动。他听到自己的声音又重复了一遍刚才的那些话。

他们的态度异常坚定。既然没什么问题,那就退款吧,我们对你没什么想法。他在人群后面搜寻财务总监的脸……随后发现,她在人群的右侧后面,远处的一个窗口,整个人都在阳光沐浴之下,那身白衣裙显得异常明亮。她当然知道他在找她。他们的眼神碰上了。从她那遥远的眼神里,他几乎立即就知道了答案。可他还是大声叫出了她的名字,说你马上安排人,给大家逐个登记,留下每个人的银行卡号,还有,把我家地址告诉他们。然后,他又转向那些晃动的脸,镇定自若地说,三天内,会把全部学费打入各位的卡里。到时要是有人没收到,可以直接来找我。就在这里,我每天都在。他又看了看李所长,派出所就在我们附近,有什么问题,他们随时可以来的。

听他说完,李所长默默注视着现场,点了点头,那就这样吧,这几天我们每天都会派人过来的。于是那些脸重新晃动起来,发出嗡嗡的响声。最后,他们还是排好了队,开始登记。李所长把他拉到了安全通道里,递了根烟给他,自己也点了根。

沉默了一会儿,所长问道,你有把握吧?

他点了下头,有。

那我就相信你了,所长仔细打量了一下他,我估算了一下,这笔资金,也不是小数目了。另外我再多问句啊,你们到底是不是在一起了?跟你老板啊。

他愣了一下,笑道,怎么可能呢,就是一起做生意。

所长说,我跟她前夫,挺熟的,是个能人,门槛精深,干了好多别人想不到也不敢干的事,现在据说在加拿大了……之前我还在琢磨,他留下的,会不会是个烂摊子……后来你们老板跟我说,离婚时,资金交割得很清楚,机构的资金很充足,跟他再也没有半点关系……我就说啊,这样看来,这个人也还是有点情义的。不过,今天接到报案,我心里就咯噔一下……咱们也算熟的啊,能玩到一块儿的,我第一反应,就是他到底还是埋了雷的……你现在是排雷的人了。

那些人终于都散掉了。

他把财务总监叫到了办公室里。这个女人刚休假回来,昨天上午还跟他聊了泰国的风土人情,就坐在现在这个位置上,面对着他,讲得很是生动,尤其是聊到在普吉岛的潜水体验。就是在那里,她接到了老板打来的电话。那个关于外资合作的好消息,即是在这个电话里说的……老板随后把协议扫描件发到了她的邮箱里。根据协议,双方将投资创建一个新的国际教育机构,注册地在某太平洋岛国的自由港,然后再收购我们机构为全资子公司,同时拓展境外业务,三年后上市……根据老板的指示,她完成了把机构账面上最后那笔款打到了指定海外账户的所有流程。现在机构账面没钱了。

那天下午。她说,听完这个消息之后,我又去潜水了……这次下潜的深度,是以前没有过的,那种感觉,难以形容……在海水逐渐变暗的时候,我仰起头,往上看了一眼,渗透在海水里的光线在晃动着,就像熔化的玻璃,后来我忽然觉得自己会被凝固在里面,就上浮了。浮上来之后,海面阳光晃得我睁不开眼睛,我当时想起的,是你当初面试我的时候,给我讲的一个未能完成的杰作的故事,最后那幅几乎被作者毁掉的画面上,只有那只手是没被涂改过的,而它,近乎完美。

她肤色很白，这次回来明显晒黑了一些。说话时，她的嘴唇是湿润的，没有涂口红。

那个消息，早在一周前他就知道了。老板在半夜里给他打的电话，语气平缓，有些慵懒或是疲惫。这件事，我考虑了很久，她这样说道。之所以一直没跟你透露，是因为这事过于重大，没有十足的把握，我是不会说的……这也是我们不一样的地方，对吧？对于我来说，所有重要的事情，不到最后时刻，我是不会说的。你呢，刚好相反。你喜欢把重要的事说出来……尤其是跟女人。你需要女人。我也需要男人。但我们需要的方式不一样。你需要女人听你倾诉，我呢，我不需要。你需要，她们总会出现……我并没把你想得很糟糕，人就像昆虫，有趋光性，你这个人呢，刚好又能不时闪出光来……你还有天真的一面，这不多见，她们靠近你，只是出于本能。你是在我举目无亲时出现的，所以，我把你当作亲人……我知道你不喜欢这种说法。其实不矛盾。女人比男的更容易看到黑暗。我知道自己心里有多少黑暗。就像地下水，在不知不觉中，蓄得满满的……这就是为什么我特别容易厌倦。我厌倦过很多人，包括你……因为你有时候真的是太过柔软了，太喜欢那种过于亲密的状态了，这会让我觉得，你这个人啊，甚至骨子里都是黏稠的，这种黏稠的感觉，会渗透到我的身体里、脑子里……不过，这也是你的好处，你可以把我弄碎的东西重新黏合起来，包括我自己。

财务总监始终在那里注视着他。他回过神来，咳了一下。

呃,什么时候发现的?他问。

在回来的飞机上。她说,我不知道为什么,一直在想老板说话的语气……平时呢,她很少会以这种兴奋的语气来说事,没等我问什么技术问题,她就全盘托出了……我一直在耐心地听,也有些莫名疑惑……她最后甚至告诉我,在我来泰国之前,你对我的着装和风度大加赞赏,认为我是机构里最会穿着打扮的女人,而这其实是她在跟我谈话中头一次以这种直接的方式提到你……她甚至意味深长地对我说,你从我对潜水的热爱中看出了我的独特个性,欣赏之情溢于言表。

他承认,他确实这样说过。

可是。她接着道,咱们机构里,谁不知道你们的关系有多紧密呢?别说你不知道哦……下飞机前,我就想明白了。结束了。我还想起前任老板私下里对她的评价,他说他从来不知道她在想些什么,她是个完全封闭的人,把这个机构交给她,是无奈的……有时他甚至觉得,只要有可能,她就会把我剥得精光,还要让我光着身子,走在马路上。

说完,她把打印好的一页纸放在了桌面上。然后她站起身来说,后会有期了……对了,你还欠我一幅肖像画呢,不会是早就忘干净了吧?

他愣了愣,随即说,并没有。

门开了,她又停住了,回头对他说,这封辞职信,是一个月前就写好的……啊,还有一件事,你还能想起,你那天对我说起过什么吗?

……

他们碰面的地方,是靠近江边的A酒店里的画廊,在二楼,旁边是家LV店。画廊里正在展出的是个墨西哥艺术家的影像作品。他们在其中一件拍龙卷风的影像作品前面站了很久。他给她讲解,说那个拿着摄像机在龙卷风里拍的人,就是艺术家本人。她做出吃惊的表情,但没说什么。后来,他们就各看各的了,一直都没有交流。她在艺术家访谈录像那里站了好半天,直到那个艺术家讲完自己当初如何构思那个在城市里挨家挨户询问寻找一个根本不存在的人的作品之后,她才转身来到他的身旁。她问他最喜欢哪件作品,他说是那件在黑夜里用手电筒强光不停地照奔跑中的白马眼睛的录像。画廊里没有其他人,只有他们两个人,还有我。他们没有留意我的存在。他们在画廊里停留了一个小时左右。最后,她说还要去超市买些食材,然后回家,因为晚上会有客人来吃饭,她要把房间再收拾一下。他说他要去福州路买些画画的材料,然后再回工作室。然后她接了个电话,表情有些暧昧,语气亲切温柔,并有意背过身去,走到画廊里的临街窗口那里,她的声音压得很低,显然是不想让他听到,但我听到了一句,是说她最近都不大方便,没有时间,以后再约。下楼出去之后,他们是各奔东西走的。

……

女人总能记住一切。而他总是忘掉很多事情,该忘的,不该忘的,都会轻易忘掉。留在脑海里的,只是些支离破碎的细节,不是整体,也没什么线索。他常记不得自己说过些什么,即使是有人帮他回忆起来,也跟陌生的一样,完全想不起自己为什么会那么说。只有工作上的事他是不会忘的。他甚至能不听录音就在会后写出几页完整的会议纪要,给人记忆力超强的印象,这导致他有时候非常沮丧地认为,自己更像一台永动的机器,而不是一个活生生的人。

有些时候,他甚至会觉得,自己之所以记不住那些事,是因为有人会替他记下,总有一天会再把它们交还给他的,就像交还遗失的物品,原封不动的,而他只需要安静地接受。那些路过的人啊,他是不会忘记的,尽管他确实会忘记自己跟她们说过的话。唯一例外的,是老板。因为他找到了一个记忆方法,就是通过对他们一起去过的那些地方——各种各样的房间还有公共场所诸多细节的记忆,来储藏他们说过的话。当然,他们说过的话其实并不多。她是个喜欢沉默的人,之所以跟他相处会轻松很多,有个重要原因,就是他受得起她的沉默。跟她熟悉的人几乎都难以承受她的沉默,包括她前夫。

他失眠了,这是意料中的。躺在黑暗中,听着外面的车声。已是午夜了,车声断断续续,时不时地就像在管道中飞速穿越一样发出尖锐的回响。曾有过很多夜晚,老板开着车,载着他在中环线上飞驰。她对他说过,这条线全长38.2公里,夜里十点钟后,车辆很少,二十分钟就可以转一圈。他不会开车,也不喜欢开车,但喜欢坐车。尤其是这样漫无目的地坐在车里不停地转啊转的,把这有限的中环线变成无限的状态,即使在不知不觉中睡着了,他也会觉得惬意,有种飞行在空中的感觉……而她就是这世界上最理想的司机,只会安静地开车,而不会跟他说什么。不管他醒着,还是睡着,对于她来说并无区别,就像他根本不在一样。她试过各种速度,不同的速度穿行在同一条路线上感觉也是不同的。这是她最喜欢的一条路线,只有它能给她以闭环的感觉,只有这种完全的闭环状态里才会产生飘浮的错觉……她说就像行星围绕着太阳旋转一样,都有闭环的轨道,所以它们才会飘浮在那里,而车在中环线上不停地疾驶,特别是在午夜时。所围绕的,却是黑暗,所有的路灯在这个时刻都变成了星辰般的存在,飘浮旋转在黑暗的表面。每次都是她开车来接他,最后再送回来。他能回想起来的话,仔细想想,其实多数都是关于中环线两侧景物的碎片化描述,极少涉及其他。曾有一次,她说她很想这样开着车,一直开到早晨,太阳升起的时候。他觉得那样有些疯狂,虽然很刺激。她说其实她每次这样载着他出来,回去都会失眠。有一次,她把他送回去之后,自己又驾车开到了外环线上,发现完全是不同的感觉,就像跑到了荒漠深处,非常难过,后来甚至觉得都要窒息了。

在车上,她跟他说过的唯一关于自己的事,就是五岁那年冬天,她父亲开了十个小时的车,把她带到了这个城市……期间她睡着了,又醒来,然后发现车还在疾驶,就继续睡。等最后一次醒来时,她发现自己已经来到了一个明亮的大房间里,一个年轻的阿姨出来迎接她,拥抱她,亲吻她的脸蛋,从那以后她就住了下来,随后上了学,只有放假时才会被父亲送回到老家,跟母亲在一起度过整个假期。大约从第三个寒假开始,母亲开始信奉佛祖了,家里整天香烟缭绕,诵经声从录音机里无休止地播放出来。每次父亲开车接她回来,或是送她回去,她都会睡足一路。在漫长的路上睡在晃动的车里对她来说是最幸福的事情。每次回到家里,跟母亲睡在一起,她发现母亲都会默默地注视她很久,但她多数时候都不敢睁开眼睛,因为怕碰到母亲的目光。只要她不睁开眼睛,母亲就会以叹息和低声诵经来结束这个注视的过程。可能也就是因为这个,她从小就对佛祖有着莫名的好感,母亲诵经的时候,她听着就会想到客厅里墙上的那张佛祖画像,她知道正是这位面目慈祥的佛祖让母亲不再那样冷冷地注视她的。

那些记忆里的空间是常常会出现重叠的。它们就像半透明的存在，每个后面都能透露出其他的空间轮廓甚至细节，每当他回想起其中某一个的时候，同时都能看到其他的空间缓慢浮现在后面，然后慢慢地透过这个空间出现在前面，而他们在那些空间里说过的话语声则仿佛会在所有的空间里回响，可是又绝对不会发生混淆，哪怕是它们之间也会发生相互荡动的感觉。他们初次见面并认识的那个地方，是个由旧厂房改造而成的时装发布秀场，在那种光怪陆离的现场气氛里，他发现震耳欲聋的音响效果中只有她是无动于衷、近乎冷漠的状态，介绍他们认识的是位设计师朋友，把他引荐给她时，极力称赞他是创意高手，有很多知名品牌的广告词出自他手。她笑称自己是家庭主妇，什么都不会，只会游手好闲。她前夫当时也在现场，在离他们不远处冲他举了举酒杯。几天后，她就只身去了蒙古，去草原上骑马，参观了成吉思汗的出生地，还赶上了盛大的那达慕大会。随后取道内蒙古，去了大兴安岭。又转到漠河，然后从哈尔滨飞云南，待了几天后，又飞去了尼泊尔。回来时她给他带了把蒙古刀，还有一只青瓷的象。

在那次漫长的旅途中，每次在酒店里住下后，她都会找来便笺纸，给他写封信。简要说一下当天看到了什么，遇到了什么有意思的人和事。写完后，用手机拍下来，微信发给他。那些字的笔画都很绷紧，力透纸背，每个字都很工整，明显是练过的。另外，她写的这些信还有个特点，就是从没用过"我"字。对此，后来在那个建筑风格奇特的别墅式旅馆里,她曾告诉过他原因。那个八角形的大房间有很多窗户,在房间正中央的帐篷式顶棚上垂着一个很大的老式三叶风扇,而那张欧式古典大铜床在蚊帐的笼罩下显得尤其诡异。她说之所以在那些信里没有出现一个"我"字,只是因为,她从骨子里不喜欢自己,只要有可能,她甚至希望永远不使用"我"来表达……只有他发现了这一点。可能这也是我莫名其妙地开始给你写信的原因吧。她若有所思地说道,实际上在那之前,有好些年都没写过信了,没有可以写信的人。

而在那个法式老阁楼改造成的旅馆里,在那个有两个天窗的倾斜屋顶下面,他们透过天窗看着那些渺小的星星时,她说起十岁那年冬天,她曾对母亲说出皈依佛门的愿望,但这个说法让母亲大为恼火,以至于都不想再见到她了,打电话告诉她父亲马上把她接回去。她说这是她有生以来头一次看到母亲手足无措的样子,而且不管母亲如何发脾气,威胁要把她送走,她都很淡定。也正是从那一次之后,母亲再也不会在她睡下时长久地注视她的脸了。而关于九岁那年冬天里,她只穿内衣站在阳台上,直到把自己冻感冒的事,是她在这个城市里最高的旅馆里说的。她说她最满意的就是高烧时所有人都围着她,那个阿姨不停地用酒精擦她身体,而她父亲则在客厅里高声咒骂着什么人,高烧把她烧得晕晕乎乎的,但实际上她却有种近乎幸福的感觉,当时阿姨生的那个小弟弟也有三岁了,不时在旁边的小床上哭闹着,她感觉阿姨就像陀螺一样转啊转的。

还有些地方，也是旅馆里，他们几乎不说话。他抽烟，她也跟着抽。她十六岁时开始偷父亲的烟抽，一直抽到高中毕业，到大学之后就戒了。她其实不喜欢抽烟，尤其讨厌别人抽烟，最无法忍受的，就是像父亲那样一天到晚没完没了地抽烟。她之所以会陪他抽烟，主要就是为了抵消或者说掩饰对他抽烟的厌恶。这是后来他才知道的。他总是喜欢在床上抽烟，这是她非常恼火的习惯，但是她忍了。有一天在他们发生争执时，她甚至声称，忍受你在床上抽烟，至少要比忍受你憧憬美好的未来生活要容易一些，真没有什么事情能比一个中年男人憧憬二人世界的幸福生活显得更愚蠢更幼稚了。

在争吵戛然而止，又在静默中过了几分钟之后，她表情有些古怪地嘲讽道，你真的有点像我父亲……他有一天喝多了，把脏东西吐到了客厅地板上之后，傲慢地大声对我说，你要知道，姑娘，不管你们怎么恨我，我必须要告诉你，我，是幸福的……我他妈的是找到了幸福的男人，别以为，我是个不幸的人，门儿都没有，想都不要想，没有人能让我不幸……这就是我，跟你们的最根本的区别，你们他妈的甭管信不信佛祖，在骨子里就是不幸的……这怪不了别人，也怪不得我。又沉默了片刻，她说，你跟我父亲，真的就一个德性，终生都在找什么幸福，要做个所谓的幸福的人，只可惜，你心里弱不禁风，不像我父亲，那样冷酷心肠。

就这样，他听着。

在这个过程中，恢复了内心的宁静，因为他清除了那些愿望，恢复了空旷，心里会长出寂静的丛林。那时候，她也能感觉到这种寂静，就会默默地回到他的身旁，把头靠在他的胳膊上，点上烟，抽两口，然后递给他。他默默地抽完它。然后关了旁边的台灯，起身把窗户敞开，站在那里，动也不动。

……

夜里十点十分，她开车出门，我开车尾随。她把车开到了中环线上，整整转了两圈，用时四十九分钟。然后，她从东北大桥出口转了出去，过了大桥，下到了地面上，没过多久，她就停在了路边。大约停留了十分钟。在此期间她好像打了个电话。我在距离她十来米远停的车。然后她一直把车开到他的工作室所在那个工业园区里。我在外面等着。十分钟后她的车出来了，我看到他已在车里，仍然坐在副驾驶的位置上。她把车重新开过了东北大桥，开到了中环线上，始终以六十公里的时速行驶，总共开了六圈，用时一百四十五分钟。期间曾遇到过几辆跑车在疯狂飙车，它们发出的尖锐叫声显然惊到了她，以至于她的车速忽然慢了下来，过了几分钟后才重新恢复到之前的速度。最后，她又把他送回到那个园区里。五分钟后她就开车出来了。这一次她走的是另一条路线，比来时要远很多的内环线，时速达到了八十千米左右。车停到家楼下时，是凌晨一点五十五分。她在车里又坐了几分钟，打了个电话，然后才从车里出来，上了楼。

……

还能想起你那天对我说起过什么吗？

财务总监临走前说的这句话一直萦绕在他耳边。想了很久，直到晚上六点多，员工差不多都走光了的时候，他还在想着。他们并不是经常聊天的。工作上的交流可以忽略不计，他们最多谈论的，也就是旅行和电影了。当电影这个词浮现的时候，他忽然想了起来，半个多月前的一个下午，他们在茶水间那里碰上了，她问他最近有看什么好片子吗？他想了想说，还真没有。她说她又重看了一遍《盗梦空间》，这是第三次看了，好像看懂了。他当时其实有些走神，在想着别的什么事，等到发觉她在看着他的时候，就问她看懂了什么？她低头喝了口茶，然后看着窗外，没说话。不会是觉得……他随口问道，我们都是睡在别人的梦里，而别人又总是比我们先醒来吧？

你喜欢健身吗？她又换了个话题。

他摇了摇头，我不是运动主义者，能不动，就不动，能少动，就少动。

她不禁笑道，难道是要像古人那样效仿乌龟么，总是动也不动的，练龟息功？

他咧了咧嘴，这个也还是做不到呢。

她又忽然问道，你知道老板喜欢什么运动吗？

跑步吧，他说。

她摇了摇头，不。

游泳吗？他补充道。

她仔细打量了他一下，看来你是真的不知道……那我来告诉你吧，是咏春拳。

然后呢？他知道她要说的肯定不止这些。

然后？她若无其事地看着窗外，想了想才继续说道，然后，她就认了一个师傅，在离这里几公里远的那个健身房里……再然后，她曾跟我说到过，有一天，她要是不做我们这个机构了，就会去太平洋上的一个小岛上，开个咏春拳馆，让那个师傅去当教练……我知道的，也就这么多了，哦，那个师傅我见到过一次，是个二十出头的小伙子，黑瘦的样子，但很结实，据说是尼泊尔人，不怎么会说中文。那他们怎么交流呢？他有些不解地问道。简单的中文单词啊。她说，还有手势，这种事，你知道，并不需要多少语言的。

有人把外面的灯都关掉了。显然不知道他还在办公室里，因为他没有开灯。对面写字楼里的很多灯还亮着，发出雪白的光，把窗台上的龟背竹的影子放大映射到他办公室门两侧遮挡玻璃墙的百页窗帘上。他下意识地想着尼泊尔。两年前，他去过那里。那时候老板还不是老板，他也不是什么所谓的合伙人，他们的关系也陷入了困境。他一个人在尼泊尔走了一个来月。在此期间，他们只是在微信上有过几次简短的联系，差不多每次联系，都是在她跑步之后。

她告诉他，她正在慢慢地恢复状态。一个人的时候，她在微信里写道，我才能恢复状态。我相信，你也会的，在尼泊尔，你一个人走那么久，最适合恢复状态了……这是你我都需要的，这种状态下，我们其实都不需要别人，任何人……太过熟悉了，就会互相消磨，磨到面目全非，就不得不做些伪装了。他当时正坐在一头大象上，跟几个游客挤在一起，他侧歪着身子，双腿垂搭在大象身上，右臂紧挎着那个当地骑手背后的镀锌铁横杆，大象并不大，正走在池塘边的草丛里……骑手双手握了根略带弯曲的短木棍，搭在大象那深灰色的头顶凹陷处。

我坐的这头象很小，他发微信给她。可能就是头小象……骑象的，是个大男孩，穿着墨绿的衬衫，浅绿的裤子，黑黑的样子，从始至终都是一言不发，也没有用木棍赶象，只是任凭象随意地走着，反正走在弯弯曲曲的小路上，走到哪都走不出这个地方。跟他同乘这头象的，是三个日本老人，一路上都很安静，不怎么说话，即使偶尔说两句，也是轻声细气的，好像生怕打扰到谁似的。其中有个老人，后来甚至睡着了，把后背靠在了他的背上。他感觉自己的屁股、双腿，还有后背，都慢慢地麻木了。有那么一瞬间，他有些恍惚地觉得，除了自己，其他人都睡着了，包括那个骑象的大男孩。那头慢悠悠走着的小象也像在梦游一样，偶尔会晃动一下头，而那根长鼻子始终都是左右均衡摇摆的状态。黄昏的光在缓慢收敛，他发现很多低垂的树叶颜色都在渐渐变深，有几只黑色的大鸟，振动着有白边儿的翅膀，从附近的浓密树冠里钻了出来，穿过那些交织在一起的树梢缝隙，消失在天空里。

此次到尼泊尔临行前，他见了她一面。是在她家里。当时是中午，外面在下着大雨。她说只有两个小时的时间，随后保洁阿姨就要来打扫房间了。这是他头一回到她家里，多少有些不自在。为了平息这种感觉，他仔细地观察着客厅里的每件物品，尽可能露出轻松的表情。他们没怎么说话。她准备了些吃的，他们就坐在沙发上，默默地吃着。她穿了身满是花纹的纯棉睡衣，上面有很多褶皱。可能是没有化妆的缘故，他觉得她的脸都有些浮肿的感觉。后来他把她抱住的时候，感觉她整个身体都有些僵硬。就像为某个艰深的话题而彼此都无法说服对方那样，他们不声不响地在沙发上做了爱，整个过程他都能清晰地感觉到某种特别陌生的感觉不断出现在他们身体之间，直至结束他仍然被这种感觉深深地缠绕着。他穿上衣服，发现裤腿竟然还是湿的，粘着皮肤。他穿上同样湿的皮鞋，开了门，没回头，低声说我走了，然后就出来，随手关上门。在等电梯的时候，他听到她的房间里传来什么东西掉到了地上的声音，有点像是塑料容器，在坚硬光滑的地砖上还跳了几下。在出租车里，他发微信给她，我感到非常伤感。她过了一会儿才回复，我也很伤感。我知道为什么会这样，他说。我相信你也知道。是，她说，我知道。对不起，他说。对不起，她回复。

天黑了，小象还在走。

那几个日本人不知道什么时候消失的。那个骑象的大男孩就像个影子，长在了象脖子上。散碎的灯光都浮动在树丛深处，跟那些萤火虫动静相宜，随着象身的摇晃，它们就会像羽毛似的阵阵飘落，隐没在黑暗里。他不知道这是要把他带到哪里去，在黑暗里，几乎看不到象的身体，要是那个大男孩没在他前面坐着，他甚至会觉得自己就是在离地面不到两米的黑暗中坐着，摇晃着，就像是为了让自己的身体能更为充分地溶解于黑暗里。

不知过了多久，在那片灯光浮现在不远处的时候，那男孩忽然回过头来，露出一口暗白的牙齿，用发音诡异的中文问道，还走吗？我们回来了，来的地方。他没说话，只是注视着前方越来越密集的灯光正在一簇簇地绽开着……他忽然觉得左侧脸颊被什么刺痛了一下，而他自己只不过是围绕着这个意外痛点的一团始终无法化虚为实的黑暗。

……

晚上七点，她开车去一家新开张的美术馆。在外面路边等了二十分钟左右,他从里面出来,那里的展览开幕式刚刚结束。他看上去有些疲惫。在车上他似乎很快就睡着了。她载上他去了江边。车停下时,又过了一会儿,他才醒。他们在江边的步道上散步,走了有五公里,然后再走回来。听不到他们说些什么。但他们说话的时候也并不多。他们走路时,身体是保持着一些距离的,从肢体语言上可以看得出,他们是有意识保持这样的距离的,当然这不是说他们感到陌生,而是他们认为需要这样,当然他们始终都很放松,这可以从他们走路的状态看得出来。期间,他们曾几次停下来,看江面上的游艇。风有些大,这也是听不清他们说话的主要原因。最后一次停下来时,他们在看的那艘游艇应该是最大的,上面站满了游客,声音喧哗。他指了指游艇,好像给她讲起什么事。她听着就笑了起来。他没有笑。后来他开始抽烟,还问她要不要来一支,她不要。接着,她开车带他去了离家不远处的那个德国田园啤酒餐厅里。他们点了很多肉食,完全超出了两人的量。主要是咸猪脚、烤猪排和几种烤肠,还有一大盆烤蔬菜色拉和一盘薯条。他要了一大杯扎啤,她只喝冰水。他们吃得很尽兴,几乎没怎么说话。他到后来往后一靠,说真的吃撑了。她说她也是撑到了。最后,大约十点半,她开车把他送回到那个园区里,几乎没有停留,她就开车出来了,直接回了家,走的是中环线。

……

三个人，站在他家门外的过道里。

三个中年男人。都不认识。他每天晚上回来，从电梯里出来，都会下意识地往右侧看一眼，那里放着一把坏了的皮椅，挨着窗口，那样子其实更像个躺椅。他把它丢在了那里，却总是觉得上面好像还坐着谁，一个无形体的陌生人。有时候他往那里看一眼，好像在看那人还在不在，有时候则像是直接打个招呼，反正那人总归会在那里的。现在那里站着三个陌生人，把那皮椅挡住了。我们见过，前天在你们机构里，他们说。我们来看看你说的地址是不是真的，明天早上我们跟你一起去机构。你们就在这里等着吗？他有些好奇地问了句。哈，我们你就不用管啦，他们笑了笑道，明早见吧。那椅子，他侧了下头，他们也回头看，下意识地闪开了一下，让他看到那皮椅。那椅子是坏的。他说，哦，他们表示知道了，互相看了看。

没有开灯，他脱掉皮鞋，像怕打扰谁睡觉似的，蹑手蹑脚地穿过客厅，连拖鞋都没穿。回到卧室里，在碰倒了几个可乐罐之后，他终于把那个落地灯打开了。脱掉了裤子，还有衬衫，袜子，然后摘掉了眼镜，钻进了灰色被套的被子里。他觉得应该先去洗把脸，想了一会儿之后，还是放弃了。他摸了摸脸，然后把手放在橙黄的灯光圈里,发现指尖上有一层油。现在可以看那三条长长的短信了。是傍晚时收到的,来自一个陌生的手机号码。当时打开后,他看到的是密密麻麻的字。看完前两行就知道是谁了,一个销声匿迹多时的人,一个即使在的时候也经常会让他觉得不真实的人。

"我知道你还会在的。这符合你的个性。该怎么说起呢?这种时候,困难的时候,你会不会有被丢在那里的感觉?我能理解。我也有过同样的处境。同病相怜?我能想象你现在的表情,不会像之前见到你时的那个样子,你现在估计比石头还要硬。我同情你,绝对不会嘲讽你。我干过很多你想象不到的事,这就是为什么我不会嘲讽你的原因。我认识她的时候,什么都不是,跟你一样,什么都不是。这是事实。我在那个大学的校园里碰到了她,当时我觉得她是个比我过得还要惨淡的家伙,只是她把这种状况包裹得很好,像有个坚硬的壳。我觉得惨淡应该跟惨淡在一起。她被我说服了。两个月后,她飞回老家,偷来户口簿,跟我登记结婚了。她喜欢干这种事。可惜她对我没什么兴趣。我甚至都不知道在此之前她已干过这样的事了。直到后来我们办离婚手续时才发现这个问题,在她家乡的民政局里,发现她早就登记过了。对,她偷过一次户口簿了。她是我家里的一个黑洞。对。她让我发现自己其实是个非常好的演员,这让我无往不利,我能让任何人相信我,只有她永远也不会相信我。她说你不管说什么在我这里都是假的,真的也是假的。好吧,那我就是假的。我做的很多事都是假的,这是真的,大家都相信是真的。我在她面前就是不真实的，几乎就相当于不存在的。你能想象么，你看着这个人，睡在她身旁，可以搂着她的身体，进入她的身体，却跟不存在一样？这是我心里的阴影啊，简直望不到边。"这是第一条。

"你出现时我还是挺好奇的。她说你是美术老师，正在跟你学画画。我好奇的是，她能为你说谎。这么一个从来不屑于对我说谎的人啊，竟会为你这么一个普通的家伙说谎了。我挺好奇。她不知道，自己说谎时语速会变慢，有时甚至是一字一顿的感觉。她不知道这个。她说你有不少女朋友，这个是真话。我其实不关心别的，就想知道你在她那里到底算什么。因为我发现你们之间几乎没有任何反常的举动。你就像放在她房间里的那块未经雕琢的青田石，没有任何形象，什么都不是，可就是能稳稳当当地待在那里，离她那么近。在你们认识之前，我跟她发生过一次激烈得跟疯了似的争吵，我打了她，就像要砸碎套在我头上的瓷罐，或是像砸坏一个我理解不了的精密仪器，我觉得那个晚上我真的失去了自控能力，我不停地打她，就像成心要打坏她，然后就能找出什么藏了很久的秘密东西。最后的结果就是我不得不写下一个字据，承诺将来要是离婚，我需要给她多少财产。你看，她就是有办法能让我以我不情愿的方式就范。她是我的一个谜，可她又不是我的。说实话我知道她让你出现，是给我下的一个圈套。只要有机会，她就会在我面前发自内心地称赞你的与众不同，说你如何淡泊名利，视金钱如粪土啊之类的，但又让我抓不到任何你们的把柄。"这是第二条。

"我发现她是想激怒我。可是我怎么可能会配合她的想法呢？这就是为什么我买了你那些画，把它们送给她，都放到家里。你想想看，你画的那些疯狂的乱七八糟的植物，还有那些诡异的妖精，我们家每个房间里都有，跟她实在是太搭了，对，在我眼里她就是疯狂的。她觉得我也是疯狂的。跟我打交道的那些生意人也是疯狂的，因为我用那些完美得无法实现的项目都能获得他们的投资。我希望能抓到你们。可我发现这是不可能的。她希望我琢磨这个，为此而焦虑烦躁，直至爆发。我确实雇了个人，跟踪你们。每次都会给我详尽地报告。你需要的话我可以发邮件给你。据说你记性不好，那这些资料对你就会有点用了，至少可以帮你想起过去的一些场景，尽管它们看起来有点像说明文的感觉。不过有一点我从没怀疑过，就是你是喜欢她的。一个像你这么傻的男人，在面对自己喜欢的女人时，是会尽力显得很单纯的，没有任何企图的。年轻时我也干过这种事儿，就像耐心地挖口井，挖到地下很深的地方，直至挖出甘甜的水。可是你看，说到底你只是她的一个幌子，是用来对付我的。我说过她不会相信任何人的，这是从本质上说的，就是说她从最根本层面上就是不可能相信你的。你跟我没有区别。这个机构留给她，确实是我够阴险的证据，里面是埋了雷的。当然我也确实没料到她能提前走掉了。按说我是应该能想到的，她拿到离婚资产之后做过的第一笔投资，不就是那个破岛上的拳馆吗？其实我不恨她。我跟你一样喜欢她。今天想来想去还是跟你分享这些,也就是因为你留下了,替她扛下了。我喜欢你这一点。在咱们这出戏里,其实你入戏最深。无论如何,都要真诚地祝福你,会拥有好的运气。"这是最后一条了。

……

下午两点三十分,她开车先去了三公里外的一家宠物医院。那里有只小狗,腿做过手术,她问了医生一些情况,说后天会来接它。那个医生是个中年男人,打扮得有点像个明星,脸上始终露着暧昧的笑意。她在说话的时候也没有看医生,而是一直在看那条腿受伤的小狗,是条腊肠狗,黑的。医生注意到了我。随后,她开车去了那个园区,进了他的工作室。那个工作室的门在西面,旁边有个大落地窗,他们就坐在那里喝茶,面对面。她给他带了两饼普洱茶。我是坐在车里观察的。因为当时阳光很好,照亮了那个落地窗,所以他们看不到我。她看上去有些严肃,或者说是面无表情。他一直在淡定地说着什么。他喜欢做手势,好像在描述什么东西的形状,但后来渐渐地,情绪就有些激动了。而她始终都是面无表情的,甚至都没有看他。她看着窗外。后来她好像试图解释什么,但没说几句,就放弃了。他们就都不说话了。有一段时间,五六分钟的样子,他离开了座位。她一直坐在那里,没有动。他回来后,坐下来,说了些什么,她忽然笑了笑,身体往后靠了靠,好像略微有些羞涩的意思,但随即就没有了。傍晚五点钟,她开车离开。他送她出来,站在门口,双手叉腰,有些无奈地看着她上了车,关上门,摇下车窗。他说,那,走吧。她点了下头,摇上车窗,走了。她回到家楼下,停好车,到对面的星巴克里又待了半个多小时,没叫东西,只是坐着。然后就回家了。

……

早上,他出门时,发现那三个人果然在那里等着了。

昨晚他没失眠,是听着手机里播放的白噪音睡着的,他选的是雨声和海浪声。后来半睡半醒中,他感觉自己是听着海浪声睡着的,在睡梦里,觉得自己好像是搂着一块被太阳晒热的浑圆礁石,而浪花偶尔会溅到他的脸上,也是热的,甚至觉得整个海都是滚热的,接近沸腾的,是有很多火山在深海里喷发了吗?他在梦里这样想过,却没有人能给他什么答案。

有辆黑色的别克商务车停在楼下。车里还有两个人。他有点分不清这两个人跟那三个人在样子上有什么区别。他坐在这五个陌生人之间。没有人说话。这时,他的手机屏幕亮了,是条微信。他在听到提示音时就猜到了,是她的。发来的是个word文档,标题是日期。他本想等一等再看的，可是转念一想，等会儿到了机构里，恐怕就不会有机会看了，还是现在看了吧。

"对不起，这一次，是真的要说声对不起了。没用，可还是得说出来。我有太多的事情没跟你说过。这是我的恶。我承认。因为我得给自己找到一条出路，可以离开的，离开这里。你是属于这里的。你们所有人，都是属于这里的。我不属于。原谅我说'你们'，这是你最厌恶的词。你当然只是你。我们不需要咬文嚼字。呃，我得说出最基本的事实，让你知道，这也是我还能做的。

"你不用担心什么，机构完了，但这里面没有你的责任，你只是有个合伙人的名头，但没参与过任何决策，流程里的任何环节都没有你的签名，你也没分过钱，只拿了工资。当然，他们还是会把你带走的，会花二十四小时，或是四十八小时，问你很多问题。你只需要说你知道的就可以了。本来你也不知道什么机构的秘密。我不告诉你很多事，就是为了把你排除在责任之外。啊，接下来，该怎么说呢？

"我在太平洋的一个小小的岛国，这里有我投资的一个拳馆，不要嘲笑我，是咏春拳馆。那个师傅，你见过的，对，就是他，那个年轻的尼泊尔人。他几乎不会说中文，或者说只会一点点，这是我喜欢的，因为我不需要什么语言交流。我们只需要用手势，就可以了。他是个孤儿。或者，相当于孤儿。反正没什么区别。他对我没有任何要求，我对他也没有。偶尔我们睡在一起的时候，他就像个小孩子似的，蜷缩在那里，以至于我会觉得，他就是我的孩子。

"这里很小，有个火山，是活的。我每天都能看到它。我不喜欢看海，总觉得它随时都有可能淹没这里，从没见过这么大的海，而这里，只不过是漂浮在它表面的一粒灰尘而已。你那天在群里说的那句话，刚好适合形容这种感觉。我觉得自己连个灰尘都不是，但这种感觉其实挺好的。这里不属于画家，因为实在没什么可画的风景。不过这里的植物倒是很像你画里的，每时每刻都在赶时间似的疯长，但好像都长成了类似的样子。将来，要是你想，也可以来这里转转。当然，我估计你不大可能会想的。现在，就是我所能想到的，最合适的结果了。"

我的眼睛如何融化

"你晚上跑不掉了。"

这话钻入耳中时,我勉强睁开了眼睛,看着几米外光线刺眼的电视屏幕,那头猪的神态令我有些茫然。长沙发上,我那双胞胎儿子都蜷缩着身体,盯着屏幕,半张着嘴,神态迷离。客厅里没开灯。黑夜正穿过落地窗扑落到室内,后面远远地散浮着冰冷碎玻璃般的灯光。屏幕的光闪烁在那些反光的地方。我的右臂没了知觉,而左手则在大腿和屁股下面摸索了半天也没摸到手机。不知道现在是几点了。有那么一瞬间,我竟想不起这个美国动画连续剧叫什么名字了,以及我是什么时候开始播放的。在这个扭曲变形的懒人沙发里,我侧过僵硬的身子,让左膝跪到地板上,然后再小心用左手支撑,这才爬了起来。儿子们都没有注意到我这一系列动作。我提起右腿,用麻木的左腿支撑身体站立,直到麻木消解。落地窗玻璃上有我的身影,就算是光影模糊,也还是能看出包裹着睡衣裤的身体的臃肿。

实际上，午饭后我就希望他们忽略我，像十二岁男孩那样坐到电脑前或捧着iPad尽情打游戏。这是元旦假期，他们的作业都早早完成了，而我又是那种对孩子放养的妈，他们难道不应该放心地玩个够吗？他们偏不。他们似乎就想榨干我的每一分钟，一次次地出现在我面前，问我这个那个，其实屁事都没有。结果就是我什么都做不了。我只能假装相信他们所说的一切，跟他们在房间里转来转去……只要我坐下，他们就会出现，妈妈。哦，我能做的，也就是放缓回应的速度，把他们的兴致消磨掉，尽管我知道过不了多久他们又会恢复能量，重新出现，喋喋不休。幸好，一位好友告诉我，最近最火的动画片，是《疯狂动物城》！我马上搜到了资源，然后打开电视，来吧孩子们。

他们终于安静了，终于暂时忘了我。不过我并没有回到电脑前工作，而是拉过懒人沙发，放在长沙发右侧，倒在上面，摆出舒服的样子，跟他们一起看那些用人声喋喋不休的动物。手机里有十几条未读微信，我没去点开。窗外，天空淡蓝，阳光把对面楼涂成了淡金色，干净得就像刚建成的，而我的阳台，还有外面那些光秃秃的黑树冠，则在阴影里。室外是零下二十五度，室内则是零上二十五度。这种温差带来的不是惊讶，而是鼻炎的复发和皮肤的干燥，我在家里随处放包纸巾，以便随时抽取，于是每个垃圾桶里都有一团团擤过鼻涕的纸巾。在电视里的人声配音逐渐混沌之前，我听到一句台词:"我刚才看到绵羊身上唯一没有毛的地方。"我肯定是露出了一丝笑意。没多久,我就睡着了。渐渐模糊的意识里,唯一清晰切近的形象,就是我那发红的鼻子。

有那么一会儿,我恍惚听到甲方女老板那鼻音明显的说话声。场景有些暧昧不明,我们好像在视频,我影影绰绰看到她背后的白色空间。面对摄像头,她难得宽容而又大度,认为我的设计方案基本符合她的预期,可以做更进一步的完善。我松了口气,表示马上就行动。醒来时,我下意识琢磨,这个平时轻易能让我头大的女人,竟然也能给我以春天将至的感觉。令人沮丧的是,这是个梦,什么都没有发生。这就是现实。我不想睡觉,却像头猪一样轻易就睡着了,我也不想梦到她,却梦到了。每次想到这个看上去干巴巴而又坚硬的中年女人,我几乎都会有些厌烦。她算是我近年来遇到的最难缠的甲方老板了。认识她一年多的时间里,其实我们只有过一次合作,却整整拖了八个月才完成。她永远都是那种脑子飞转、脑洞大开的状态,却又总是很难跟我有什么共鸣,以至于我经常会想放弃,但她总有办法在我马上就要下决心跟她摊牌时把我重新拉回来。这个比我年长十岁的女人,认为她比我还要了解我,当然,她确实总能在我的情绪抵达临界点时轻松地化解任何爆发的可能。她会叫我亲爱的,关键时还会连续叫上几声,亲爱的,亲爱的,要是你在我这里就好了,我们面谈,应该很容易达成共识的,你要相信我,就像我相信你，没有比我更了解你的人了。她让我在某个转念时发现，像"亲爱的"这种肉麻词语，在跟那种近乎恼怒厌倦的情绪混合时，能起到相互抵消的作用。这样想着，我又睡着了，就像从一个幽深的空隙里翻入了另一个。

有个场景，我从一开始就知道是梦里的，不是因其模糊，而是因其清晰。那是在伦敦东区的街边，天空阴沉，几个戴头巾的阿拉伯女人默默地围着我，手里都端着蓝色水桶，而我不知道她们要做什么。我之所以能确定这是梦而非现实，是因为我确实没有遇到过此类事情，甚至马上就想起来，这个场景其实是我前夫也就是双胞胎的亲爹告诉我的，当时我还傻乎乎地问他最后是怎么摆脱的，他诡异地笑道，当然是拔脚就逃喽。嗯，这位业余马拉松选手的轻盈步伐就像风一样掠过了我的脑海。后来过了好些年，我的一位伦敦朋友告诉我，你梦到的那些阿拉伯女人，估计是搞募捐的，在伦敦东区很常见。不过我在梦里反复琢磨的倒并不是这个，她们是干什么的跟我又没什么关系，我琢磨的，是他的那个诡异的笑意，以及那句"当然是拔脚就逃喽"。后来我因备产而提前回了国，没多久他也回来了。之后又过了不到一年，他就再次践行了拔脚就跑的能力，离开了我和双胞胎儿子，飞去了深圳，跟那位线上仰慕者奔现了。有意思的是，我醒来想到这些时非常平静，就像面对一份被甲方突然修改过的设计方案，基本上是那种无动于衷的状态和温柔的神情——"好的，没问题"。

我说没问题，其实并不是刻意做出的配合姿态，而只是习惯使然。这习惯的好处，就像手机上陈旧的壳跟屏幕保护膜，它们确实能在手机落地时起到保护作用，像我现在这部手机就不知摔过多少次了，可依然完好无损。拜这习惯所赐，离婚后，我又结了两次婚和离了两次婚（跟同一个人），看起来仍旧完好无损。你看，我不仅开了建筑设计工作室，还有三个合伙人和两个助手。此外，这么多年了，我的双胞胎儿子都读到初中一年级了，大多数日子里都是我接送他们上下学、辅导功课。每当有人夸赞他们都长成两个品学兼优的小帅哥，并问我到底是怎么做到的时候，我的回答都很简单，只是习惯。如果说这世界上有什么是我不需要的，那就是被人理解。我早就过了渴望被人理解的年纪了。相反，我倒是变得越来越能理解别人的任何古怪不合逻辑不合常理的想法和要求了，比如我的那些甲方，当然也包括前面说到的那位女老板。

为了让双胞胎的观看体验抵达完美，我给他们叫了肯德基外卖，让他们坐在沙发上吃垃圾食品。所有垃圾食品都有着天然的助兴功能，能让人在轻松愉悦时更加轻松愉悦。当然你也可以认为我其实就是不喜欢做饭，这种看法未必就不合理，但也并不能因此就抵消我前面的关于轻松愉悦的说法，只能说都成立。他们在开心地吃着炸鸡翅盯着电视屏幕时，我已坐回到电脑前，琢磨该如何给那位甲方女老板回邮件了。虽说这从来都不是件轻松愉悦的事，可是对于我而言其实也没什么大不了的。后来，我灵光一闪，只用了十来分钟就搞定了。我的意思其实很简单，就是我完全能理解她的那些建议和意见，近期如果有需要，我可以随时飞过去，我们面谈，以利于尽快把她的想法落实到方案里。发出邮件后，尽管觉得它未必真能起到什么作用，但至少可以让我安稳地度过这个元旦假日了。

我完全忘了，一周前就答应儿子们去海洋馆了。不过这也不能怪我记性不好，要不是那天晚上在看完《疯狂动物城》后，他们以怕黑为由要求跟我睡在一起，而我又不得不费尽口舌说服他们回到床上去，我是不可能忘了这早就说好的事的。更主要的是，他们在回到床上之后，又要求我开着他们的房门，还有我的房门，并且亮着客厅里的灯，为了这个我又跟他们费了很多口舌，最后的结果是我只能答应。随后我就失眠了。看难懂的哲学书，听白噪音，吃褪黑素，都没用。就这样，我躺在黑暗里，看着客厅灯光在我卧室门口处地板上投射出的那个倾斜的明亮方块，差不多一直煎熬到凌晨四点多，才迷迷糊糊地睡着了。

我是在他们的吵嚷声中醒来的。什么海洋馆？在他们的不满声中，我一边翻身爬起来，一边恢复着记忆，哦，是的，确实是约好了今天要去海洋馆的。我洗漱时，他们一直在客厅里跑来跑去，大声喧哗。这还不算什么，最讨厌的是，在我找出要穿的衣服时，他们竟横加干涉，不好看，妈你不要穿这个，太难看了，你怎么不穿那件大羽绒服呢，白色的那件啊！当我只好顺从民意找出那件白色羽绒服并穿上时，穿戴整齐的他们又出现在了我的身后，当时我正眼神涣散地看着镜子里的自己，眼睛浮肿了，不，是整个脸都有些浮肿了，化妆也掩盖不了。他们沉默了片刻，大儿子忽然说，妈你知道吗，你就是因为剪短了头发才变得不好看的。我向来最讨厌男孩子早早地就敏感于女人的容貌。我想怒斥他闭嘴，但想想又算了，只是歪了下头，晃动那头齐耳短发，淡淡地说了句，我觉得挺好的。

在一个异常寒冷的冬日里去几十公里外的海洋馆，再没有比这更无聊的事了。这么多年来，我已数不清到底带他们去过那地方多少次了。在开车进入附近那条已然过度拥挤的主干道之前，我对他们说道，我能记得那里的每条鱼，你们能记得什么？可他们就像商量好了似的，骄傲地说，我们是去看望它们，不像你，只会说记得它们！哦，我只好点了点头，无话可说了。有道理，我想。有道理，我坦诚地接受他们的嘲讽或者说批评。不过，那么多的鱼，你们又怎么能做到每条都看望并陪陪呢？我也想看看他们无话可说的样子。他们几乎是不假思索就回应了，我们只要慢慢地走，慢慢地经过它们，慢慢地看它们，它们也就知道了！我点了下头，嗯，有道理。这时，这条主干路已经堵死了。我把双手搭在了方向盘上，努起嘴，对着挡风玻璃的方向吹着口哨。

我以为他们会为这堵车而焦虑抓狂，实际上并没有。他们坐在后面，一个玩手机，一个玩iPad，根本不在乎。焦虑的倒是我自己。当然这也算是个习惯。我戴上墨镜，注视着前方，眼光越过那些车辆，望到道路尽头的天际。我甚至没去关注不远处红绿灯无聊而又无用的变换。我试着放空自己，从眼睛开始，从脑袋开始，然后慢慢向下，直到所有脚趾放空。我想象自己不存在。这是一辆空车，不属于任何人，里面没有人，没有任何杂物，像一辆被封存很久但保养良好的车，然后，前后左右那些焦虑的车辆里的人也消失了，接着就是那些车也消失了，剩下的就只有这明朗冬日里的辽阔碧空，那淡金色的阳光。过了很久，我才注意到，旁边充电中的手机屏幕亮着，它是静音的，没有设置震动。我不知道它亮多久了。是微信电话，那个甲方女老板打来的。我有点走神。

女老板是以连续两个"亲爱的"开头的。她收到了邮件，并立即决定，我们需要马上就见面，快速确定方案。下周？我试探道。不，她说，我希望马上，现在，今天，我给你订中午的机票。我迟疑了片刻，然后就只好坦言，我现在正开车带儿子们去海洋馆，而且严重堵车。那我不管，她说，不要去了，告诉他们下次再去，下周再去，要是他们不愿意，你就把手机给他们，我来说服他们，我最擅长的，就是说服小孩子了。我转过身去，把手机开了免提，然后伸向刚从沉迷游戏的状态中抬起头来有点发愣的他们，我平静地说道，是我正在做的项目的老板，你们就叫阿姨吧。手机里发出甜腻的声音，亲爱的两个小帅哥你们好啊……我几乎是在某种不适中听完她的那些话的。最后她说，好啦，咱们就这么愉快地谈妥啦，爱你们哦，木马，给你们一个大大的拥抱。我把免提关了，重新把手机贴在了耳朵上。她换了个声音，得意地说，好了，我马上给你订机票。

堵车是半个多小时后结束的，在此期间他们一言不发，但似乎也并没什么不满的意思。我在后视镜里悄悄观察着，他们好像都有些走神。我带着歉意说道，那，咱们就掉头了？他们低下头，继续玩游戏，嗯了一声。我努力让那歉意在脸上多留一会儿，尽管他们始终都没再抬起头来看我。车流终于开始松动时，我做了深呼吸，那个可以掉头的路口出现后，我感受到那种松动的效果正传入我的体内，然后开始慢慢提升车速。

两小时十分钟的航程，对于睡觉来说是微不足道的。纷纷收起小桌板的声音，广播里的各种提示，突如其来的颈部痛感，我屏住呼吸，等待这痛感缓解。已处在下降状态的飞机一阵颠簸，随后就穿透了云层。透过舷窗，我看到灰白的大地正在展开。没过多久，就看到几处形状不规则的灰白冰湖，还有弯曲的冰河，机身在倾斜，转向，布满灰云的天空降落，随即又升起。脖子的痛感非但没有缓解，还延伸到了左侧肩胛骨那里。远处，几根高耸的工业烟囱正吐着白烟，看上去像是静止的浓重发胶，附近还有几座水塔在冒着热气。我甚至都没有看到机场在哪里，飞机就已在跑道滑行了，耳膜的膨胀微痛让我听不清噪音。这时手机屏幕亮了，是女老板的微信，车已在机场外等候，后面是司机的手机号。这时我脑海里忽然浮现的，却是把两个儿子送到他们奶奶家后，我站在门口嘱咐注意事项时，他们那种若无其事的样子，几乎同时发出一声，哦。他们的奶奶若有所思地看着他们，摇了摇头，说了句，没事儿，你走吧。打车去机场的途中，我就困了，以至于根本无暇体会这次意外出行对于我来说意味着什么。后来，在登机口附近坐等登机时，我又睡着了。等我醒来，听到刷登机牌的响声时，发现最后一个旅客已走进通往廊桥的入口。在快步穿过廊桥时，想到马上就可以到飞机上安稳地睡上一觉，哪怕就只有这么两个来小时，我觉得也是足够惬意的了。

  来接我的是个年轻小伙，有一米八多，长着一张男模常有的那种瘦脸，有点眼熟，但又不能确定是不是见过。零下三十度的寒气里，他穿着单薄的黑皮夹克从车里下来，小跑几步去打开了后备箱，把我的拖箱放进去，然后把后座右门打开，我坐了进去，他从表情到动作都标准得像五星酒店门口的迎宾员。车内暖风里混合了淡淡烟草和香水的气息。他亲切地叫我姐。短暂的客套之后，我调整了一下坐姿，闭上了眼睛。机场离市中心其实不过十公里，但我还是顺利地延续了飞机上未了的睡眠，还有种难得的感觉。说是睡眠，其实不过是闭目浮游的状态，几乎每次车子停住时我都会微睁眼睛，瞄一眼外面的景物，尤其是路边累积的半人多高的灰白冰雪，跟我们那里不一样的是，它们还从未融化过。我甚至觉得，它们有种黏住时间的能量，能让时间变得极为缓慢，然后失去流动感。就是在这样的状态里，我却觉得身体意外地有了一种柔软的感觉，就像是刚从壳里脱身而出的蚕蛹。

尽管在半睡半醒中我就已在下意识地调试状态，以便适应即将出现的甲方女老板，可当我跟随那个小伙子来到酒店里办好入住手续，坐电梯来到十三楼的那个大套房时，还是被张开双臂迎接我的女老板那一连串的"亲爱的"搞得有些尴尬。附着在羽绒服上的寒气混合了房间里的热气和她身上的香水味道，她用力拥抱了我，那股古怪的气息向上涌动。脱掉羽绒服时，我有些走神，以至于没听清她在那里连珠炮般地说着什么，显然是关于那个方案的最新想法。她略有些诧异地拉着我的手坐到沙发上，仔细打量着我，抚摸着我的手，在她的眼睛里我看到了微小如斑点的自己。我的眼睫毛上的霜之前就融化了，随着眼睛的眨动，我感觉到睫毛膏糊到了眼线上。

我起身去洗手间补过妆，镜子里，我的眼圈是黑的。回到她的身旁，我开始认真倾听她的想法，并在本子上做着记录。算上她这次的想法，这个政府办公楼项目设计稿已进入第九次修改。看上去有些像豆腐块似的白色建筑图案，就这样一次又一次地经历着浮雕式的修改。最初她之所以立即通过了这个整体白色的设想，完全是因为她不久前刚去过希腊度假，同时她又是北欧简约风格的爱好者，而这次修改的主要就是那些正面的窗户，按她的说法，把那排位于中层的大落地窗改成小窗，是出于低调的需要，在这些地方绝对要避免张扬。在历次修改中唯一没有动过的，就是正门的那四根罗马式立柱,她强调,绝对不能动它们。等她交代完毕之后,已过了一个多小时了。她有些意犹未尽,讲起了那次希腊之行,我却有点担心明天她的想法说不定还会变掉。说完希腊那边的风光印象,什么爱琴海的美丽,神庙的庄严,又说起希腊国家破产后的经济状况,以及似乎跟普通人的生活没什么关系,等等,她忽然停住了,打量着我一会儿,然后问我,你知不知道,我为什么选你来负责做这个项目?我一时没回过神来,愣住了。只见她得意地一笑,因为有天黄昏,我在海滩上散步时,遇到了一个当地的华人姑娘在那里写生,她的体态样貌特别像你,气质上尤其像你,也是你这样的短发……然后就跟她聊了几句,说她像你,我的好友,也是短发美女,也会画画,是个建筑设计师……当然,她还很年轻,也就二十五六岁,皮肤细腻,比你白,但你也有她没有的东西,那种又酷又成熟的……最后我还翻出手机里你的照片给她看,她开心地笑着,觉得很神奇,我们还加了微信,我告诉她,过段时间会把你设计的建筑图发给她看。对了,你要加她微信吗?我摇了摇头,微笑道,不要了,保留神秘吧。

  说这些话时,她始终拉着我的手,是右手托着,左手放在我的手背上,还不时轻轻抚摸,说到兴奋处还要轻拍一下。说实话,这让我很不自在。于是我就问她,有烟吗?当然有啊,她笑道,咱们在一起还能没烟吗?!说着就扬声跟留守在门厅那里的小伙子说,小李子,去拿几包烟来。她的手仍在抚摸我的手,继续打量着我。

她的手没什么肉,就像只有皮和筋骨。过了会儿,她才继续说道,我就知道,你在这节日里肯定是被两个大儿子缠着,做不了什么事的,所以我才灵机一动,让你过来陪我,顺便把方案完善一下,这样就一举两得了不是吗?我歪了下头笑了,确实。为了摆脱这种尴尬以及那种拔腿就跑的冲动,我干脆就毫不回避地注视着她的脸,故作镇静地听她说话。她说明天上午我们再把这方案最后敲定一下,然后就让小李子开车带你出去玩儿,你想去哪儿都可以,他就归你管了,你就是让他开车去俄罗斯那边都可以,我呢,就不打扰你了,等你回来,要是还有精神,就陪我一天,聊聊天,怎么样,豪车加帅哥,这安排到位了吧?我只好笑了。

只是一些局部改动,也让我跟远在九百多公里外的两个助手忙了个通宵。清晨五点刚过,女老板就打来了电话,要跟我共进早餐。我不知道她是刚醒,还是也没睡,听声音倒还是正常的状态。我就说,刚好可以在早餐后给你再看看改过的方案稿。站在落地窗前,看着外面沉浸在黑暗中的城市,那些散落在几条道路边上的淡金色细高街灯,弥漫的霜霾充满了它们的光圈,有点像宇宙图景里那些被刻意渲染过效果的遥远星辰。听着中央空调出风口发出的低响,我感觉身体有些发麻,手脚冰冷,而且非常困倦,可我又不想倒头就睡。我甚至已做好早餐后女老板又提出新想法的心理准备。在房间里踱了一会儿步,我漫不经心地打量着那些常见物品,最后站在那台黑色胶囊咖啡机前出了会儿神,翻出一粒胶囊,做了杯意式咖啡,放在落地窗前的玻璃茶几上。坐到那个单人沙发里,我把双脚架在了茶几的边缘。其实我不喜欢这种胶囊咖啡的味道。在喝下一小口时,我忽然想起,在伦敦时,前夫跟我掰扯家里那些咖啡机的场景,他觉得从我疯狂购入各种类型的咖啡机、研磨器和囤积各种品牌的咖啡这件事来看,我肯定是有恋物癖的,否则我不会让家里到处都是杂物的。随后他又思路清奇地联想到,要不是他足够节制,那我们完全有可能在几年内生一堆孩子,而不是只有这对双胞胎,在他看来这同样符合恋物癖的特征。孩子也是物?我有点奇怪地反问道。当然算,他扬声道。不过对于他的这种怪论,我倒也并不意外,这个有洁癖的人,无法容忍家里有任何无用的或暂时用不上的东西。听他喋喋不休时,我想起他确实曾坦白地说过,他不喜欢孩子,从来都不喜欢,要不是迁就我,这对双胞胎他都不想让我生下来。他强调自己从来都是个想走就走的人。当我生下双胞胎后打电话告诉他时,虽然远隔万里,他还是毫不遮掩地流露出深受打击的感觉。在简单地问过我生产情况之后,他告诉我的是,他已把那些咖啡机、研磨器和咖啡豆、咖啡粉都处理掉了。真是直截了当。他认为我执意生孩子这件事,足以证明我不仅是个缺乏自控力的人,还是个对生活毫无追求的人,出来留个学,然后就亲手废掉了自己。

放下手机,我彻夜难眠。那个废掉自己的问题,让我想到天亮也没想出结果。早晨的阳光照进产房时，我拿起手机，自拍了一张，那个脸庞浮肿、头发凌乱的女人形象至今还保存在手机相册里，像个精神病患者，或者说，疯子。双胞胎一周岁生日过完的第二天，我就在微信里告诉他，我们离婚吧。他沉默片刻，回了一个字，好。过了几分钟，他发来微信，条件你定。当然，我回复，你净身出户。他回复，没问题。后来，凌晨三点多，他又发来了一条至少有几百字的微信，表达了自己那复杂的心情，以及对我们过往生活散漫而又深情地回顾，最后还有对我的一点歉意和对我跟孩子们的诚挚祝福，在抚养费上也相当大度。当时我也没睡，过了很久，才回复了两个字，谢谢。

两年后，我把双胞胎交给他们的奶奶照顾，然后去了北京，在一家国有建筑设计公司工作了一年多。然后又去西安工作了半年多。后来又去了广州，在一家外资建筑事务所待了近两年。广州跟深圳近在咫尺，但我从没想过要告诉前夫，尽管在离婚后我们仍保持基本的联系，为了孩子，为了他父母。他无疑是知道我在广州的，我不说，他妈妈也会告诉他。你看，我们虽然分开了，但还是有点默契的。他知道我到广州只是因为工作需要而已，跟他没半点关系。不过，我的那位做心理咨询的朋友却告诉我，你说的没关系，只是个假象，实际上，在你的潜意识里，你仍旧没能真正地完全放下他，不是说你还想要和他怎么样，而是在你的内心深处，这个人就是个结，你还没找到办法打开呢。我并不认同她的这种说法，而且不带任何情绪地告诉她，换个角度说，我能无所顾忌地来到广州，难道不恰恰就说明我心里已没有那个所谓的结了吗？她回了个微笑表情，过了会儿才说，一年后我们再来探讨这个话题吧。后来，我又到了上海，工作了一年多，遇到了一个男人，不到两个月就结了婚，但三个月后就离了，然后年底又复婚，到春节前又离了，这些事我没有告诉任何人。这两次离合，拔脚就跑的，都是我。然后我就辞了工作，回到了老家这座城市，抚养已上小学的双胞胎儿子，还在三位老同学的支持下创建了工作室。

　　我的老同学兼合伙人一致认为，我现在确实是变酷了，越来越像个男人了。这显然不算什么赞美，却也是事实。不过他们认为我现在的这种风格倒也有其好处，在甲方那些老男人眼里，简直就是浑身带刺儿的玫瑰，长得这么好看却全无半点女人味儿，真是奇葩一朵，而且还常给人难以捉摸的感觉。尽管如此，却没有影响到生意，这就不得了了。最后这句在我听来无异于玩笑话了。本地圈子就这么大，不是同学就是同学的同学或同学的亲戚之类的，在很大程度上，是他们几个合伙人的面子和人缘决定了这个工作室的处境，我怎么样其实并不重要。我算不上聪明，但也还不至于蠢到看不明白这些。他们不知道，要是真的按我内心的想法，我甚至有可能会立即关掉这个工作室，去做个自由画家，然后周游世界，走到哪就画到哪，看谁顺眼就把画送掉，这才是我的梦想。可现实是，我还要把双胞胎儿子抚养长大，所以这梦想也就只能继续是梦想了。

亲爱的，亲爱的，早餐过后，女老板坐到了我身边，拉着我的手说，这个修改后的方案就是我想要的，好啦，现在你自由了，我建议你先回房小睡一下，恢复一下精力，下午我让小李子开车来接你出去玩，没有什么重要的事，我就不打扰你了，等你玩够了，就把你离开这里的时间告诉我，我好给你订机票。她没提跟我一起聊聊天的事。我淡定地听她说完，想了想，然后说，其实我想在车上睡。她愣了一下，然后笑道，好，果然是你的风格，真是有创意啊。说完她就打电话给小李子，让他开上她的那辆奔驰来酒店接我，还嘱咐，所有事都听你姐的指挥，她想去哪里，你就送她去哪里，去哪里都行。我们起身拥抱，然后我就回房间换衣服，仔细化过妆，戴上墨镜，坐电梯下楼来到大堂里。男模一样的小李子站在大堂中央朝我挥手，看着像在展示一个招牌式动作，从他附近经过的一些女孩子和女人都忍不住瞄了他几眼，还有几个男人远远地看着我。

手机上显示，今天本地气温是零下二十六度，阴转多云。没有风。那辆宽敞的黑色奔驰里暖风徐徐，我坐到了后排右侧座位上。姐，小李子转过头来，满脸笑意地问我，今天我是你的人了，你想去哪里呢？我沉吟了片刻，就告诉他，其实我就是想在车里睡觉，你就随便开好了，没有目的地。他迟疑了一下，随即笑道，没问题啊，我替你游览我们这座城市，你安心睡觉。然后车子就驶离了酒店大堂门口。在上了一条主干道之后，他微笑着在后视镜里看了我两眼，说他才明白我为什么要戴墨镜出来了，原来是为了睡觉遮光。我点了点头。他又慢条斯理地说了下去，姐，老板说你有很多仰慕者，我说肯定的啊，像姐这么漂亮大气的女士，没有粉丝才奇怪了。他的声音确实属于很好听的那种，标准的普通话，听不出任何东北味道。不过我并没有回应，只是微笑了一下。姐，他又继续说了下去，你知道吗，我上次见你，还是一年多以前，就在你们那个城市里，当然你可能没有注意到我，那天老板带了好几个同事，但我对你的印象非常深刻，你的穿着打扮和做派一看就是伦敦的范儿，后来吃晚饭的时候，老板还指着我对你说，你看，你又多了个迷弟哦。不过当时你正在跟旁边的人说话，只是礼貌性冲我笑了笑。然后老板就笑着说，我要是你啊，早就横扫建筑圈儿了，只是可惜啊，我没你这个硬件条件，软件就更不用说啦。

在睡意完全淹没我之前，我觉得他肯定忘了我说过的话了，坐车出来，我不是为了跟他聊天的，而是要睡觉的。这样想着，我就睡着了。我睡得很沉，很踏实，没有做梦。甚至后来他特意播放了有利于睡眠的舒缓乐曲我都没有听到，当然那声音放得很低，要仔细听才能听得到。等我终于醒来时，天已黑了，车子还在平稳行进中，估计也就是时速四十来公里的样子。看着远近闪烁的灯光，我有些恍惚。我们出发时是上午十点多，现在已是晚上六点半了。如果他始终保持着这个车速，那八个来小时算下来，也有将近四百公里的路程了。我饿了。这样想着，不免就有些歉意，人家只是工作，还是在节假日，而我却为了睡一觉让他开了一天的车，还是漫无目的，连中饭都没有吃过，怎么说都有些说不过去。我略微挪动身子，看了眼后视镜里的他，结果他几乎马上就敏锐地发现了，姐，你睡醒啦？说真的，我很羡慕你，在车里都能睡得这么踏实，不过这也说明你昨晚确实是为那个方案累得不轻……怎么样，现在是不是有点饿了？我们可是连中饭都没吃呢。我有些歉意地笑了笑，点了下头，确实有点儿饿了。他说那咱们去吃东西吧，我带你去吃本地特色菜。我说好啊。实际上在他说这个之前，我正在琢磨的是应该让他把我送回酒店，然后就赶紧回家休息。

他带我去的地方，从门面上就能看出来是那种红红火火的农家土菜馆，主打铁锅炖鱼。我们进去时，里面差不多已客满了。服务员高声叫他大舅，叫我大舅妈，然后引领我们来到最里面的角落，那里有个小间，是四人的位置，有一圈火炕，围着个方桌，中央有口大铁锅，桌面上镶着白瓷砖。我们没点铁锅炖鱼，而是点了"金玉满堂"，就是排骨、玉米、土豆和芸豆，这些东西炖到七分熟时，服务员又过来在铁锅里贴了一圈形状并不很圆的玉米饼子。在这种乱哄哄的热闹气氛里，人是很难保持沉默的，而他又是个如此健谈的人，我也就是只能入乡随俗地跟他聊了起来，其实主要还是他说，我只是偶尔回应两句，或是问他点什么。就这样，我知道了他的一些事。比如，他父母都是做生意的，各忙各的，他从两岁起就住在了奶奶家里,平时一个月里也就能见父母两三次。他三岁那年,他们离婚了,父亲去了沈阳,母亲去了大理,从此天各一方。他则继续跟奶奶一起生活。十七岁那年他就辍学了,不仅因为成绩不好,提不起兴趣,主要还是因为父母给了奶奶很多钱,他根本不需要考虑将来如何谋生的事,于是就过起了整天四处逍遥的日子。二十岁之前,他搞过摇滚乐队,做过鼓手,弹过吉他和贝斯,也当过主唱,去过好多地方演出,后来又在酒吧里驻唱。后来有一天,他忽然厌倦了,就去参了军,当了两年兵,复员后又去学了电脑维修和编程,在一家电脑公司里做了两年。不过那两年他其实也没干什么事,因为老板是他父亲的多年好友,基本上就不怎么管他。跟同龄人不一样的是,二十岁后他从来不跟同龄人玩儿,结交的朋友无论男女都是比他年长几岁甚至十几岁的。今年他二十六了,但还没谈过恋爱呢。

听完这些,我点了点头说,你早年的经历,倒是跟我那两个儿子有点像,都是在奶奶家长大的,不过我可不希望他们到后来也辍学,怎么着也要把书念完的,其他的可以先不管。他笑道,那是因为他们还有你啊,孩子得有人管的,我要是有你当妈,那我估计也不会辍学了,怎么也要念完大学啊。我觉得他的语气和表情多少有那么一点轻佻的意思,就面无表情地注视着他的眼睛,直到他有些不好意思收敛起那种神情。然后我就问他,是怎么到现在老板手下工作的。他说那家电脑公司的老板,是我们老板的老同学,有一次我陪他去吃饭，就认识了现在这位女老板，只是随便聊了几句，她就相中了我，邀请我去她那里上班，做她的私人助理。可我当时还不想上什么班，就坦白地告诉她，我想玩一段时间再看吧，要是还想上班，就去找她。她就很爽快地说，没问题，只要你有这想法了，随时都可以来找我。就这样，大概过了半年多，我觉得，闲着也没什么意思，就去她那上班了。平时我就叫她姐的，而不是叫她老板，她喜欢我这么叫她。

吃过饭，回到酒店，下车前他问我，姐，明天想去哪里玩呢，总不会是还要继续在车上睡觉吧？我笑了，当然不会，不过我现在也还没想好呢，想好了再跟你说吧。说完我就下车了。回到房间里，洗完澡，我坐在床上发了会儿呆，抽了会儿烟。后来我就从箱子里翻出那个速写本和炭条，根据记忆，给小李子画了幅肖像，不过并不是现在的样子，而是想象的他二十年后的样子，准备在明天回来下车时再送给他，算是个小礼物吧，以示对他辛苦陪游的谢意。画完这幅画，我就把它立在沙发上，仔细看了看，又做了点修改。后来又想，其实还可以画个他小时候的肖像。这时手机响了，是女老板打来的。她向来喜欢在深更半夜里给我打电话，而且每次都要聊上很长时间，有时是聊工作，有时则是聊自己的人生感想，每次主要都是她说，我听，偶尔点评。亲爱的，她的声音有些慵懒，今天过得好不？我说好啊，不过你肯定想不到……她没等我说下去，就抢先说道，确实是想不到啊，你在人家车里睡了一天。我有些尴尬地大笑。她接着说道，你知道小李子怎么说吗？姐啊，敢情我这车啊，就是一个移动的旅馆。他说我还从没有载着一个美女在城里没有目的地转悠一整天过，顺便把咱们这里的大小道路又都熟悉了一遍。我一直在笑，但那种尴尬则是越发明显了。不过，我收起笑意对她说道，今天确实是很不好意思的，让他受累了，在节假日里，陪我这么个无聊的人过了这么无聊的一天，连中午饭都没吃上——。NO，她打断了我的话头，小李子跟我说了，你们后来吃饭时聊得很开心，据说你还说人家早年经历跟你儿子差不多，你可真是会聊天啊。你知道我怎么跟他说的吗？我说那你干吗不马上就认她当干妈呢？

在这种诡异的尴尬与搞笑的气氛里，我只好承认，那样说话确实有点过了。她故意若无其事地说道，没关系的啦，人家崇拜你倒是真的，什么是崇拜你不知道吗？就是渴望被虐啊。我点了支烟，看着沙发上的那幅肖像，想着怎么把这无聊的话题转向别处。忽然地，她的声音却忽然低沉了起来，亲爱的，不跟你开玩笑了，我最近，好像有点抑郁的倾向了，有点……危险，这么跟你说吧，我已经连续几天失眠了，你没觉得我气色不好吗？那是因为我化了浓妆，盖住了。我觉得自己老了很多，不只是脸上，还有整个身体，主要是，我感觉自己在慢慢地没动力了，要熄火了。昨天我拉着你的手看你的时候，其实是羡慕你，你是暖的，柔软的，有活力的，不像我，是干巴巴的，当时我就在想啊，要是我们能合二为一就好了，我的脑子加上你的生命力和年轻美貌，那简直就天下无敌了，不是吗？多么可笑的想法啊亲爱的，是不是？唉你知道吧，你这一天在车里睡大觉，我却一直心神不宁，隔一段时间就给小李子发个微信，问现在开到哪里了，让他注意安全，尽量慢着点开……我甚至胡思乱想，怕出什么意外，千万别遇到什么车祸之类的事，听起来是不是有点变态？

不知不觉地，我已抽掉了半包烟。我并不想接着她的话题聊点什么，这是不可能的，我也没觉得她变态，对于我来说，她目前的这种状态，其实有点像是楼上暖气忽然漏水了，透过楼板缝隙，淹了我的房间。我需要做的，只是终止这个事件，仅此而已。说到底我也没有什么有效的办法能为她分担点什么。就像面对楼上暖气漏水的现实，我得立即跑上楼去，敲开那户人家的门，让他们立即解决这个问题。沉默了片刻，她忽然问道，亲爱的，你在听吗，不会是又困了吧？我故作恍然清醒的状态，哦，刚听着听着，差点就睡着了，真是不好意思，最近确实是累到了。她说没关系啊，咱们还需要说对不起吗？累了就休息，我也就是想跟你说说话，没什么大不了的事。为了巩固这个拐点，我忽然想到似的说道，哦对了，明天我想出城去转转，还得辛苦小李子了。没关系的，她说，你就直接跟他说好了，只是你们一定要注意安全，千万不要出点什么意外。我说放心吧，又不是赶路，不会有事的，放心。这样说着，我就在想象中拉起她的手，还近乎刻意地抚摸了一下她的手背，而她则是起身拥抱了我，轻轻地。

　　车子驶出了城市，上了高速公路，向西北而去。路面很干净，就像刚刚特意清扫过似的，沥青路面甚至有种湿润的感觉。坐在副驾驶的位置上，我仍然戴着墨镜，注视着外面飞快流动的景物。小李子也戴了副墨镜，说是为了配合我的调性。说实话，我对他的印象比昨天分开时还要好很多。早上九点，我从大堂里出来，直接坐到他的副驾驶位置上时，他显得很高兴，笑着问我，姐，咱们今天去哪里啊？我若无其事地想了想，漠河吧。什么？！他显然是惊到了，以为我在开玩笑。我看着他，墨镜对墨镜，重复道，漠河啊，我想去漠河。他坐正了身子，舒了口气，神情诡秘而又似笑非笑地看着我，然后说道，姐，你知道吗，从咱们这里到漠河，有多少公里？我点了下头，知道，要是走最理想的路线，全程约904.9公里。OK，他歪了下脑袋，那就没问题了，你说去，咱们就去，不过我还要最后核实一下哦，你确定了？我说，确定。他点了点头，那咱们就走起。车开出去不久，他还特地选了那首《漠河舞厅》播放，把声音调得很大，然后他高声说道，你是不是为了这首歌才要去的啊？我笑了笑道，那倒不是，漠河不是说在中国的最北边吗？他说是啊。我说那就对了，我要去最北边看看。

　　雪的原野。冰封的河流。黑色的树林。差不多有半个多小时，我们都没有再说什么。这种不说话的状态，是我喜欢的。看上去他好像也是喜欢的，背靠座椅，身体松弛，只有右手搭在方向盘下部，神情惬意，在那首被设置为反复播放的《漠河舞厅》的旋律里，他偶尔还会跟唱几句，尤其是唱到那句"晚星就像你的眼睛杀人又放火"时，还故意表情夸张地把脸转向我。其实，他并不知道，我对这首在网上火得不行的歌并没有什么特别的感觉，那种低沉伤感的调子在我这里也没有引发什么共鸣，有些地方在我听来甚至还有些刻意的做作，有些词句简直不知所云，不过有些听着倒也还说得过去。我认识的很多中年男人都喜欢唱这首歌，说明它刚好满足了他们在衰老进程中的抒情需要，而且几乎无一例外的，他们都刻意模仿了原唱那种做作的腔调。还有什么可说的呢？当然我也谈不上讨厌这首歌，当他故意把它设置为反复播放模式还不时跟着唱时，其实我是带着怜悯的眼光看他的，就像在看我那两个意外获准可以多玩两小时游戏的儿子。后来，我让他把音乐关掉。他愣了一下，随即就关了。在这难得的安静里，我仔细地听着车轮摩擦路面的声响，感受着车身的轻微摇晃与波动。忽然地，我在想的是，或许，今天我不是选择出来，去漠河，而是留在酒店里，约女老板过来，聊上一整天，晚上甚至可以睡在一起，感觉也是个可以接受的选项。这么想，并不是说我后悔出来了，只不过是我在车子驶出城市时，忽然感觉自己似乎也有了想跟她聊点什么的愿望了。

　　车子以120公里左右的时速，开了四个多小时。我们在一个服务区里稍作休息，简单地吃了点东西，给车加了油。重新出发后，他吹着口哨，仍旧是之前那首歌的曲调。我的手机一直在亮着，是儿子们打来的微信电话，要是我没把手机设置为静音状态，那现在响起的将是另一首歌，不，应该说是一首乐曲，《星际穿越》里的，飞船朝着黑洞方向靠近时的那首背景音乐。我拿着手机，想看看他们到底能这样不停地拨打多长时间。有那么一瞬间，我甚至怀疑是他们的奶奶让他们打的。可以的，他们整整打了五分钟。这时，他忽然又说话了，姐，你在想什么呢？我忽然诡异地一笑，我吗，我刚才脑袋里忽然闪过一个念头。哦？他有些好奇地看着我，什么念头呢？我说，嗯，我想到一个场景，就是在某个服务区里，我把你丢下，自己开车继续前进。哈哈，他笑得有些奇怪，那我也没办法了，你要是把我丢下，那我也只能在原地等了，直到你掉头回来，或者说等你从漠河回来。就在那儿一直等着吗？我斜着眼睛看了看他。他耸了耸肩，不然呢？可以的，我说，精神可嘉，那，你想不想听听我的故事呢？他立即说，当然想。

　　沉默了片刻，我就开始慢慢道来。我给他讲的，是我跟那个男人的两次结婚和两次离婚的事。最后说到原因，不过就是那个男人忍受不了我对他的冷漠。我们从民政局里出来时，他很想知道的是，我们到底为什么会这样？我就告诉他，其实，在很大程度上，我就像个落水者，还不会游泳，而你呢，刚好就像一块漂浮在附近的木头，被挣扎中的我抓到了，于是我就紧紧地抱着木头，直到岸边，你觉得我有可能爱上这块木头吗？我是故意这样说的。我说的当然不都是实话,他却当真了,彻底愤怒了,说我是疯子,是变态。愤怒对他不是坏事,可以让他恨我,然后断了念想。听着是不是很残忍?小李子出神地看着前方,像在仔细观察路面的情况。过了一会儿,他才回过神来,慢悠悠地说道,是吧,我不知道,想象不出,要是换了我,是不是也会很愤怒,想想就挺复杂的,真的说不好……那真实的原因,是什么呢?呃,我想了想说,就像,以前有个朋友跟我打过一个比方,说是一个三相插头,碰到了一个两相插座,为了插上去,就掰掉了一相,然后就插上了,却发现没电,只好拔下来,结果就发现,插头和插座都不成样子了。听到这里,他有些尴尬地笑了笑,这比喻,倒是够狠的。过了几分钟,我又补充道,其实,这就是某种紊乱导致的后果。紊乱?他看了我一眼。嗯,我点了下头,两个精神紊乱的人,碰上了,就会这样,最后就都紊乱了。他迟疑了一下,那,是不是还有其他的什么原因呢?当然,我说,总归有的,但具体是什么,其实已不重要了。

　　下午一点多,车子已行驶了四百多公里。远远地,阴沉的天际浮现了浅黑的山脉。我们已有好半天没说话了。我在抽烟。他不抽烟,只是拿了个纸杯给我当烟灰缸,还把两侧的车窗都开了道缝隙,传来呼呼的风声。我抽着烟,拿起扣放在膝盖上的手机看了看,发现有九个未接来电,都是女老板打来的。我就跟小李子说,你手机是不是也静音了?他就拿起手机看,哦,是的,哎哟,老板打了好几个电话了。我就给女老板回拨了过去。亲爱的,她那有些焦急的声音出现了,你在哪里啊,急死我了,打你们两个人的电话都不接,到底是怎么回事儿啊?!我赶忙表达歉意,我们的手机都静音了,一直在聊天来着,没看手机,实在不好意思。听她的语气,好像是真的有点着急了,还有点生气,有种很微妙的感觉。我故作轻松地说,我们离你已经有四百多公里了哦,想不到吧?不过你不要怪小李子,是我让他这样的,我让他带我去漠河看看。什么?!女老板这次是真的震惊了,你们去漠河了?!那距离你都可以回家了!你们不是疯了吧?!我的天啊!显然,她有点不知该说什么好了。过了一会儿她才又说道,你们这简直,就像是要私奔的架势啊!我忽然大笑了起来,怎么会啊!她放慢了语速,以那种尽量平和的语气问我,亲爱的,你们不会是真的要一直开到漠河吧?不要吓唬我哦,也不许骗我。我也很平和地告诉她,真的,我确实是这么想的。那好吧,她把电话挂断了。从最后这几个字里,我几乎听出了一整部戏剧,这人啊,有时候其实还是挺有意思的。

  他愣愣地看着我。我又点了支烟,然后就陷入了沉默。过了良久,看着前方浮现的一座桥,我对正拿着手机回微信的他说道,你老板没什么事,就是因为打不通电话,有点担心了,知道我们没什么事,她也就放心了。他努动了几下嘴唇,没说出话来,只是手指在飞快地回着微信。我也不再说什么了,只是忽然有些困倦的感觉在脑袋里升起来。可是我并没有闭上眼睛睡觉,而是继续望着前方。就这样,又过了一个多小时。我平静地告诉他,等到了下一个出口,就出去吧。他不解地看着我。我接着说道，可以掉头回去了。不去漠河了？他试探地问道。我点了点头，可以了，就到此为止吧。你确定？他有点不大确信。我说，确定。

当车子驶入回程的高速公路后，他的表情明显放松了些，甚至开始没话找话了。这时已是下午四点多了。阴沉的天空里，忽然飘起了细碎的雪花。我让他再把那首歌放一下吧。他说好的。等那过于熟悉的歌声响起后，我仔细地玩味了那首歌里的每句歌词，可还是觉得跟之前的感觉没什么不同。但是，不知听到了第几遍时，那句"我的眼睛如何融化"竟意外地触动了我，它把那种伤感的调子全部注入了我的心里。我屏住呼吸，让这种感觉慢慢滑过去。等它过去了，我才像忽然想起来似的对他说道，哦，对了，之前，我跟你说的那个闪念，其实不是我凭空想出来的，而是跟我看过的一部70年代美国公路电影里有点关系，名字我忘了，说的是，一个逃亡中的女孩，搭了辆顺风车，司机是个英俊而善良的中年男人，他不但让女孩搭车，还愿意把她一直送到芝加哥，尽管他到那里根本就不顺路，而且往返要多跑出几百公里，还会错过小女儿的生日聚会……一路上他们聊了很多，甚至让他有种相见恨晚的感觉。最后，在离芝加哥还有一百多公里的一座小镇附近，她让他把车停下，然后掏出了一把手枪，指着那个男人，让他下车。他愣了半天，只好下车了……然后她从副驾驶位置跨到了司机座位上，关上门，开车远去了。听完这个故事，他出了会儿神，然后说，20世纪70年代，你还没出生呢。我只是默默地点了下头。

车子重新回到那座城市时,已是晚上十点多了。在此之前,我们再也没有说过话。抵达那个酒店的大堂门口时,他拿着手机,看着绿莹莹发光的屏幕,轻声转述老板微信的内容:已订好明天中午12点10分的机票,司机老刘会在上午9点准时到酒店。过了几分钟,女老板又给我发来了微信:亲爱的,前面我确实是有点急了,但想想你们又不是小孩子,有什么可担心的呢?主要是我真没想到你们会去漠河那么远的地方,你事先又没跟我说一声,让我太过意外了……我身体有些不舒服,就不去酒店看你了。机票已订好了,12点10分的,明天上午9点老刘会开车到酒店接你。其实啊,你们应该去讷河那边转转的,小李子对那里很熟悉,离我们这里只有一百五十多公里,要比去漠河方便多了,那样我也不至于这么担心你们了。另外啊,那个方案,先就这样了。爱你,晚安。

我让他在大堂门口等我,然后就坐电梯上楼,回到了房间里。拿起那个大速写本,把它合上之后,我又犹豫了。接着就把它重新打开,我又看了看那幅肖像,在那里站了几分钟,然后我把它放回到沙发上,顺手从笔记本电脑取下那个黑色U盘,里面有昨天拷贝的设计方案稿。下了楼,出了大堂,我来到那辆车旁边。他摇下车窗,我把U盘递给他,请他转交给老板。他迟疑了一下,就把U盘放到了副驾驶座位上,随后转过头来,冲我摆了摆手,姐,我们下次再见了,对了,今天啊,我要是你,就会一直去漠河,而不是掉头回来。说完,车窗慢慢升起,闭合。我冲他挥了挥手。

大堂里的左侧有家小超市,我去里面买了两听可乐,还几袋小食品。在等电梯时,手机屏幕亮了。是孩子奶奶打来的。于是我就从电梯口走到了大堂右侧没人的地方,这才接了电话。她的声音很温和,孩子们下午给你打了好多次电话,你都没接,我就告诉他们,你肯定是在忙工作呢,或是在信号不好的地方,晚上会打回来的。他们刚睡着,睡前还在问,妈妈有没有打来电话啊。哦,我有些歉意地说,我今天,几乎都在路上了,手机又静音了,确实没听到他们的电话,后来看到了,又没时间打给他们,就想着晚上再打吧。奶奶听完之后,等了一下才说,嗯,跟我估计的差不多,没事了,他们睡得挺好的,另外,我看那边,明天气温还会下降,会达到零下三十二度,你要是外出,就得穿厚实点,还要用围巾把脸围上才行,你带围巾了吗?我说这次没带,不过出门就上车,也不会冻到的,放心好了。她停顿了片刻,似乎欲言又止。我等了等,就问她,您还有什么要说的吗?她犹豫了一会儿,然后说,没有了,那就这样,你早点休息。

回到房间里,整理好行李,又洗了澡之后,我就坐在落地窗前的沙发上抽烟,像之前那样,把双脚搭在了茶几上。过了几分钟,我起身把可乐和小食品也放到了茶几上。在疲倦和沮丧的状态里,我开始翻看微信里的通讯录。我发现,已有四千零二十一个联系人了。就这样慢慢地翻着，很多名字，有的是真名，有的是网名，还有些是英文的名字，甚至还有几个只是数字。后来，在翻到那个叫"0"的人时，我停了下来。打开对话框，我发现，上次互发微信，还是在半年前，五月三十日的午夜。等我把那几袋小食品吃完，喝掉那两听可乐之后，已是后夜两点多了。我又点开了"0"的对话框，想了想，然后就起身来到床上，等我蜷缩在厚重的被子里后，就发了条微信：想讲个笑话，真实的。过了五六分钟，对方就回复了：好啊。看着对话框，我忽然莫名其妙就有些难过，同时又有点想笑的冲动，然后发微信说，可以语音通话吗？对方几乎马上就回复了，可以的。当对方的微信电话彩铃声响起时，我又觉得，这可真是足够搞笑了——不是别的，正是《漠河舞厅》里的那段响亮的间奏，而出乎我的意料，在我的脑海里，竟然会颇为应景地浮现白天看到的那些广阔的雪野景象，有些黑色的细线，有些凌乱地点缀着阴沉天空下灰白的一切……当对方声音出现时，几乎是下意识的，我挂断了。

豪华游轮

> 爱慕有时,憎恶有时。
>
> ——《传道书》

他们都死了,我这样想着,听到警示音消失在车厢门关闭的瞬间寂静里,地铁重新启动了,那种电流般的声音穿透了我的脑海。耳麦里自动恢复播放的冰岛助眠音乐微弱得就像是我把头扎入水里隐约听到的。茫然中,我有些疲惫。挂断电话前,她沉默了片刻,那你去吧。我想不出他们的死跟我有什么关系,可这个消息跟她那低沉沙哑的声音,把我接电话时的那种不适感直接变成了古怪的内疚,就好像最后挂断电话的不是她,我的前妻,而是我。不知为什么,每次听到死亡的消息,我都觉得自己会忽然就变得宽容起来,对死者,对生者,也对自己。车厢连接部在缓慢扭动,眼前密集的脑袋像飘浮在白光中的黯淡模糊的球体,我看着那些陌生的脸,然后越过他们看着沿车厢中线延伸的那些金属立杆像鲸鱼骨似的以轻微摆动反映列车扭动的姿态。我倚住车厢壁，她那两个舅舅在一周里相继离世的消息，跟车体的震动一道传入我的身体里。我们已有两年多没联系了。她的名字忽然浮现在手机屏幕上时，我本能地拖延着，任凭音乐铃声在耳朵里反复回荡。我希望她放弃，可是直到我都觉得音乐铃声有些刺耳了，她仍在坚持。我只好接听了。你在哪儿呢？这经典的问询精准地引发了我的焦虑，还有几丝恼火，我克制着。我在地铁里，我说。这时列车刚好进站了，看着那些晃动着来去的脑袋，我听到她在说的是三舅和四舅的死讯。看着周围的脸，我把到了嘴边的话又咽了回去。我还记得他们的样子，不过最后那次见面已是十多年前的事了。白亮的车窗上偶尔会浮现黑暗隧道壁上闪动的黯淡光影。我仰头注视着站名表上的那些名字。我听着。她讲得有些凌乱，几度哽咽。我也不知该说些什么，甚至不确定是否该叹息，但就在这样想着的时候，一个令我诧异的念头意外地浮了上来——接了这个电话，就意味着还有某种关系，隐然存在于我们之间，或许也因此存在于我跟那两个死去的舅舅之间……我以为我们就在两个不再相关的世界里了，可这关系还在那里……当然你也可以说它什么都不是，但改变不了它在那里的事实。而她的声音还让我有种错觉，仿佛此刻她正站在眼前那些身影之间，正默默地注视着我。她的声音消失后，我被某种冷冷的寂静包裹着。她的哽咽令我伤感，而这种关系的那种诡异的存在感则令我费解和郁闷。就像战后的废墟，它在那里。有那么一瞬间，我甚至觉得哪怕有一天我们都死了，它也还是会继续在那里的，因为那时我们会变成废墟微不足道的部分。估计只有傻子才会这么想吧。我就是那个傻子。她描述了三舅临终时的痛苦，浑身都在渗血。解脱了，我压低的声音有些怪异，不会痛苦了。四舅咽气前还想说什么，她说，最后只是叹了口气，就闭了眼。她不知道还能跟谁说这些，只能跟我说了，没别的意思。这种解释有些多余，我想。没关系，我说。嗯，她说，确实是没关系。我有些尴尬和别扭，我的意思是，你可以跟我说这些。我甚至还想说我们早晚都会死的，但还是打住了。我有些走神。她忽然又问，你在哪呢？她忘了前面已问过了。不过我还是语气平和地告诉她，在地铁里。哦，她说，我好像问过了，对不起了……你还好吧？我想了想说，活着吧。她说，活着挺难的，对吧？我愣了愣，是。我正琢磨着还能再说点什么的时候，她挂断了电话。在冰岛助眠音乐里，我想不起来上次她来电话是什么时候的事了。然后我又忽然有些奇怪，我为什么要听助眠音乐？这个问题转眼就被报站声驱散了。我看着站名表，还有六站。我闭上眼睛，听着舒缓的助眠音乐，感觉自己好像又回到了床上，躺在黑暗里了。可是没过多久，我忽然又睁开了眼睛，愣住了——正播放的乐曲中，有个被拉长的旋律，反复出现了几次，听着听着，我忽然意识到，这不就是葬礼上的哀乐里的一段吗，只不过是每个音符都被拉长了。我按了重放。这首乐曲我不知道听过多少次了，跟这个专辑里的其他乐曲一样，都是我睡前和梦中的背景音乐。可是，我竟从未听出其中还隐含着哀乐的旋律。我向来不太相信什么冥冥之中的神秘关联，但这忽然被我听出的哀乐旋律让我震惊。我收起了耳麦。她那两位舅舅饱经沧桑的脸。这印象来自我们刚谈恋爱的时候，那天她跟他们介绍我时，他们只是抬头打量了我一眼，点了下头，就继续打麻将了。那是在三舅家里，他们都是老烟枪，点烟前会先清清嗓子，点上烟后会深吸一口，过几秒钟烟雾才会冒出来，看着就像整个脑袋都在冒烟。当时我想的是尽快离开那里。可她又不说走，我只好继续尴尬地站在那里，又不想看他们打麻将，就无聊地打量着房间里那些破旧的家具，被烟熏得发黄的墙壁，斑驳脏污的地板，还闻到某种古怪的陈旧味道。想到这里，我恍然发觉，尽管已多次看过站名表，但还是坐过了三站。等到下一站，我坐上反方向的那班地铁回去，多花了十多分钟。在地铁站外，等待我的除了充满梦幻感的明蓝天空，淡金色的下午阳光，潮湿清新的风，还有谭宓。

谭宓（微信）：现在的感觉？没有感觉。不知该说什么，好像也没什么可说的，就是挺平静的。他倒是好像有点不适应了。我就说，真没什么，至少你没说谎。他有些茫然，说只是想换个环境，想想问题。我说没关系啊，我也要想想。其实我没什么可想的，什么都不想。

霍缇：怎么可能呢，你也就是说说罢了。我太了解你了，有点什么事都要想很久的。我觉得你们还早着呢，不管你说你想还是不想，都早着呢。我想明白了就行动，所以我的事结束了，手续也办完了，过几天我就搬家。他说他会来帮我收拾，我想想，又觉得也不好拒绝，就随他了。我无所谓的。

谭宓：我现在吧，就像个空壳，在等着什么东西长出来。是什么，我也不知道。我现在就是很平静，一点情绪都没有，没有纠结，没有怨恨，对于我来说，他就像是透明的，在或不在，没什么区别。有时他跟我说，我出去了。我就哦一声，也不会去想他要去哪里，去见谁。这在以前是不可想象的。

霍缇：我觉得你还是在纠结的，不可能没有。不过空了比满的好。我现在就是满的，像个气球似的，有种很别扭的悬着半空中的胀满感，什么都结束了，可这种感觉还是在那里，简直是莫名其妙了。

谭宓：你很快就会落地的。

霍缇：不知道。

谭宓：你结束了啊。

霍缇：也只是结束了。

谭宓：不知道你说的是什么，那也好过我这样，我还在等着结束呢。

霍缇：你不是都下定决心了吗？

谭宓：可后面怎么样，谁知道呢？

霍缇：到时再说，还能怎样？不过，说实话，我能感觉到你的冷酷。

谭宓：我都纠结成这样了，还冷酷？

霍缇：当然，我觉得你一直都是冷酷的。远比我冷酷。

我来到谭宓身后时，附近那几个坐在电瓶车上的外卖员都在看我。她正双肘支在护栏上，看着车流缓慢的马路。众目睽睽之下，我不能跟她开玩笑了，只能嘿了一声。她转过身来，满脸阳光，哎呀，随即就热情地拥抱了我。这场景显然令那些外卖员诧异。我看了眼他们，他们就看向了别处。你到得正好，谭宓说，刚下过大暴雨。我发现那乌黑厚积的云层已退到了远处，露出明蓝的天空。自从十年前谭宓移居北京，我每次来京都要见她一面。当然，每次间隔都是两三年。我们挨着走向远处。我喜欢这种自然的亲密感。不论是她结婚、离婚、再婚、生子，还是我们平时很少聊天，都不影响这种亲密感的自然延续。在路口转弯时，我随口说着前面去追债的事，就伸手搂着她的肩头。当她说起近期什么事都没时，我点了点头，下意识地想起了多年前的一个场景，她闭着眼睛，嘴唇绷紧，身体因酒醉而绵软，没迎合，也没拒绝，我们的嘴唇僵硬地贴着，混杂着酒味，在她仰起的脸上，我甚至看到了类似英勇就义的意味……后来突然出现的霍缇带着瞠目结舌的表情落荒而逃的场景，则给这一切又添上某种诡异的喜感。那天大家都喝多了，谭宓当时的老公搀着她来到路边时,她还在做着呕吐的动作,其实已经没什么可吐的了。回到家里,我躺在黑暗中眩晕了很久,等到渐渐清醒些了,又长时间地发呆。过了几天,我在微信里表达了歉意。谭宓回了一串大笑的表情,说她当时完全断片了,你就忘了吧。现在,笑意盈盈的她正挽着我刚放下的手臂走过路口的斑马线,说着刚才那场大暴雨的恐怖。我微笑着,想起六七年前,再婚不久的她出差来上海,在我家住过的那一晚。她到了后就跟叶万通视频,给他看我的书架和墙上的那些画。然后我们在客厅里聊了很久。后来她住卧室,我睡客厅的沙发,几乎整晚都没合眼。我记得当时我脑海里好像有个石球在缓慢地滚动着,而我又不知道该怎么让它停下来。直至曙光初现,我才睡着了。醒来后,我发现她正站在旁边看着我。我就问她睡得好吗。她笑道,非常之好,你呢?我就闭上了眼睛,说,我整晚都在看一个石球滚来滚去,怎么都停不下来,让我再睡十分钟,我们就出发。石球?她笑道,你这是什么梦啊。说完她就去收拾东西。我又想起那天酒醉后在洗手间外用冷水洗过脸,抬头忽然看到镜子里出现晕得睁不开眼的她并搂住她亲吻的时候,我感觉她是僵硬而又封闭的。此前,此后,其实我们从未暧昧过。哪怕是我们现在这样亲密地走着,也并没有任何暧昧的意味。她移居北京后,我其实很少想起她,只有哪天她忽然在微信里问候,或是说她要来上海了,我才会意识到她就像我记忆深处的一个亮斑,始终都在那里。我想起她曾随意讲了自己再婚后的平静生活,我就调侃道，这就是幸福吧。她说好像是的，又好像不是，我不知道。等她儿子出生后，有天深夜，她发来微信，我现在知道了，是幸福。而我当时的感觉是，她已在另一个世界了。所有的幸福，都在另一个世界里。在地铁里想到她的近况时，我有种挺复杂的感觉的，就好像她终于又要落回到这个世界了，当然跟我没什么关系。我们走着，随意地聊着。我想着她上一段婚姻时，她老公时常拿她那些幼稚无脑的话当笑料时，她总是习惯性自嘲的场景。其实当时我也认为，她有时候说的话确实有些无脑，还一起嘲笑过她。过了很久我才意识到，她的那种幼稚无脑的状态，有时是真的，有时则是伪装的。多年后，有一次我跟她说到这一点时，她似笑非笑地看着我，然后说道，你还是挺敏锐的，有些时候，我确实是装的，估计以前在你眼里我肯定是张白纸吧，其实不是的，我有很多你们都不知道的秘密，你想知道吗？看着她那意味深长的表情，我摇了摇头，不想。她就点了点头说，好像就你看出来了，我这张天真的脸，还是挺有欺骗性的吧，掩盖了很多东西，很少有人能看透我的心思，所以霍缇才会说我冷酷。我说，她乱讲的啦，我没觉得你冷酷，只不过是你有时候的行动力确实超乎大家的想象罢了。实际上，对于她的冷酷，她前夫在她执意离婚时应是深有体会的，也会终生难忘。不久前，当听到她又决意要离婚时，我马上就给予了肯定。后来我曾半开玩笑地跟她说过，其实啊，你是个不像杀手的杀手。她看了看我，你是说我冷酷吗？我说，不是。那是什么呢？她问。我说这只是个比喻。其实呢,她出神道,我现在觉得,你和霍缇,可能是对的。我就沉默了。我还想起我们初次见面的那个晚上,从朋友婚礼晚宴现场出来,她来到我的面前,叫出我的名字,当时她那精致的脸庞让我一时忘了要说什么。现在想着这个场景,我还觉得当时自己挺可笑的。这时,我们已进入她家所在的那个小区了,她已松开了我的手臂,挨着我走。这里很安静,除了我们,看不到人影。我们的话题也变成了房子,这么好的位置,肯定很贵了。小区里那些不同年代的楼房不是整齐排列的,而是有些凌乱地交错拥挤在一起的,这导致我们的行进路线始终是七转八拐的感觉,用我的话来形容,就是有点像走在钢筋水泥的旋涡里。有些走神的她诧异地笑道,有吗,走熟了就不像了吧。我仰头观察着那些高楼,觉得每个窗口看上去都有种一本正经的冷漠,像在默默地注视着我们在这个结构复杂的寂静小区里转来转去。进了她家门,我才意识到,在小区里我们没碰到一个人。我打量着客厅,然后坐到窗前的方桌边。谭宓似乎对我进来后的反应有些好奇,一直微笑着看我。我觉得刚在小区里的过程有点像梦境。然后不知为什么,我就说到前妻来电话的事。啊?谭宓有些奇怪,你们还有联系吗?我说很久没有了,这次,是因为她两个舅舅去世了,在一周里,她想找人说说话,又想不到还有谁能说说,然后就想到我了。

霍缇:我在等着登机,那叶万呢?

谭宓：他最近都住在那边，那个女的帮他找的房子。昨天他爸妈把我儿子接走了，现在家里就我自己，不过我发现，我还挺喜欢一个人的，自在，安静。

霍缇：那你们准备什么时候去办手续呢？

谭宓：他说我们需要冷静一下，要好好想想。他妈妈也找我聊了，希望我能为孩子着想。我就说，那就都冷静一下好了。

霍缇：真能冷静吗？我很怀疑。你知道我那位是怎么说的吗，他说他其实早就做好心理准备了，只是一直在等我开口。我竟然完全没有察觉。等我纠结了好长时间，终于开了这个口时，他立即就同意了，好像还很感激我终于说了。不过我也没想到，你们会走到这一步。

谭宓：我也没想到。

霍缇：我们能想到的，好像都不太重要哦。

谭宓：你这次去做什么？

霍缇：也没什么事，刚好有个活动的邀请，就答应了。主要是想到又可以飞了，就安心了。好了，登机了。

像个容器，家有着天然的封闭性。看了看绿格子桌布，我又望向窗外，远处的乌黑云层厚重广阔，正缓慢地朝这边移动，里面还不时有闪电，只是听不到雷声。还会有暴雨的，我说着，从帆布袋里掏出香烟和打火机，但随即又塞了回去。你抽吧，谭宓说着推开了一扇窗户，随后替我找了个纸杯，放点水当烟灰缸。我又把烟和打火机掏了出来，放在桌面上。她给我泡了杯绿茶。我打量着这并不算宽敞的客厅，两间卧室的门都关着，天光从侧面映亮了她的脸庞。我注意到冰箱门上密集的冰箱贴，它们代表着她去过很多国家。我起身过去观赏它们，她就开了灯。我仔细看着它们上面的图案。她站在后面，随口说着每个的出处。我边听边点头，其实并没有认真听。它们多数是她跟叶万从恋爱结婚到生子前的旅行纪念。那几年，他们每年都要远行一两次，走不同的路线。那时我们真的是不知疲倦，她说，不过，直到上个月，我才知道，我们的终点，其实是我们新婚旅行的那艘豪华游轮上。我坐回到方桌前，她也坐下来，手里摆弄着一个深蓝色的冰箱贴。她说上面的图案是人鱼，在那艘游轮上买的……那时我已经怀孕了，感觉很疲倦，反应也很明显，就待在房间里不想出去，他就自己四处闲逛。我感觉好些了，会出去找他，每次都要找很久，那游轮太大了，人也多，有时候找到他甚至得走上半个多小时。每次找到他，我都要挽着他的胳膊，靠着他，去甲板上，看海。后来他告诉我，其实那时他就后悔了，觉得结婚是个错误，我们是在应该分手时选择结婚的。我说，那你当时怎么不说呢？他说他犹豫了，对分手的犹豫，对结婚的犹豫，最后前者超过了后者……话都让他说了。要知道，我们在那艘游轮上整整度过了一个月，他丝毫没有流露过什么，当然也可以说是我从没看出过吧。后来他还解释说，这不是你的问题，是我的问题，他觉得是自己脑子有问题。我就说那我脑子肯定也有问题了。后来他又说，在游轮上的最后一个晚上，他是想告诉我的，其实我们那次欧洲之旅结束前，他就感觉不大对劲，当时我们还在芬兰，旅行的最后一站……因为冰岛有火山喷发，航班都取消了，我们在机场候机大厅里熬了一夜，天亮时被班车送回了旅馆。其间还有个插曲，就是半夜时他想出去抽烟，见旁边有个小门，就出去了，结果那门自动关上了，从外面进不来，他又没带手机，也没穿外套，还下着雨……他说当时他站在遮雨棚下，看着那些沾了火山灰的雨滴被灯光照亮后转瞬就消失了，而外面气温只有六度左右，就有种世界末日的感觉。在找警察帮助之前，他就意识到，结婚的事，应该再想想，他说这念头让他很沮丧。她说等我看到他被警察带到候机大厅里时，他看上去像是病了，脸色惨白，眼神也有些恍惚……从他来到我面前，到我们被班车送回旅馆，再到次日去机场，然后登机，他都没怎么跟我说话。我以为他是不舒服。在飞机上，他睡了很久，有时头会歪到我的肩上，像个大男孩。想想看，当他对我坦白了这些真实想法时，我有多么震惊，觉得自己就是个笑话。在讲的过程中，她很平静，偶尔还笑一下。我们，她继续说道，是上周五去的民政局，现在是冷静期了，还有三周……其实我挺冷静的，她笑道，从决定离婚那天起就很冷静，只是他有点不适应，还跟我解释说，他只是想彼此都能自由些，不要那种温水煮青蛙的状态。说到这里，她沉默了，表情变得有些严肃。我打量着她，发现对于她这种脸型来说,哪怕只是稍微减少些皮下脂肪,那种衰老的气息就会随着骨感出现了。七年了,她说,我也说不清楚,这些年到底是怎么回事,对他,我也没什么可说的,可能他就像个带路的,把我带到这里,接着说,到了,然后他转身要走了。不过说实话,我有种奇怪的感觉,就是我没觉得他在离开我,而是他死了,不是我诅咒他,是他自己就这样说过,当时他喝多了,在洗手间吐完之后,就盯着镜子里的我看了半天,然后说,你有没有感觉到,我其实已经死了?我觉得他说的是实话……要是有一个人对你这么说,那你就可以认为他确实是死了,对吧?你知道我当时是怎么回答他的?我说,我觉得不但死了,好像还在等着我也死了。他就很失望地看着我,没再说什么。还有就是,他其实不喜欢孩子,觉得我们有了这个儿子,完全是为了满足我的需要,他对儿子难得会有热络的时候。但是,在去过民政局之后,他忽然又关心起儿子了,每天都会抽时间陪儿子玩,那场景,说实话让我非常难过。她话音刚落,右侧的卧室门忽然开了,是慢慢打开的,一个男孩先是探出头来,看着我们,然后站在了门口。

霍缇:我想养只猫。也可能是两只,一只黑的,一只白的。也可以两只都是黑的,但不能都是白的。我不喜欢都是白的,都是黑的就很好。

谭宓:我喜欢猫,可是有了孩子之后就再也没养过了,现在我就是喜欢别人家的猫，什么样的猫我都喜欢，可就是再也不想自己也养只猫，其实就是没有多余的精力了……我倒是知道谁家有黑猫，问问什么时候生崽，到时给你要两只。为什么不能都是白的？

霍缇：我也就那么一说了，两只黑的，可能会觉得比较有意思吧，两只白的嘛，就觉得挺无聊的。一只黑的，一只白的，也挺好。我接受不了两只都是白的。唉，我也就是闲着没事，忽然想到的，脑子放空好长时间了，然后很自然地就想到了，我要有两只猫，一模一样的，黑猫。

谭宓：我是从来都不喜欢黑猫的，尤其是晚上，走在小区里，看到黑猫就会被吓到，它眼睛是有绿光的，看着瘆得慌，白猫就不会有这种感觉，你不觉得吗？

霍缇：我倒没这感觉。

谭宓：就算是深更半夜里，不管在哪里看到一只白猫，我都会觉得很好看，就想要去靠近它，摸摸它，就像摸别人家的小孩似的，要是黑猫就不可能有这种感觉了。

霍缇：你喜欢孩子。

谭宓：是喜欢啊。

霍缇：那你为什么不考虑再生两个呢？

谭宓：你说得太轻松了，跟谁生呢？

霍缇：这很重要吗？

谭宓：哈哈，我觉得重要吧。

霍缇：其实一点都不重要。

谭宓：好吧。

霍缇：对了，你们的冷静期，还有多久啊？

谭宓：六天。

霍缇：那现在怎么说呢，有什么变化吗？

谭宓：他好像有些犹豫了。

霍缇：你呢？

谭宓：我无所谓了。

霍缇：听着好像又变复杂了呢。

谭宓：一直都很复杂。

暴雨来临时，每个网约车平台上都有上百人在排队。我只能去坐地铁了，好处就是不会因堵车而迟到。我没告诉谭宓，晚上那个饭局其实就我和一个女性朋友。谭宓似乎还有话要跟我说，只是被睡醒的儿子打断了。我喜欢这个男孩。他似乎也很喜欢我这个陌生的叔叔。上次见到你，我说，你还在婴儿车里呢。他腼腆地眨了眨眼睛。谭宓说这孩子平时怕见生人的，家里来客人时都不出来的，没想到见了你还挺好的。后来男孩就不断地问我，是否喜欢这个，是否喜欢那个，先说动物，再说汽车，最后就像接上暗号似的，拉着我的手，到房间里去看他的画。他喜欢画画，地板上堆了很多蜡笔彩画。画上出现最多的，就是城堡。很多样式的城堡。孤独的孩子啊，我想，并不时点头，对男孩投以赞许的眼神，非常好，很好。我小时候也喜欢画画，被很多人称赞过。要是当年我能去成少年宫的暑期绘画班，那以我临摹徐悲鸿《奔马》所展现的天赋，说不定就成画家了。可惜我母亲随便骗了我一下，结果就没去成。我从后面轻轻搂住男孩，从身体反应看，他很喜欢这样。他声音很轻，略显羞涩。我感觉就像在搂着小时候的自己。谭宓挨着我，注视着那些造型奇特的城堡，以及那些不知名的鸟和花草。我说着对那些画的理解，称赞男孩会用颜色。画太阳，我告诉谭宓，你看他就敢用各种颜色，这是真实的，阳光就是有各种颜色的啊，成年人只知道金黄的，红的，只有小孩子才能看出很多颜色。我稍微用力搂了搂男孩，又摸了摸他那细软的发丝，转头就看到谭宓那满是柔情的眼神。我把手放在男孩的肩上，轻轻地揉了揉，你画吧。然后我就回到了客厅里，重新在那张桌子前坐下。窗外，乌黑的积雨云层已迫近了。谭宓跟儿子低声说着什么。关上门，她刚坐下，男孩又出来了，不声不响地坐到了我旁边。他喜欢你，谭宓说。晚上她要带孩子和他爸、朋友们自驾游，去五台山。还是你自由，谭宓说，一个人，无拘无束的。看了眼在想什么事的男孩，我又莫名其妙地想到了两位舅舅的死。谭宓觉得我的情绪有些低落，就问是不是因为你前妻告诉你两个舅舅去世了。可能是吧，我说，这几年我经常会有种什么东西在脱落的感觉，以前呢，觉得自己好像是无牵无挂的了，可现在想来，好像并不是这样的，有没有牵挂，或者说关联吧，跟你想不想其实没什么关系，关联始终都在的，以某种说不清楚的方式，在那里。都分开了也会在吗？谭宓问。我点了点头，有些怅然地说，会的。那你想跟她复合吗？她又问道。我说不是，跟这没关系的，我指的是那种无形的关联，很难形容的那种，她的声音出现时，我就感觉到了这种诡异的关联。关联，谭宓说着沉默了片刻，我倒是觉得，我跟谁都没有这种关联，就是无牵无挂的，出差在外的时候，都不会想到谁。她看了眼正出神地看手指头的儿子，要是他不给我打电话，我都想不起他。他抬起头看着妈妈。她摸了摸他的头。这个场景让我忽然想起她的前夫，不久前，我偶然碰到这个满脸倦怠的男人，他也再婚三年多了，妻子为他生了两个孩子，可是跟谭宓在一起时，这个沉迷于历史和王者荣耀的男人却是根本不想要孩子的。我就说到了这次偶遇，只提到了他头发都花白了。她淡淡地说道，要照顾两个孩子，肯定很累了。这时男孩忽然问她，妈妈，谁有两个孩子啊？她就微笑道，妈妈以前的朋友。我说你真的觉得你们之间完全没有任何关联了吗？她愣了愣，说实话，我不知道。随即就转移了话题，她有些好奇，我晚上要见什么人。我就说是朋友。她诡异地一笑，女朋友吧？我就笑道，哪有那么多女朋友啊。她说怎么没有呢，我还就喜欢听你的恋爱故事，恋爱多好啊。我看了看在那里继续摆弄手指头想着什么的男孩，然后又看了看窗外。暴雨来了，天色晦暗，雨声很响。半小时后，谭宓撑着伞，我们紧挨着走在暴雨里。我的皮鞋里灌满了水，脚趾头滑腻地摩擦着。我们走得有些狼狈，她却在不时笑着。呼吸着浓郁的雨气，我想起很多年前初次去她家里的场景，当时她在厨房里做饭，我见她的笔记本电脑开着，打开的文件夹里有几百张她的照片，其中有一张是她裸着上身，眼神冷冷地注视着镜头……后来我们坐在沙发上吃饭，看电视里的综艺节目，聊着杂七杂八的事，直到午夜，跟她合住的那个女孩回来了，我才离开。钻进出租车后，我脑海里还在浮现那张照片，想着她那冷冷的眼神。我还想起，她离婚后去北京之前的那个晚上，我们在咖啡馆里见了一面，她丝毫没有我想象的那种沉重感，反倒是轻松的，除了聊到离婚的细节，还聊了过往的感情经历，都是我不知道的。最后她意味深长地说，还有些你不知道的事，你也不想知道，那就以后再说了。看她的神情，这话就像是一个特工在完成任务后对一头雾水的同伙说的。都过去了。我搂着她的肩头，深一脚浅一脚地走在已然成河的雨水里，我脑海里还在浮现当年她电脑里的那张照片，那冷冷的眼神。直到地铁站口分手，我们都没再说什么。最后，我轻轻地拥抱了她一下，她的表情有些严肃，没什么话。然后我仔细看了看她，就转身踏上正在向下滚动的浮梯。

  霍缇：哎，我在布达佩斯呢，又给你寄了明信片哦。上面的图就是那个著名的大饭店。背面被我写满了。现在这里是下午五点多，我来两天了，每天都在四处逛，活动只用了半天时间，后面就无所事事了，除了吃吃喝喝，就是东游西逛，不过就在刚才我忽然感觉有点无聊了。

萧穆：你总是飞来飞去的，我只有羡慕了。你的那些明信片，都被我夹在不同的书里了，找起来很难，只能碰，偶尔翻开一本书，意外看到一张，看看上面的图和字，还有日期，想想你在世界上飞来飞去的，而它们在漫长的邮寄过程中转来转去的，也是挺有意思的。

霍缇：还是你会说话，我给很多朋友寄过明信片，他们连收没收到都不告诉我一声，不像你每次收到都会特地告诉我。不过我也是寄了就忘了，根本想不起到底给哪些人寄过，说实话我可能就是喜欢把明信片寄出去这件事吧，其他的就不管了，就是觉得好玩而已。

萧穆：你写的那些偶然看到的场景，让我觉得自己好像也在那里似的，而且我平时就喜欢没事儿看一些偶然发现的场景，人，树，建筑，车，会看很久。

霍缇：你在做什么呢，这么晚还不睡？我没你那耐心，我总是走马观花，不喜欢定格，喜欢那种流动的感觉，会觉得轻松自在，就像我去过那么多地方，不管那里多么迷人，我从没想过能在哪里停留下来，没有，再好的地方，也不能让我停下来，我是个很容易厌倦的人。

萧穆：我在看一部片子，《葛底斯堡》，很老的战争片，看过好多遍了，我把它在电视里播放着，但其实只是偶尔看两眼，另外，我手里还捧了本厚书——《悲惨世界》，在看滑铁卢战役那部分，也是偶尔看两眼，手机里在播放一场英超，我也是偶尔看两眼，哈哈，就这样了。

霍缇：听着是够乱的了，那你到底是在做什么呢？

萧穆：没做什么了，没有具体的事，就是这样待着吧。

霍缇：不要搞复杂了哦。

萧穆：不复杂，我现在过得很简单。

霍缇：好吧，那，你现在怎么样呢？

萧穆：什么怎么样？

霍缇：总体上的。

萧穆：我嘛，就是还活着吧。

霍缇：废话。最近有跟谭宓聊过吗？

萧穆：有的，我明天就见到她了。

霍缇：她来了吗？

萧穆：没有，我明天去北京出差。

霍缇：好吧，你跟她好好聊聊吧，她现在正处于水深火热中呢。

不知为什么，在这午夜里，我又一次想起了前妻那两位舅舅。

比如有一年春节，我们去三舅家吃饭，看着他做出的那一桌丰盛好吃的菜，我就不明白为什么三舅忽然不做厨师了，却去做了更夫……还有大家欢快地吃的时候，他却端着大茶缸坐在一边抽烟喝茶……他会说厨师是个很无聊的行当，无论做出什么好菜最后自己都没了胃口，被油烟熏饱了……还想起他住院后的事，做完手术，次日他就下床了，每天都要围着住院处大楼走上半个多小时……后来做化疗期间，他经常是吃了就吐，但还是会努力地吃，说以前做厨师时最讨厌吃东西，但现在是必须吃下去，吐了也要吃的。据说，在做更夫前，他曾有过一次离家出走，消失了一个多星期，三舅妈都报警了，他忽然又回来了，什么也没说。三舅妈问他为什么要这样，他的回答很简单，就是想死呗，最后又下不了决心。一个曾想过去死的人，为什么在癌症打击下却要努力活下去呢？前妻说三舅知道诊断结果后，就笑了笑，自言自语道，这下可有事干了。看过三舅每天斗志昂扬地去经受化疗放疗然后反复吃吐的人们，都佩服他的精神。医生也说他是病友们的榜样。他则说，我就是死也要站着吃完最后一口饭的。这是我至今都没能理解的事。人嘛，我想，就该像大象那样，在死期将近时，独自走入森林深处，然后安静地死去，不要挣扎，一点也不要。相比之下，四舅的死倒是出乎所有人意料的，是在医生说他正在好转之后忽然就死了的，致命的并非肺癌，而是心力衰竭。我还想起有次看到几个舅舅打麻将的场景，三舅总是那副慵懒的样子，就好像扔出去的每张牌都令他厌倦。可他知道别人要什么牌，和什么，有时会故意打出一张别人在等的牌，然后若无其事地说，吃吧，哎，就知道你想它，见对方乐了，还补了句，哎，开心就好。后来我才知道，三舅做更夫后，有段时间每晚都要跟人打通宵麻将，他没输过。后来有个牌友输得太多了，有点魔怔了，他就把钱如数退给了那人，还免掉了欠的，从那以后他就戒了麻将。不过这都是他离家出走前的事了。另外，据三舅妈说，三舅去做更夫，其实就是不想在家里待着，他这个人，你看他整天嘻嘻哈哈的，其实骨子里就是独。想完这些，我又开了房间里的灯，拉开窗帘，坐到窗前的沙发上，点了支烟，看着外面的夜景。这次进京，我是来为律所追讨一笔诉讼费的，结果到了才知道，那家公司的老板昨晚被警方带走了。接待我的那位副总坦言，你们就直接起诉吧，不然下次你来，估计也没人接待你了。离开那里后，我就去见了谭宓。我倒是挺喜欢她营造的家庭氛围的。不过，想到她结婚进京后有好几年像消失了似的，我就觉得无法理解，有这个必要吗？等她生完孩子，我们才恢复了联系。她在微信里说，我回来啦。我就问她过得怎样。听她聊了些幸福中的日常琐事，我又觉得她说的那种感觉好像不太真实。她问我过得怎样，有没有新女友呢？我就说完全没有……倒是上个月，有件事可以跟你说说，十三年前跟我好过的那个，我跟你说过的，当时她不是去新西兰结婚生孩子了吗，接着就是婚外恋，跟我偶尔还有联系，后来经常会在话题终了时抱怨自己太胖了，还说现在这样子绝不能让我看到。我这才知道，她之前在朋友圈发的那些火辣泳装照都是P过的。当然留在我记忆里的，始终是她在大四那年在旅顺海边的礁石上拍下的那个近乎完美的形象。上个月底，她回国探亲，估计是健身减肥效果明显吧，她就决定见我一面。那天下午，我们在一家酒吧里见到了，里面就我们两个人，坐在角落里，我不知道她之前胖成了什么样子，当时看上去只能算是微胖了，她把过去说过的事又讲了一遍，增加了很多细节，说在来之前就把婚离了，女儿归了男方，她现在是自由自在的单身女人了，在做红酒生意。我就想到当年她去新西兰之前我们聊到天亮的那一晚，还有她送的那本很应景的20世纪80年代老书《为了告别的聚会》，我记得当时她跟我说，在她未来的家外面不远处，就是海，有很漂亮的白沙滩，美得无法形容，她实在是太喜欢了，很大程度上她觉得自己就是为了这沙滩而决定嫁给他的。我正说着，她忽然就泪流满面。我就搂着她的肩安慰她。当时酒吧里有七八个服务生聚在一起看着我们。我以为她哭过后会继续回忆过往，没想到她却忽然说起了健身的事，最后说，你看着吧，我会变回从前的那个我的。我就笑道，你现在这样就可以了啊。她说，不。然后我们就散了。谭宓笑道，这个结尾确实有点出人意料，不过话说回来，你这人生也是够丰富的了……唉，我现在呢，倒是挺喜欢过得简简单单的，其他的都不太在意了。那时她还不知道，她所说的这种生活，并不是叶万想要的。我只见过叶万一面，那张脸在我的记忆里已有些模糊了。可回想起来，我却有种感觉，这个比谭宓小三岁的男人每次犹豫的结果,差不多都是事与愿违吧。这毛病,我以前也有,现在偶尔也会有,所以我就很讨厌这种人。这次来之前,听谭宓讲了两人的情况后,我就再次提醒她,结束吧,还是结束了好。我说我无法想象,两个人都走到这个地步了,还要凑合下去,其实也就是互虐了,然后还要互相憎恨。对,她眼神有些游离地说道,我知道。

谭宓:儿子还不会说话那会儿,见到叶万就喜欢盯着看,他就说,不要盯着我啊,我就怕被人盯着看了。

萧穆:其实我挺喜欢小孩的,但不能接受自己有孩子。我是一个人习惯了。前段时间我爸妈过来住了一个来月,我就很不适应。尤其是受不了他们关心我。我妈总觉得我该有个人照顾,还说长期单身容易短寿。我就笑道,活那么久干吗呢?她就怒了,说你是在说我们吗?!结果我只好道歉,我说你和爸会长命百岁的,她更生气了,骂我自私冷漠。

谭宓:唉,你这话,确实是容易让老人家误会。不过话说回来了,你真的就不想有个人陪着你吗?

萧穆:不想。两个人,互相忍受,太辛苦了,对不住人家,也对不住自己。还是诚实点好。

谭宓:那后来你是怎么让你妈消气的呢?

萧穆:我哪有那个能力,就在我走投无路的时候,幸好我们律所的领导请我妈吃饭，才让她消气了。我们领导在初中时，我妈是他的班主任，待他不错，他就一直记着，当然了，我这份工作，就是拜他所赐。当时我还在老家的国企里上班，离了婚，又拿到了自考法律的文凭，我妈就打了几个电话，这事就成了。那次他宴请我妈的规格还挺高的，充分满足了我妈的虚荣心，自然也就放过了我。

谭宓：你就不想活得长久些？

萧穆：无所谓吧，我又决定不了，这就跟看电影似的，不管好不好看，也不管你怎么想，出字幕了，灯也亮了，就得退场了。上个月，我去参加了朋友妻子的葬礼，那个殡仪馆，有三十六个道别厅，都是挤满了人。后来冒着小雨离开那里后，我心里特别平静，什么都没想，不像很多人参加完葬礼后总要发发感慨，表示要好好活着，然后还是一切照旧。

谭宓：嗯，走了也就解脱了。

萧穆：还活着当然就没法解脱啦。

谭宓：这个也不好说，像我老妈，现在就完全放飞自我了，非常的解脱，洒脱，她退休后不是搬去三亚了吗，然后天天都去跳广场舞，结果被好几个单身老头追求，每天都有人请她吃饭，给她送礼物，要么就是请她去看电影，看演出，时间安排得满满的，忙得要命，她说跟我爸过了一辈子，都没体验过这种被爱的感觉，我爸去世后这十来年里，她都没什么想法，现在不一样了,她说每天都在被人爱,而且还不需要答应什么。她还告诉我,不要纠结,一切皆有可能。我是服了她了。以前我一直觉得她早就被我爸的暴力恶习给毁了,像个活死人似的,没想到,还会有这样的变化。

　　萧穆:嗯,一切皆有可能。

　　谭宓:这么晚了你在做什么呢?

　　萧穆:在刷短视频,刚才你说话的时候,我刷到个关于北欧的一座偏僻小岛的,非常的安静,幽美,遥远,寒冷。

　　谭宓:你是想去吗?

　　萧穆:不想,只是这样想想就可以了。我经常这样,找那些遥远的地方的视频,或是图片,看很长时间,这样就像是去过了。

　　凌晨两点多了,我还是没有睡意。在黑暗里,我睁着眼睛待了很久,后来就又爬了起来,穿戴整齐乘电梯下了楼。到酒店前台那里,我问了服务员附近哪里有二十四小时的便利店,然后就出去了。走了十来分钟,到了那个地点,却发现并没有便利店。五月初的后半夜,这里的天气还是微凉的。我就在手机上搜索,发现最近的便利店也有三公里多,就叫了辆网约车去了。我在那里买了些饮料和零食,然后想想这里离酒店也就这么远,走回去好了,看看这空空荡荡的城市。开启导航后,我就按那女声指示走了。手机屏上显示的路线有点像个鱼钩，酒店就是钩的尖端，这样想着，我感觉自己就像一条正游向鱼钩尖儿的鱼。3.1公里，步行43分钟。在寂静中那导航女声很是响亮，前方六百米，请往XX路右转。有风，轻缓的，走在浓密的树荫下，看着人行道地砖上面斑驳闪烁的街灯碎光，感觉就像走在水面上，而左侧的马路则像条黏稠的金色河流，没有车，也没有人影，什么都没有。走完六百米右转时，我愣住了，路灯下站着个雕塑般的老人，手里牵着的黑狗正抬起一条腿朝灯柱下撒尿。老人瘦如枯木，穿着背心和大裤头，胳膊腿都是细的，他正冷冷地看着我。估计是导航女声惊到他了。我略带歉意地冲老人点了下头，他先是面无表情，然后就转头去看黑狗了。掏出耳麦戴上，我才发现手机里有条微信，是领导发来的语音：有个不好的消息，那家公司的老板被带走了。我就回复，是的，昨晚就带走了。你还没睡啊？他问。我回复，对。你有什么打算呢？他问。我就改为语音回复，我准备明天上午再去找那位副总谈一下。你找他也没毛用了，他回复，你是在走路吗？我愣了下才以文字回复，对。我就听着你像在走路，他回复，都这个时间了，你怎么还在外面啊？我就语音回复，我每天都要走五公里，今天忘了，现在补上。过了十来分钟，他才回复道，哦，你还有这个习惯，以前都没听你说过，不过，现在已经是今天了，你怎么补上昨天的五公里呢？我一时不知该怎么回复了。后来等我以为他不可能再说话的时候，他忽然又发来一条微信，当年你母亲曾给我们讲过一个她下乡时的故事，不知道她有没有跟你讲过。我回复,她好像从没跟我讲过下乡时的事。过了一会儿,他回复道,那就等你回来我再讲给你听吧。我就回复,好的。什么故事呢?我想了想,继续走着。后来还玩起了微信里的小球游戏,这样耳朵里除了偶尔浮现导航女声,还会有小球落下的卟卟声,我喜欢看那些小球纷纷落下碰撞到那些标有不同数字的小球后又四处乱跳的感觉,就连那些小广告虚假夸张的语音都让我觉得搞笑:嫁到了日本才知道……或是上海的有钱人现在……还有德国人都不用……我笑出了声。不过,在回味领导最后那句话后,我停下了脚步,站在一棵树下,出了会儿神。我想起来了,以前领导曾问过我,你平时健身吗?我当时随口说道,不,我是个不运动主义者。他听了也没说什么。想到这里,我觉得自己挺可笑的,竟在没必要说谎的事上说了谎,还露了馅儿。我搞不懂的是,我妈,跟我这位领导,这种建立在遥远年代的师生情谊何以能维持这么久?领导从没提过跟这段情谊有关的事,从他那张老谋深算的脸上,我也找不到答案。被他带入律所后,没多久我就发现,人的善意其实是有限额的。因为有一天他意味深长地对我说,你在这里,不是为了做个好人,你能明白吗?我说我明白。其实我完全没明白他在说什么。半年后,我从行政主管变成了法务助理。又过了两年多,我呕心沥血地拿到了律师资格证,变成了初级律师,三年后,我又成了顾问律师。在这家近千人的律所里,我似乎找到了自己的生存方式,在那种既忙碌又游离的状态里,我感觉自己像在潜水。有天傍晚，领导在洗手间碰到我，见周围无人，就说道，要说问题，似乎也没有什么，**只是我确实看不到你的方向**，你好像也没什么野心，除了开会，我很少能看到你，你也不来找我……你母亲常问起你，我都是说挺好的……不过听她说话的感觉，你好像很少跟家里联系，我不是想管你的私事哦，只是希望你能清醒点。他出了会儿神说，我有没有看明白你，其实不重要，且行且珍惜吧。那天我是怎么回应的，我忘了。转眼间，我在这里十二年了，仍是顾问律师。领导偶尔会深夜在微信跟我闲聊几句，有一句没一句的，我甚至觉得我怎么回答好像也并不重要。可是，不管我有多么讨厌他，当年他说的那句**我看不到你的方向**，其实是准确的。表面上，我是竭尽所能地扮演了律所里的一个小角色，既不多余，也不重要，但实际上我不过就是将自己层层包裹起来，作茧自缚。最近一年，我日渐觉得，包裹我的那层茧壳开始层层剥落了，安全感和耐心也都在随之逐渐衰减。**我看不到你的方向**，在黑暗中，我把这句话说出声来。

霍缇：萧穆怎么说呢？

谭宓：他是觉得，叶万对我，只剩下傲慢了。叶万不是跟我说过嘛，导致我们走到这一步的，是我们在精神上没有什么关联，而他跟那个女人就有。萧穆觉得这样下去没什么意义。

霍缇：哈哈，估计他觉得谁离了都挺好的。当然我现在也觉得是这样的，离了还可以再恋爱嘛，结不结婚就另说了。你还有个儿子，我就算再结婚也来不及生了，不过也还是要找个人的，老了好有个照应，这也就是婚姻的意义吧，还有别的用处吗？

谭宓：不过我跟萧穆说了，将来我们可以合伙养老的，哈哈。

霍缇：什么意思？你不会是说你们老了要在一起吧？

谭宓：不是啦，是我觉得，等我们都老了的时候，要是他还是一个人，我也是一个人，那就可以合伙养老了，就是老年好伙伴嘛，不是挺好的吗？

霍缇：挺有想象力的。我后天又要飞了，去奥斯陆，参加一场品牌发布活动，又可以把北欧那几个小国转一圈了，不过我是不会去芬兰的，想到你跟叶万的那次旅行我就头大。

谭宓：萧穆跟还我说，就算叶万犹豫了，你也不要犹豫。

霍缇：话是这么说，可谁又能说清楚呢？对了，你猜我这次带的什么书出来？

谭宓：猜不到。

霍缇：《八月之光》，福克纳的。

谭宓：据说他的小说很难懂哦。

霍缇：嗯，我只是看中了它的名字。

谭宓：讲的是什么故事呢？

霍缇：不好说，我这都看了一百来页了，就是说一个姑娘怀了孕，搭了马车去找那个让她怀孕的男的，这一百来页在我看来就是一直在马车上晃啊晃的。不过我喜欢那个调调。福克纳属于那种作者，你看着他的书，什么也不想，会觉得好像是懂他的，但要是认真去想了，又会觉得没懂。

谭宓：嗯，我喜欢一个人在外面漫无目的地旅行，多久都行。

霍缇：得了吧，你还有儿子呢，这可是你自己想要的，不是人家叶万想要的。

谭宓：有时候我觉得，其实没有他也可以的。

霍缇：没有谁？

谭宓：儿子啊。

霍缇：好吧，本来想反驳你的，但又觉得，也未必不可能。

没想到凌晨四点多谭宓会发来微信。手机的震动和屏幕的亮光把我从睡意里又拉了出来。晚饭吃得如何？她的这句话让我看了好半天，估计她发信息时并没想有回复。我在黑暗里出了会儿神，放下手机，闭上了眼睛。她是一直没睡，还是睡了又醒了？我其实是可以上午再回复的。那就睡吧。要是半个小时后，还没睡着，再回复吧。像潜水员，我在意识之海里努力下潜，探寻更幽暗的深处，那里会有全部的睡意，可以稳妥地收容身心疲倦的我。可是，这个深度始终都没有出现，我的意识始终徘徊在不上不下的地方。就这样，等我再次睁开眼睛，在黑暗里看了眼手机，发现只是过去了半个多小时。又等了几分钟，我还是耐心地回复了她：那个吃饭的地方有点偏僻，但是家很雅致的私房菜会所，这种地方的好处，就是安静，是那种仿古的装修风格，没有大厅，都是包间，每个都是用词牌命名的，什么卜算子、浣溪沙之类的。请我吃饭的，是认识两年多的朋友，头回见面，下月初她就要结婚了，老公是公务员，据说是对她这种情绪波动如家常便饭的性格完全能接受。把这段文字发出去后，我觉得自己挺无聊的。那挺好的，谭宓过了几分钟才回复，你是没睡，还是被我吵醒了？九点多就结束了，我继续发微信，她老公开车来接她，上个月他们登的记，对了，她是街舞兼瑜伽教练。多才多艺啊，她回复道。过了会儿，她又补了一句，那身材肯定是很好的吧？我想了想才回复，有一米七了，据说出国前就拿过全国街舞比赛的亚军，到了纽约后，读的是金融，选修了瑜伽，还拿到了专业教练证书，回来后也没进什么投行，就做了瑜伽教练，说是就为了自在，不受约束。完美，谭宓回复道。反转的时刻到了，我这样想着，就继续写道，她其实是有抑郁症的，在美国时发现的，据说发作时她谁也不见，不接电话，也不回任何信息，对于她的这种状况，她父母都紧张得要命，但她老公是个例外，他在经人介绍跟她认识后，知道了她这种情况，不但没被吓退，还对她特别好，在她发作时也不会慌乱，而是会按她要求的那样，从不打扰她，耐心等她恢复了再联系或见面。经过一年多的考验，她才终于下定决心，就是这位了。登记前，她告诉他，她不想要小孩，他要是能接受，那就结婚，不能接受，就友好分手吧。结果他答应了。真爱啊，谭宓回复。我停顿了片刻，继续写道，她现在主要是靠一种进口药控制病情，据说效果还不错，就是容易犯困。她说现在跟以前不同之处，是每当想要一了百了的时候，就会想到他，麻烦了。过了几分钟，谭宓才回复，你就是琢磨这些才睡不着的吗？我回复，不是，我回旅馆后看了部片子，央视六套的，《大话西游之月光宝盒》，还没看完，两点多的时候，领导就发来了微信，然后又通了个漫长的电话。放下电话，就三点多了。这些事并不是昨晚的，但这样搁在一起讲出来，我就有种恶作剧的感觉。见谭宓没回复，我就又发了条微信，你呢，失眠吗？谭宓回复，我们不是自驾去五台山嘛，到山下酒店时已是半夜了，先是儿子怎么都不睡，不停地说话，等他睡了，都一点多了，我也不困了。他爸是到了旅馆就睡了，来的路上我们都没怎么说话。我跟儿子睡一张床，他睡觉不老实，给他盖了几次被子，转眼就三点多了。我就起来，坐到窗边，给你发了微信，我以为你早就睡了，没想到你会回，其实我也不知道要跟你说什么，就是我刚才忽然有种冲动，想马上穿好衣服，什么都不带就离开，打车去机场，随便买张机票飞走，去哪里都可以。直到你回了我，这种感觉才缓解了，听你讲完这个故事，我甚至怀疑自己是不是也有抑郁的倾向了，你觉得我有吗？我想了想才回道，你没有。你肯定？她追问。我肯定，我回复。好吧，她回复，我相信你，我好像失去判断力了，别嫌我啰嗦，我是想知道，你就从没有过虚无感吗？当然有过，我回道。也会想要逃吗？她问。不，我回复，我哪都不想去,因为去哪里都是一样的。过了几分钟,她才回道,我以为你一直都活得很自在……好吧,那你再给我讲点别的什么故事吧,轻松点的,或许听完了我还能再睡会儿。我想了想,就讲了前天看到的一则新闻,说的是秘鲁科学家们解剖了人们找到的"外星人"的尸体,结果却发现,其实是有人用各种材料精心制作的,主要材料就是纸和胶,然后表层是用喷枪烧成炭黑状态的,之后还有媒体报道,这是本年度最佳艺术装置作品。过了好久,她才回复,没懂,不过倒是让我忽然有点困意了,你呢,还不困吗?困了,我回道。这时候,我发现窗帘上隐约透出一丝不易看出的微光。

萧穆:我发现了一张明信片,是前年你从布宜诺斯艾利斯寄的,正面是南极冰山,背面写着,"萧穆兄,我在布宜诺斯艾利斯,刚在DonJulio餐厅吃了烤肉,正在去米隆加舞厅的路上,我看到很多墙和楼面都是涂鸦。本想给你寄张博卡青年足球场的明信片的,但在包里抽到了这张冰山的,那就是它了"。

霍缇:你要是不发来图,我还真记不得了,当时我寄了十几张明信片出去,等都寄完了就忘了给谁寄的是什么样的了,我想起来了,你当时回复收到这张明信片的时候也抄录了我的话,这次怎么又抄了一遍啊?

萧穆:呃,我忘了。我刚才看到它,就像第一次看到似的。所以说忘了也有忘了的好处。另外就是,你看,我把它夹到了《白鲸》里，跟海也是有关的，白鲸是白的，冰山也是白的。

霍缇：嗯，你解释得好。我在奥斯陆呢，这里现在是极昼，就是二十四小时里多数都是白天，要是不看日期，或者不睡觉的话，会觉得始终是一天，没有变化。刚到那两天，我还挺喜欢这种感觉的，不过现在就有点没劲了，还有三天呢。

萧穆：羡慕。

霍缇：对了，我搬完家了，详情回去再跟你说吧。我现在正去海边的路上，他们要带我去参观一个什么古船博物馆，说是跟维京人有关的。说不定我会给你寄张有古船的明信片呢，先期待一下吧。

萧穆：嗯，那就期待一下。

三只猫，都是黑白花的。按霍缇的说法，本来只想要两只的，结果那一窝七只小猫里，这三只简直一模一样，就都要了。现在它们长大点了，可还是很难分清楚，要是它们不在一起，她会觉得就像养了一只猫似的。另外，她觉得有点搞笑的是，当初她跟谭宓说的是想要两只黑猫，或是一黑一白，结果竟然是三只黑白花的。她给我和谭宓倒了威士忌，说这酒很好的，你们尝尝看。我说我就算尝了也是不知好坏的。霍缇表示自己也不大懂酒的，尽管家里有很多的酒，一位常送她酒的朋友说，要比较才知道好坏，立竿见影。

半个小时前,我跟谭宓走到楼下时,发现霍缇正站在楼门口的银杏树下打电话,手里夹着半截香烟,旁边的地脚灯射出的光束刚好照亮了她身体的左半边。她表情严肃地吸了口烟,然后把烟蒂丢到了身后的草丛里,注视着正走过来的我们,继续说着什么。霍缇家的客厅是正方形的,感觉比以前那房子的客厅宽敞。她说面积其实差不多。客厅里随处可见旅行纪念品,但总体上很是整洁。我在那长方形实木桌前坐下没多久,就看到了不远处木架上那只长方形大盒子,上面印着精美的船模图像,应该就是霍缇在奥斯陆维京船博物馆里买的,跟她寄给我的那张明信片上的船图是一样的。霍缇转头看了眼说,这个就是给你的礼物哦,你肯定想不到,这是只捕鲸船,听起来是不是有点意外的巧合?你刚跟我说过你把明信片夹在《白鲸》里,我就在那个博物馆的纪念品店里看到了这艘捕鲸船,当时我也很意外,这是不是也算是什么量子纠缠呢?无论如何我都要带给你,还是有点分量的哦,你想着走时带上它。说完她就笑了。我笑着感谢她。谭宓正蹲在地板上,仔细观察那三只猫,想看出它们之间的差异,听到我们笑,就问有什么好笑的事。霍缇就简要说了跟明信片、书和鲸的巧合。谭宓想了想说,我也有过类似的经历,就是那次去芬兰,在海边的时候,我让叶万给我拍了张照片,后来蜜月旅行不是坐的豪华游轮吗,结果我在船舱里翻手机里的照片时,忽然发现那张芬兰海边照片的背景里就有一艘同样的游轮……当然不是同一艘了,但真的是一模一样。你想说什么呢?霍缇在那只贝壳烟灰缸里弹了下烟灰问道。谭宓说，我想说的，就是我们的终点，其实是在芬兰。霍缇听了，沉默了片刻，然后看了眼我，你看，我跟谭宓在离婚这种事上也同步了，当然我是第一次，她是第二次。她脸上闪过一丝诡异的笑意，接着又说道，我跟我那位吧，其实是两种人，我平时总是跑来跑去的，很少有只是安静地待在家里的时候，他刚好相反，就喜欢宅在家里。前两年，我还挺享受这种状态的，家里事都不用我操心，他都打理好了。当时我还跟谭宓说过，结婚对我好像没什么影响，该出差就出差，该聚会就聚会，家里还有人照应着。后来我才意识到，平时我们的交流其实很少，少到我都感觉不到我们还需要聊天的地步，以至于我感觉他就像我的保姆，只是负责照顾我生活。后来我就问他，你就不想跟我聊点什么吗？他就挺尴尬的，老实地跟我说，没想过这个问题。然后我还发现，其实我对他的事情一无所知，我不知道他整天除了工作还忙些什么，他的收入有多少，有多少存款，有哪些朋友，他父母怎么样了，跟他关系如何，完全不知道。我跟他说，你知道吗，我经常觉得你就像是躺在我身边的陌生人。结果这话让他很难过，却又什么也不说。等办完手续之后，我就问他，那你现在可以跟我说一说你的情况了吧？结果直到他来帮我搬家期间，他才说了那些我不知道的事，听得我目瞪口呆。霍缇把杯里的酒喝掉了，又倒上些，点了支烟，这才继续说了下去，无论我怎么想，都想不到他有这么多的秘密……我们认识的两年前吧，他马上就要结婚的女友突然不辞而别，去了日本。后来才知道，她到了那边就结婚了，嫁给了他发小的父亲。这事对他打击很大，从那以后，他就跟早年的朋友同学都断绝了来往。他父母之前在老家包了座山，搞什么养殖，后来破产了，欠了一屁股债，把在这边给他买好的房子也卖了，他不仅要养父母，还要替他们还债，另外吧，他跟他们的关系其实一直都不好。他单位里也不景气，据说离裁员不远了。他觉得他这种状况不但没法跟我讲，还拖累了我，很对不住我，就故意疏远我，等我主动提出离婚，他开不了这个口。这时候，谭宓抱着一只猫，坐到了我的对面，看着面无表情的霍缇。帮我搬完家后，霍缇继续说道，他写了几页纸，把各种东西放的位置都写在了上面，还有一些平时我容易忽视的注意事项。临走前，他看了看我，让我照顾好自己，然后就头也不回地走了。后来我在微信里对他说，你这样的活法是不对的，这样下去早晚会把自己逼到死胡同里的……到那时他会怎样，我都不敢想。谭宓看了眼我，又侧脸贴了贴猫的脑袋。我看着那只眯起眼睛的猫，想了想说道，他倒是真的爱你。有什么意义呢？霍缇迟疑了一下道，都结束了……我现在又单身了，只想谈恋爱，最好是跨国的，不要结婚的那种。她忽然看了眼谭宓，你怎么不跟萧兄讲讲，你跟那个小男生的故事呢？谭宓略显尴尬地笑道，也没什么可讲的，我这还在冷静期呢，麻烦够多的了，根本就没法去想别的，真讲起来，估计你们会觉得像个笑话了。霍缇皱起眉头道，你这样讲就没意思了，谁又不像笑话呢？

谭宓：周五他爸妈把我儿子接走了，这样我就悠闲地过了两天，哪里都没去，就在家里待着了，看看片子，翻翻书，困了就睡一觉，无所事事的，什么都不想。

萧穆：这都半夜了，看来你是睡足了。

谭宓：是啊，一点都不困，刚才我就在想啊，像霍缇那样了断就挺好的，毕竟没孩子，没什么牵绊的，好合好散，各奔东西，这样最好了。前天叶万的妈妈又跟我长谈了一次，还是希望我们不要离，不过我也坦白了我的想法。

萧穆：那个小男生呢？

谭宓：哈，你怎么忽然想到他了？他啊，上个月结婚了。不过我们还是很好的，彼此都没什么要求，也没有更多的想法，就这样了。那些前前后后的事，等我去上海再跟你细说吧。

萧穆：霍缇呢，最近有联系吗？

谭宓：昨天晚上还聊了好半天呢，她发现身边的人不是太老就是太小，接下来只能放眼国际了。

萧穆：她那个前夫，还是挺让人同情的，唉。

谭宓：是啊，心里有她，人又挺好的。霍缇还说我冷酷，我倒是觉得她比我冷酷多了。换作我，是不可能跟他离的。不过那样的话，也确实解决不了什么问题。霍缇还是理性的，我就缺少这种理性。

萧穆：你骨子里其实是个狂热分子，上了头就不管不顾的。

谭宓：是，我也发现了，表面上我好像很喜欢营造温馨的家庭氛围，当然这也不是说就是假的，也是真实的，但是我骨子里其实是有种破坏欲的，没事的时候是看不出来的，到了关键时刻，我其实是不怕失去的。叶万也不会想到，我是这种人，会突然就什么都不要了。

萧穆：叶万呢，还在犹豫吗？

谭宓：他说了，他不想离了。

萧穆：好吧，那你呢？

谭宓：我嘛，还不知道，看看吧。不过冷静期已经过了，我们又没去民政局，就相当于撤回申请了。

萧穆：哦，好吧。

谭宓：你是不是觉得我这人挺没劲的？

萧穆：哦，那倒没有，一切皆有可能吧。

谭宓：我也不知道为什么会这样。

萧穆：没人知道。

谭宓：你是不是有事要忙了？

萧穆：哦，不是，刚才发现地上有只虫爬了出来，我就把它踩死了，然后又找了半天纸巾，把它包起来丢到了垃圾桶里。

我在微信里跟谭宓说，我是周日晚上坐高铁走的。实际上我是周二深夜才飞回上海的。下暴雨那天晚上，我去见的其实是在中国移动总部工作的朋友。我跟她也是好多年没见了,这次是想请她帮忙查一个人的手机号码。这么多年过去了,我甚至都无法确定那个人还在不在北京。来之前,我把那人的名字和出生年月日发给了她。把这些信息输入大系统后,她说没找到任何相符的。后来她还请联通和电信的朋友也到系统里搜索过,结果是一样的。她估计这人用的手机卡是不记名的,所以没法在大系统里搜到。其实早在当年我们刚认识的时候,她就听我说过那个人的故事。见面时,她打量着我,然后笑道,你这算是怀旧吗?算是吧,我有些尴尬地笑道。心情可以理解,她说道,但确实查不到。她用好奇的眼光看着我,你还是很想找到她?我点头。她又问,然后呢?我说我只是想知道她现在过得怎么样。她沉默了,然后告诉我,忘掉这个想法吧。我低头看桌面上的杯子。她继续说道,其实你也清楚,她早就不是过去的那个她了,你也不是过去的那个你了。你以为你们真的见到了不会尴尬吗?我犹豫了一下说,我们当年有个误会。你说过这个,她拿着手机像在回复微信,然后接着说道,可你有没有想过,她很可能就是不想让你找到她呢?是不是误会,其实早就不重要了。我点了支烟,看着包间窗外的庭院,然后有些茫然地说道,我通过工商注册信息,查到了她老公的手机号,他们以前开过公司,是七年前注销的,但他的信息还在,我用那个手机号码搜到了他的微信,微信号就是他的名字,头像是他搂着一个十来岁的男孩望着远处,在海边,是背影。我甚至希望能在这张合影里看到她的身影,这样我也就安心了，我就在琢磨，为什么只有他跟孩子呢，还是背影，他们在望什么，会不会是她已不在他们身边了？想到这些，我就有点恐慌了。她看着我，眼神里透露出几丝怜悯，然后说道，兄弟，你这样会走火入魔的。你与其这样焦虑，倒不如去试着加她老公的微信了，你可以找人帮忙加他微信，就说是她的老同学，想联系到她，这很容易啊，我现在就可以帮你，你把他的手机号给我吧。你看，你又犹豫了。说实话，之前你说她在你人生最低迷时疗愈了你，还间接地使你离开了老家，走上了另一条路，现在还有故事可回忆，其实可以了。当然我也知道，你现在的状态，可能跟当年那个你又有点像了，这大概也是你执意要找她的原因吧，不过，这个圆，你是画不成的。我看着窗外，夜色里一片寂静，庭院里的花坛被窗内透出的光映亮了一半，旁边还有几棵形态各异的树，都不高，七扭八歪的样子，可能是腊梅。我想说却没有说的是，之前我做过一个梦：我站在一家电脑组装公司的柜台前，发现里面坐着的那个男人正是她老公，虽然我以前从未见到过这男人的正面，却很肯定这人就是她老公，我咨询了很多组装电脑的事，那人都耐心解答了，还提了些建议，就好像我是否在这里组装电脑他并不介意。我又转了几圈，等到这里下班后，就尾随他去坐地铁，然后发现目的地是所小学，看到那个男人接了儿子，我又尾随他们坐地铁回了家。在那个老旧的小区里，我看着他们走进楼门，楼道感应灯随着他们的脚步声依次亮起，我确定他们住在六楼，根据阳台的灯光确定了是右侧的。我躲在楼门外花坛后面，一直等到午夜，也没看到她的身影。然后就下雪了，我这才意识到是在冬天里，感觉到冷气在渗透周身，就在我决意等到早晨时，却醒了。这时，朋友又说话了，我跟我那位，能相安无事过到现在，其实很简单，就是不要什么事都想知道，然后再给自己留点别的念想，也就可以了，人过了四十，不管你承认与否，一切都已进入倒计时了，最后那点能量，是要省着用的，要是一冲动耗光了，后面怎么过呢？你还记着当初我离开上海时跟你说过的话吗？我说我是个喜欢及时行乐的人，不喜欢纠缠不清，你当时还满脸愁容的，怎么都想不明白。现在呢，我已是个没什么故事的人了，然后想到你的故事，我觉得挺好的，我觉得你肯定还有很多别的故事，可以了，过去的事，就不要再加戏了。你呢，需要做的，就是，记着她，直到你临终前，瞳孔放大的那一刻，要是还能记着她，也就算圆满了。听到这里，我出了会儿神，然后有些黯然神伤地说道，我甚至连她老公和儿子都会记着的。朋友突然大笑道，我看行，那也没什么不可以的啊，无伤大雅，我发现了，你其实也没怎么变，骨子里还是那种很天真的感觉。

谭宓：霍缇说她出差这段日子里，都是他每天去她家喂猫。她觉得也不需要每天都去喂吧，可他还是每天去，说要不是每天去，就要放很多猫粮，那样猫就会吃多了。霍缇说那就只能随他去了。等她回来时，发现家里整洁有序，他还买了些净化空气的植物，因为她抽烟嘛。她也不知道该说什么好，说是被他这种细心弄得很不自在。

萧穆：她那三只小猫，也是够特别的，我是完全分不清哪个是哪个，你能分清吗？

谭宓：看眼睛。

萧穆：我看它们眼睛也是一样的。

谭宓：不一样的，你只要仔细观察，就会发现是不一样的。

萧穆：你们怎么样了？

谭宓：也没怎么样。后来我听他妈妈透露了一些信息，就是那个女的听说他要离了，还劝他慎重呢。

萧穆：那他呢？

谭宓：他最近每天晚上都会回来陪儿子，等儿子睡着了才走。他来了，我就忙我的，走的时候，他有些尴尬地看着我，说我走了，我就说好。

萧穆：看来是有变化的。

谭宓：有变化吗，谁知道呢？

萧穆：还是有的。

谭宓：你们还说我冷酷，你看我现在这样子，还算是冷酷吗？

萧穆：你自己觉得呢？

谭宓：不知道。

正如天气预报所说，台风在周五晚上九点多在浙江沿海登陆了，但行动迟缓，还无法确定会不会途经上海，台风路线示意图上给出了多个可能的方向。现在的风雨天气，其实还只是台风圈的外缘。不过白天风仍然很大，马路上经常是空空荡荡的，看起来就像一切都在等待台风的到来。临近午夜时，我正看着天气预报的网页，琢磨周日谭宓能否正常飞时，霍缇在微信里告诉我，谭宓来不了了，跟台风没关系，是她儿子发烧了，只能等下次再聚了。我昨天就预订了吃饭的地方，并把地址和时间发给了她们。我在想的是，谭宓为什么不告诉我一声呢？要是台风走了，霍缇说，那就我们去好了，反正你也订位了，顺便把那艘捕鲸船带给你，上次走时你都忘了，我也没想起来。周六晚上，天气预报说台风忽然转向了日本。我觉得这台风也是真的很有意思，人类整天监视着它的动向，却根本猜不到它会去哪里，就好像它总能准确捕捉到人类的意图似的。看着手机屏幕上那巨大的台风云团的形状，还有那个台风眼，我觉得这其实是个生命体，它想去哪就去哪，你就是用卫星盯着它，派气象飞机去探测它，也没用，只能任由它为所欲为。现在，它的外围影响还在。周日晚上我出门时，外面还在下着雨，只是风小了。其实我是盼望台风能经过这里的，我喜欢看着狂风骤雨肆虐的状态，尤其是狂风如何把落下的雨吹上来变成含雨的气流在半空中旋转的场景。我还喜欢看电视台记者在海边狂风暴雨中报道的场景，为什么每次都是女记者呢，难道就为了让人们看到她那兴奋而又惊慌的样子，听到她那有些尖锐的解说声吗？可以想象，要是换成男记者，这种刺激的现场效果就不会有了。她穿着雨衣，手里紧握着那只有电视台标识的话筒，另一只手像在遮挡雨水，她几乎是拼尽全力在解说，脸上都被雨水打湿了。当我随口把这些说给霍缇时，她看了看我，然后说道，为什么从你的描述里，我听出了某种古怪的兴奋呢？这大概就是直男视角吧。我就笑道，我确实就是直男啊。她指了指地上放着的那个大纸箱，说那艘船就在里面呢。我本以为她会详细地讲讲离婚感受，结果她说，都过去了，不想再说了……我们还是说说谭宓吧，她的情况复杂多了。叶万这个人呢，其实还是不错的。不过，谭宓跟我说过，他们有了孩子之后，他就不碰她了。那我就理解不了她是怎么过的了，她说，那些年她可能就是活在自己的幻觉里。她还说起小时候她爸经常家暴她妈的事，她跟姐姐跪在地上给爸爸磕头，把头都磕破了。现在呢，在她爸去世多年后，她妈终于过上了幸福生活，还说终于知道该怎么活了。谭宓说她两次结婚都是想要幸福的，并认为要幸福就得有个孩子，然后才能其乐融融。上次婚姻里，她想要个孩子，结果那位不想，但对她也还是挺好的，然后她就跟叶万好上了。叶万一冲动，把婚离了，她也离了，两个人在一起了，还如她所愿有了孩子。后来叶万觉得她跟他在一起，好像就是为了有这个孩子，经常觉得她跟孩子是另一个世界，是封闭的，好像没他也可以。霍缇这样讲的时候，我正看着窗外荒凉的街上一个在风中打着伞艰难走着的人，那人的脑袋已跟伞融为一体了，看上去就像一把黑色的伞在风中走着，被大风扭曲着。霍缇不说话了。我回过头来看她。另外，她就继续说道，直到上次，谭宓跟我深夜长谈时，我才知道，她跟那个比她小五岁的男的，是去年就认识了，说是上个月结了婚，但还是很依恋她。据说，这人从小到大都是个乖孩子，上什么高中、大学都是父母定的，毕业后到什么单位也是父母安排的，甚至跟什么样的女孩相亲结婚也是父母定的。谭宓说，他们在一起感觉特别好，很纯净的，互相信赖……我就说啊，其实你就是母性泛滥了，跟恋爱扯不上关系的，你就不觉得他对你有点像孩子依恋母亲吗？她当然不承认了。我说，你们要在一起吗？她说，不会，像现在这样就可以了。后来她还跟我透露了一个信息，这人其实是有些抑郁倾向的，是谭宓的出现，缓解了他的症状。我就说啊，你是不可能忍受你们只保持目前这种状态的，到了那时，你的愿望就会变成一种压力，传导给他，让他先崩溃了。我说话就是直截了当，不喜欢绕弯子，我说你现在这样，等于又给自己找了个大孩子，然后你像妈一样爱他，这有意思吗？谭宓就说，我就是母性泛滥啊，就是喜欢抚慰他这种懦弱的人啊，喜欢他依恋我，喜欢给他安慰，我又没要求别的，像现在这样就满足了。霍缇说，我就跟她说，你当初喜欢上叶万，其实也是同样心理吧，把他当成大孩子来爱，结果人家长大了，你就又找了另一个大孩子。说到底，不过就是在一个坑旁边另挖一个坑，然后从这个坑里爬出来，再跳进另一个坑里。听到这里，我说道，可能人都这样吧,喜欢给自己挖坑,新坑换旧坑,还以为有了新的可能,不过我现在倒是有点同情叶万了。霍缇弹了弹烟灰,眼神奇怪地打量着我,为什么呢?我就接着说道,当初谭宓说到叶万在单位里鄙视所有人的时候,我就说这人也真是只剩傲慢了,其实我心里想的是,这跟我差不多嘛,觉得周围多数人不是脑残就是活死人,等我哪天不干了,是要把他们一个个都拉黑的,另外吧,要是站在男人的角度,我也觉得叶万目前这种状态挺正常的……当然站在谭宓朋友的立场上,就得另说了。你总不能两头都站吧,霍缇斜了我一眼道,你不是劝谭宓要果断的吗,现在又说同情叶万了?我一时语塞,就又转头去看窗外风雨飘摇中的街道了,现在看不到人影了,也没有车辆。我想了想说,我是觉得,他们已经没戏了。要那么多戏干吗呢?霍缇鄙夷道,就是过过日子而已了,像我那位,都是心理戏,又有什么意思呢?看着都累死了。我摇了摇头,忽然想到了什么,就说,上次去北京,我还梦到了叶万呢。霍缇愣了愣说,你怎么会梦到他呢?这梦挺奇特的,我说,是早上快醒时做的,叶万开车带我去海淀区的那个动物园附近,说是带我看看那个服装批发市场的旧址。我当时还在纳闷,他怎么知道我想去那里看看呢?但也没说什么,我们就去了。到了之后,我们下了车,他就指着前面那片写字楼说,这里原来就是那个服装批发市场,见我不言语,他就笑了笑道,我知道你的事,谭宓说这里是你的心结,但你还没来过,我就带你来了,你看看吧,尽管没什么可看的了。我只是看了两眼就上车了。后来我们一直没说话，直到临下车时，我才忽然对他说，我觉得你也没错，人还是要听从自己内心的想法的。他就用奇怪的眼神看着我，然后突然大笑起来。我就在这笑声里醒了。霍缇听着，看着窗外，过了片刻，才说道，你看，人家在你梦里也看出了你的心思，所以才要笑的，你倒好，跑到梦里劝人家离。我不好意思地笑道，我确实是觉得他们分了对彼此都好啊，没必要凑合下去。得了吧，谭宓说，难怪谭宓说你最近有点生无可恋的感觉。我迟疑了一下，就自嘲道，我现在，每天忙于为律所讨债，去的都是些濒临倒闭或刚破产的公司，见到的都是些生无可恋的脸，估计是被传染到了吧。霍缇看着手机，回复着什么，过了几分钟才问道，那你有什么打算吗？我愣了愣，什么打算？她就说，你真的像谭宓说的那样，对女人都没想法了吗？我就笑道，我是对任何事情都没什么想法了，最近还在琢磨，要不要辞职呢。霍缇重新打量了我一下，就像要从我脸上看出什么。我就继续说道，也不能说对女人没想法了，应该说是每次只要多想那么一会儿也就没想法了，我是觉得自己呢，是这样一种状态：既忍受不了任何具体的关系，又觉得没有具体关系的关系也挺无聊，这就有点像我在休息日假期的时候，只想待在家里，哪里都不去一样，我并不是真的不想出去，而是就那么想想，也就够了。窗外还在下着雨，一条浑身湿漉漉的黑狗，正慢慢地穿过空寂的马路。这时我的手机亮了。有新的微信。我点开看了看，是前妻发来的，你在哪里呢？我顿时有些恼火，想了想就回复,在外面。哦,她回复,刚才心脏有些不舒服,感觉有些气短。我犹豫着,站起身来,走到包房外面的过道里,回手关上包房的门,犹豫了几分钟,最后还是举起了手机。

谭宓:台风转向了?

萧穆:嗯,去日本了。

谭宓:你们聊了很久。

萧穆:是啊,三个多小时。

谭宓:主要是聊我吧?

萧穆:嗯,你怎么还没睡呢?

谭宓:哦,对了,你猜猜我在哪里呢?

萧穆:上海?

谭宓:哈哈,当然不是,我在拉萨,正在阳台上看星空呢。

萧穆:好吧,一个人,两个人?

谭宓:一个人。

萧穆:不错,你儿子呢?

谭宓:在他奶奶家。

萧穆:准备在拉萨待几天呢?

谭宓:还不知道,至少一周吧,反正我请了年假。

萧穆:没有高反吧?

谭宓:有一点,吸了氧就没事了。刚才在房间里,我一直在翻笔记本电脑里的照片，发现在那艘游轮上其实还是拍了好多的，但都是风景，还有游客，唯独没有我们自己的，有几张里有他，但也是在人群里，还是远景。那豪华游轮还是很漂亮的，比"铁达尼号"要壮观多了，游客里有很多帅哥美女，食物丰富多样，有世界各国的菜系，服务也无微不至，好像走到哪里都能碰到端着酒水或点心的服务生问你要不要喝点什么或吃点什么。只可惜当时我因为怀孕没什么胃口。我记得当初预订船票时，看它的广告上是这么说的，这将是您终生难忘的一次梦幻之旅。现在我才明白，这也算是一语成谶了，确实就是一场梦，是充满了幻觉的旅行。

萧穆：总归都是这样吧，好的，坏的，最后都是梦幻一场。

谭宓：说真的，我觉得，霍缇并没有理解我说的那些，甚至是误解了。她不可能明白，我并不是什么母性泛滥，也没想过要完全拥有什么，我只要一点点，就够了。我要的很少，只是想要一点点的糖，就能满足了，就像小时候那样，过年的时候，我妈会在初一的早晨，放块糖在我嘴里，我就含着，感觉它在舌头上慢慢融化，就很幸福。

萧穆：嗯，我知道那种感觉。

谭宓：嗯，霍缇是不大可能明白的，她从小到大，什么都不缺，长在糖罐里，家庭和睦，父母爱她，她到哪里都不缺爱她的人，一直顺风顺水，当然她也确实招人爱，我也喜欢她。

可我呢，从小到大就没有感觉到有谁会真的喜欢我。叶万也不会明白的。

萧穆：嗯。

谭宓：那年我们在那艘豪华游轮上度蜜月时，我其实想的就是肚子里的孩子，这也是属于我的一点点糖，是我给自己的。叶万不明白，但我还是挺感激他的。他认为我是个没什么想法的平庸女人，可是他不会明白，我从来都没真正拥有过什么，但现在，至少我还可以选择属于我的另外一点点了。

萧穆：那接下来呢？

谭宓：暂时先这样吧。

萧穆：听着好像还是有余地的。

谭宓：说有，也是有的，只是这个余地，并不是我跟叶万的，我们离不离其实都可以，我说有余地，是我自己的，我觉得我现在完全可以不在意他怎么样，我指的是这个。

萧穆：哦，好吧。

谭宓：放心，我很平静。

萧穆：嗯，那他呢？

谭宓：你是指叶万吗？

萧穆：对。

谭宓：最近经常回来吃饭，还会提前微信问一下，家里有饭吧？

萧穆：那个他呢？

谭宓：他啊，很怕我离开他，我说不会的，至少现在还不会，将来会不会，我也不知道。他就挺伤感的。我也没怎么安慰他，就摸了摸他的头。他就看着我，而我不想顺着他的情绪走，就跟他说起当年我跟叶万在那艘豪华游轮上的那段时光，讲了很多细节，我说，那时我感觉很美好，没有时间感，可实际上那时叶万已经后悔了，多可笑。他就拥抱了我，很用力。后来我跟他说，过去的，还没来的，都是梦，现在这么一点，其实也是。他就扑上来咬我的肩头，我说疼，他也不停。这牙印现在还没褪掉呢。其实，他也不太明白我在想什么。不过他答应我了，下周就去做心理咨询，咨询师是我朋友推荐的，据说非常不错。哦，对了，霍缇有没有跟你说她最近很痛苦？

萧穆：没有，还是为了前夫的事？

谭宓：不是，我也是才知道的。

萧穆：那是什么呢？

谭宓：等她自己跟你说吧，我就不说了。反正她就是很痛苦。

萧穆：我还真想不到她会痛苦。

谭宓：嗯，我也挺意外的。

萧穆：好吧，对了，前天发生了一件事，就是律所里我的那个领导，他失踪了，到目前为止还不知道是什么原因。我呢，也准备在月底提出辞职了。

谭宓：啊，他为什么失踪了？

萧穆：不知道，他没跟任何人透露过，本来是出差的，然后就失联了，家里人也联系不上他，然后就报警了。律所里的大领导还找我谈过话，问我领导有没有跟我说起过什么，我说没有啊，我们有段时间没说话了。然后晚上回到家里，我就忽然想起他最后一次跟我聊天的事，那是在一个多月前了，也是后半夜，他就喜欢在这个时候跟我聊点什么，他说了当年我妈跟他们讲的下乡时的故事，说是在冬天下乡青年们无所事事，那些男青年聚在青年点里玩上吊，就是在房梁上挂好绳子，然后下面搁把椅子，有人上去，把脖子伸到绳套里，然后再蹬翻椅子，但两边是有人看着的，还没等上吊的人翻白眼，就已被两边的人扶住了，这样也就不会死了，然后大家就都放心去玩了，等中午时，开饭了，大家就都跑去食堂吃饭了。可没想到的是，有个平时很蔫吧的男的，本来也是想玩上吊的，但又不好意思，就一直在那看着，后来见大家都去吃饭了，他就自己上了椅子，然后把脑袋伸到绳套里，就蹬开了椅子……等到大家吃完饭回来，才发现吊在那里的他，早就没气了。

谭宓：这，这也太奇怪了吧？

萧穆：是啊，我其实早就听我妈说过这个故事的，不过当时等他讲完后，我还假装没听过，感叹了一番。他呢，就给我发了个晚安的表情，然后就再也没说什么了。

谭宓：他跟你讲这个是在暗示什么吗？

萧穆：这我就不知道了，就是觉得有些诡异。

谭宓：那你是因为这个事情想到辞职的吗？

萧穆：那倒也不是，他这事对我暂时还没什么影响，我也就是自然脱落吧。

谭宓：自然脱落，好吧，然后呢？

萧穆：准备先回趟老家，看看父母，还有老朋友们，然后回来，再好好想一想，要不要去个远点的地方旅行，比如去坐一下那种远洋的豪华游轮，到世界各地去看看。真的，我是很认真地这么想的，想去体验一下长时间漂在海上的感觉。

谭宓：一个人吗？

萧穆：当然，一个人。

谭宓：哦，不会又是只是想想吧？

萧穆：有可能是，也有可能不是。

谭宓：我倒是挺希望你最后能成行的。

萧穆：为什么呢？

谭宓：不为什么，好吧，我现在脑子里还在重现那个人上吊的场景呢。

瞳

我不想看自己的脸。

他要把那些蛾子滤掉。我是说我爸。刚从宿醉里爬出来，我就发现，他像个雕像似的，立在客厅里那张实木餐桌旁边，左手托住那个大玻璃瓶的颈部，右手臂抱稳瓶底部，上身侧向前倾。那倾斜的酒体里，密密匝匝的蛾子已蜂拥至瓶口。他找到了让蛾子们更易乘着酒液坠入桌上那只铁盆里的角度。在泛动的酒花细泡里，它们翻转浮沉，反复散聚。等一瓶酒都倒完，他又用漏勺把那些蛾子都捞出来，放到另一个小铁盆里。整个过程他都神情严肃，像在举行某种私密仪式。

他向来反感我说它们是蛾子。这种称谓源自我妈那里。"这是雄蚕蛾，你们这些人。"当他说"你们"的时候，往往意味着，他不高兴了。他觉得这是在有意嘲讽他对蛾子泡酒这件事的迷信。而我其实并没有这个意思，我说"蛾子"只是顺口，在我这里它只是个中性词。平时，要是我发现自己头发过于蓬乱，也会说我看着就像个扑棱蛾子。我的解释简明在理，可是他不信，甚至连轻蔑都懒得给我。其实有时候我还是挺喜欢他的那种近乎天真的迷恋状态的。至少他相信自己每天喝下这种酒就会受到滋养，为他那六十六岁的躯体提供必要的能量。

"看到新闻了？"

我走过他身旁。他抬头看了我一眼。他的眼皮明显有些浮肿。我就尽量显得神情黯然些，这不难做到，毕竟我还没洗脸呢，头发也是乱糟糟的，更不用说还有昨晚醉酒的残留效果了。不知是不是我的错觉，看到我这副衰样后，他的眼神似乎柔和了些。人总是更容易原谅甚至怜悯那些比自己活得还要衰的人。

"什么？"他注视着小铁盆里的那些蛾子。

"你认识的那个老板，跑路了……"在洗手间里，我把洗手池的水龙头开到最大。我没去看那面满是淡灰水渍的镜子。有些头疼，就好像脑袋里至少有三分之一的血管是不畅通的。以往我喝完酒要是主动去抠嗓子眼儿吐过，头是不会疼的。可昨晚我都吐了两次，结果除了食道里有种灼伤感，竟无任何效果。之前弥漫在身体里的那种麻醉感，到此刻也没有完全消失，导致身体无论是移动还是静止，都不像个实体，而更像个泄了一半气的气球。

"他跑路，跟我有什么关系？"他拈起只蛾子，仔细看着。"你们老板还没跑？"

"你不是投了钱吗？"

"那是你妈投的，又不是我。"

"有什么区别……"我低头看着自己的手，肚子，胳膊，腿，脚，它们之间好像也没什么关系。"后来拿出来了吗，没有吧？"

"那你就去问问你妈吧……"

看他那样子，仿佛这事跟他没什么关系。

站在那里，我就像在等着身体各部关系慢慢恢复。透明的水流泛着清凉的氯气味儿，在洗手池底有些头发的漏眼周围漫成旋转晃动的水，下水管里发出低响。我不想照镜子，不是因为浑身难受，而是不想看到那张变形的脸——每次喝多了，它都要发生轻微的变形，在镜子里伤害我那脆弱的自尊心。

我看着它们，手，腿，脚。

这里的灯光是那种荧光绿。我发现，无论是马桶，还是浴缸、洗衣机、纸篓，或是沐浴露、洗发水、洁面乳，在这种光的映照下看着都有些诡异。眼下这个洗手池，甚至还有些迷幻感，就好像它原本不在这里，也不是这个形状，而是刚刚无中生有地浮现的。

站在那里，我琢磨着。有这种绿光，即使在这熟悉的空间里，也会让所有东西看上去都是经不起琢磨的，陌生而又突兀的。就像不久前的某个后半夜，我睡眼惺忪地在这里推门而入，却发现，笼罩着绿荧荧的光，一个老人正蜷缩着身子，坐在马桶上，衬裤褪到脚踝，裸露着满是汗毛的两条细腿，手里拿着的手机里正在发出某些短视频所特有的笑声，而那屏幕的光正映亮他的下半张脸，这个浑身泛着绿光的陌生人，就是我爸，正以同样诧异的眼神看我，就像刚从梦里惊醒似的。

这里还有个白色的圆形顶灯。我按下开关，可是毫无反应。又试了几次，灯也没亮。无意中，我又发现，墙壁上的白瓷砖其实并不是那种纯白的，在这绿光的映射下，能看出表面都有些不规则的细纹络，以一种不是很规则的方式纵横交错，像发着淡绿色光泽的散断网格。我有些茫然，不想再继续发现下去，就好像怕自己不小心会抓到什么线头，再随手一拉，整个世界就会轰然倒塌。我最近确实有点近乎神经质的脆弱感。

我有点怀疑自己是不是个难以理喻的人。

爸端着小铁盆，拖着那条僵直的右腿，有些摇晃地经过我身后。

他把那些蛾子倒入马桶，又看了看，这才放水把它们冲掉。水箱里传出重新蓄水的轻响。之前有一回，他正从瓶子里倒出酒来，我就随口问他，这蛾子真有用吗？他放下酒瓶，就用筷子从中夹出一只,让我看仔细了,这是雄天蚕蛾,跟蛾子不是一回事儿。我觉得没什么不同。要是他夹的是只活的雄蚕蛾,我当然会同意他的说法,可现在这只,头、翅膀跟腿都没了,还风干成深褐色蚕蛹状,要是把普通蛾子如法炮制,也就这样了。可我懒得跟他辩论。他就满脸不屑地把它又塞回酒瓶子里,不理我了。

它们密集于酒体的顶部,看着就像浸泡着福尔马林的标本。可是谁会把蛾子泡在福尔马林里呢?顶多只会像在博物馆里处理昆虫标本那样,把它们钉在白色纸板上,罩上玻璃,在旁边配上标签。我曾仔细看过各种蛾子的标本。怎么看都觉得它们像是别的什么神秘昆虫伪装的。小时候抓蛾子玩时,手上都会沾上粉,滑腻腻的,让我觉得这东西就是它的伪装,以令人厌烦的粉状来自保。有小伙伴告诉我,你要是不小心,这粉末弄到嘴里,就成哑巴了,要是弄到眼睛里,你就瞎了。我就立即把那只蛾子扔到了地上,他迅速地踏上一只脚,并发出欢快的叫声。真残忍。可我当时想的却是他的鞋底会留下一抹粉末,会跟着他的脚步,散落到很多地方。

以前,每次喝光瓶子里的酒,爸就会补满新酒,继续泡那些蛾子。估计他是觉得这样就能把它们最后的药性也浸泡出来,不会浪费。可是这一次,新酒注满没过几天,他竟然就把那些蛾子都倒掉了,还要故作若无其事的样子。我觉得,这就有点反常了。

我总觉着有什么东西正在脱落。

我以为他会把水龙头关掉，以制止我的这种无聊的浪费行为。可他没有。他只是随手关了灯。然后他又在我旁边停顿了片刻，像是想说什么。可过了一会儿，他却什么都没说，拖着那条僵直的腿回到客厅里。

洗手间的光线有点黯淡。虽说是中午，可是由于外面阴天，从洗手间尽头的小窗里透露进来的光线就显得微不足道了。

他找了个漏斗，在上面蒙了块白纱布，把那个铁盆里的酒，重新倒回那只大瓶子里。他要把残留在酒里的蛾子杂质也滤掉。滤了一次，又滤了第二次，然后是第三次、第四次……伴随着酒入瓶中发出的回响，酒气又飘了过来。我觉得他在走神。

我终于还是关了水龙头。在忽然出现的安静里，我又站了几分钟。我看了看双手，感觉脑袋里像是装满了糨糊，每根血管跟神经都浸泡其中，并且多数都是黏在一起的。

爸正盯着那瓶酒，轻捶着那条腿。那大玻璃瓶里盛满了酒后，看上去异常澄净，对于看惯了里面满是蛾子的我来说，总觉得这样反而有些奇怪。他也不理会我，像在继续观察酒里是否还有微小的杂质。我估计他是在琢磨什么事，跟这酒，跟蛾子，跟我，都没什么关系。

"那些蛾子。"我纯属没话找话。"哦,那些雄蚕蛾,要是活着就放到酒里,是不是更好些呢?"

他面无表情,脸上的皮肤有些松弛,似乎正顺着鼻子两侧缓慢下坠。我甚至能闻到从他的鼻息冒出来的酒糟味儿。当然,我自己身上也还是有些酒味的,只是没他的气味那么难闻。

"比如说,做醉虾。"我接着说道,"总要活蹦乱跳时泡到酒里……"

"那泡醉虾的酒。"他白了我一眼,"你觉得,还能喝吗?"

"哦,那你怎么又把那些蛾子都倒了呢?"我递了支烟给他,拿起打火机伸过去,为他点着了,又补了句,"雄蚕蛾……"

他吸烟的样子就像在吞烟,吞下去之后,然后要等到烟在体内转上一圈,才能吐出来。他向来觉得我根本不会抽烟,完全是随抽随吐,其实这样抽多少都是浪费。

"你看看你那脸色。"他打量着我,"你跟你的那些朋友,都这样?有今天没明天,要是像你们这么个喝法……不过也是,反正也没人管你,怎么着都是你自己的事儿……你就不知道怕了吗?"

"怕什么呢?"

我并没有希望他能坦白什么。

原来,是有人跟他说:这酒,喝光了就得把雄蚕蛾倒掉,不能再用新酒接着泡了,这会把雄蚕蛾体内的毒素都泡出来的,性质就跟泡尸体一样。这种说法，虽然听起来似乎有些在理，实际上未必有什么科学依据。可是，他信了。

我得说点什么，以免陷入尴尬的沉闷状态。

"你说为什么不能把活的雄蚕蛾直接泡在酒里呢，那样效果不是更好？"我就为他脑补了一下那个场景：雄蚕蛾要挑最健壮的放到酒里，它们刚落入酒里的时候，就会拼命地扑腾……等封好盖子，就可以看着它们在里面扑腾……它们能扑腾很久，这样也就把精气更充分地释放到酒里……后来那些先不动的就会被压到下面，还在扑腾的，就会浮到上面……越是能扑腾，就代表生命力越强，可以根据这个来定酒的等级。

他丝毫没接受我这幽默感的意思。默默地打量了我一会儿之后，他就把烟头摁灭在烟灰缸里，然后缓慢起身，拖着那条腿，回了自己的房间，还关上了门。

对着那瓶酒，我因为无所事事，就继续琢磨起来：这雄蚕蛾是复眼，据说里面有三千多个小眼睛……在酒里扑腾的时候，那胖乎乎的身体应是不时翻转的，想想看，几十只雄蚕蛾聚在一起，就是十多万只眼睛在转动，要是能通过什么方法获取这些眼睛看到的景象，再用投影机放映在幕布上，该是多么壮观。再把它们扑腾过程中发出的声音也录下来，放大百倍，然后用好的音响播放出来，说不定就能有涨潮时海浪的声效了。

就这样,我浮想良久。估计他听了也不会觉得有意思,没准儿还会对我翻起白眼,然后再盯着我的脸,说你真该去照照镜子了,看看你这是什么气色,眼角好像在发炎,嘴唇也没什么血色,这样下去……

我们好像总是喜欢以诸如此类的方式去不时轻戳对方的痛处,并以此保持彼此之间那种并无恶意但又有些微妙的距离感和古怪的张力。

我不想看。

自从那天把那些蛾子倒掉了,他就再也没碰过酒。就这样过了一个多月,我发现那瓶酒还是满的。我算了算,在他六十六岁之前,至少是三十年里,还从未出现过这种情况。我妈说他是那种肚子有酒虫的人,一天不喝,吃什么都没味道……还说,像他这种人,要是两天不喝酒,都会出问题的,因为他肚子里肯定有条酒虫,等他晚上睡着了,你要是把一大碗酒搁在他的枕边,只要他张着嘴,就能把那酒虫子引出来。听此说法,我爸只说了两个字:有病。

我以前都是每周末回来看看他,当晚吃过饭就走了。但这次,我有意住下来,不到两天,他就不适应了。跟我一样,他也是独惯了。即使是我妈还在这里的时候,他们也是分房睡的。到了第三天晚上，他终于忍不住了。

"我看你，还是回去吧。"看得出，他是尽量心平气和地说话，"本来也没什么事儿，大眼瞪小眼的，都不自在……"

"我是想看看，你什么时候恢复喝酒……"我也很平和。

"我没戒酒啊。"他点了支烟，"就是想试试看，停下来，会怎么样……"

"什么怎么样？"

"你不也是试过一段时间不抽烟吗？"

"那你可以先一点点地把量减下来嘛，这样会比较稳妥，喝酒跟抽烟一样，不能急停的……是不是因为蛾子呢？"

"跟那个没半点关系……"

"你看，还是活的好看，也确实是蛾子比不了的……你看那尾翼上的圆点。"我把手机上搜到的雄蚕蛾照片发给他。

他有些走神，没再说什么，但也没再提让我走的事。

他看上去很疲惫，像个半透明的东西，跟我脑海里还在悬浮的那些雄蚕蛾重叠在一起。有那么一瞬间，我甚至觉得它们就像是从他体内飞出来的，无声无息地盘旋在我们脑袋上方。看得出，他是想一个人待着。可是我呢，却偏偏在琢磨怎样才能多少稀释一下彼此那种尴尬的感觉。

另一件出乎我意料的事，是他忽然开始早起了。以前他没这习惯,不管我妈怎么讽刺他,他始终都是一如既往,想什么时候睡,就什么时候睡,想睡到什么时候,就睡到什么时候。现在他不但早起了,还出去散步了。想着他拖着那条僵直的腿,在不远处的河浜边跑步道上艰难散步的样子,我就有点睡不安稳了。

周日早上,我不到七点就醒了。

站在阳台上,我翻着手机,看昨晚的未接来电,还有微信。透过阳台窗户的侧面,我发现小区的东边已到处都是灿烂的四月阳光。

阳光照不到这里,但我能闻到它的味道。

在这种过于舒服的天气里,似乎没有什么是不在生长的。我下意识地摸着自己的脸。手指滑过那些几天没刮的胡子,感觉脸颊的皮肤很是松软,只是有着不规则的轮廓,灰暗的色调。我不想去照镜子。要是到时忍不住咧开了嘴,露出那两颗有些松动的牙,还有牙龈萎缩后的黄牙根,我可能会觉得它们不像是属于我的。我听到阳光爆裂的微响,头皮一阵发麻。我想到阳光里去。

我在想那些不属于我的东西。

穿过那条小河浜上两座相距约五百米的小桥,我走出了一条环形轨迹。

天空淡蓝明净，没有风。踩着那条树木掩映的红色跑步道，遇到没有树荫的空地，我就会停下来，晒会儿蓬勃的阳光，感觉整个身体都在变得松软，甚至还恢复了些弹性。后来，等我包裹着阳光，晃到接近南面这座桥时，忽然发现，原来爸就坐在被几棵歪扭交错的细树干遮住的长椅上。他那身皱巴巴的深灰衣服被树冠的阴影遮住了，那条僵直的腿则伸在阳光里。

"走了多久？"我轻声问他。就像没看到我出现似的，他没搭理我。站在那里，我四周望了望，又看着他的侧面。看得出，他心情平静，只是那种疲惫感还在，就像整个人都包了层陈旧薄膜。

"它挺舒服吧？"我是指他的那条腿。他看了看它，然后俯下身子，摸了摸它，那只手也被阳光照亮了，像从身体里长出来的。

我蹲下，隔着裤管，摸了摸他那条腿的膝盖部位，还是皮包骨的感觉。它比左腿要略细些。以前给他搓澡时我仔细看过它，皮肤有点要透明的感觉。现在它是暖的。阳光晒着我的右脸。我发现有种古怪的感觉正在浮现，就是我似乎竟有点喜欢他这条僵直的腿了，就像它跟我的亲缘关系远胜于我跟它主人的。

闻着周围树木被阳光所激发出来的浓郁气息，我站了起来。扶着他的胳膊，我用力让他也站了起来。他并没有试图摆脱我的手。离开这树下的阴影，我们走入阳光里。他拖着那条被晒得暖洋洋的腿，我扶着他，周身暖洋洋的，"咱们回去，弄点菜，喝点酒吧。"

他没言语。

我承认我之前没说实话。

我在爸这里住下,其实另有原因。最近一段时间,她来找过我多次。

她叫李简恩。她有个室友,叫陈繁馥。其实这都是她们自取的假名。她还曾半开玩笑地跟我说过,你要是有兴趣,也可以给我们再取个新名,反正都一样的,我们经常换名字。这还是半年多以前的事。那天晚上,在一个酒吧里,我刚认识她们。当时已近午夜,我等的人没有出现。我就坐在那里喝啤酒。她们坐在我侧后方的角落里。我来时她们就在了。我知道她们是做什么的。后来,我那半包烟抽完了,又不想出去买,就忍不住回头瞄了几眼她们那张小圆台上的两包红双喜。这时,小舞台上的那个菲律宾乐队又开始卖力演唱美国的乡村歌曲了,发出震耳的轰响。

她们笑着。

我用余光打量着她们。酒吧里浮动着很多光怪陆离而又幽暗的东西。李简恩好像在偷拍我。后来我就忽然转过头去,李简恩的手机正对着我,陈繁馥则低着头。我指了指烟。从尴尬中回过神的李简恩忙大声说,随便抽。我就拿了一支,点着了,继续打量她们。陈繁馥抬起头来,看着我,眼光有些茫然。怎么了?我问她。她摇头表示听不清楚。我就大声问了一次。哦,她大声说,我的美瞳掉了。李简恩顿时笑得歪倒在她身上。她推开李简恩,我说的是真的!

我就打开手机里的手电筒，俯下身去，在地上找了起来。结果很快就在一只桌脚边找到了它。陈繁馥接了过去，看了看，就笑道，真不好意思啊，这是日抛型的，你找到了，我也还是会扔了它的。她身体前倾，闭上右眼，让我看她左眼，说白天里就能看得清楚，是深蓝色的。

我的热心显然有些夸张了。这是我的毛病，容易为那些毫无意义的琐事忽然来了热情。她们决定请我喝酒。你不着急走吧？李简恩大声问我。不，我就坐到了她们对面。那只美瞳，被它的主人随手搁在了一枚变形的啤酒瓶盖里。我们碰了碰酒瓶。她们的酒量都很好。不到半小时，一打啤酒就喝光了。她们又叫了一打。关于名字的对话，就是这个时候发生的。后来李简恩说，你知道我们取这名字，是什么意思吗？我当然不知道。她就看了陈繁馥一眼笑道，我的，是说我这个人，其实很简单的，但知道感恩。她的呢，是说她其实是个很复杂的人，但有体香。说完她就大笑。陈繁馥没笑，只是默默抽着烟，弹烟灰的动作都是缓慢的。你看，李简恩又说，她看着就挺复杂的吧。我点了点头。那，她接着问道。你是喜欢简单的呢，还是复杂的？

后来的事，我就不记得了。

等我迷迷糊糊地爬起来，想着去洗手间小便时，抬头看了眼窗户，透过薄窗帘，发现天色刚蒙蒙亮，能隐约看到外面树的影子。

有鸟在叫。我只能隐约看到客厅里各种物件的轮廓。洗手间里的灯光是粉色的。我关了灯之后，头脑还处在不清不楚的状态里，等重新躺回到沙发上，手指头摩挲着毯子的花纹，我感觉自己仿佛又一次缩回到无光的壳子里，甚至都没来得及想这是哪里。

你是不是也该醒了？

有人在我耳边轻声说话。

我努力睁开被眼屎糊住了的眼睛。薄毯子把我从头到脚包裹成了蚕茧状。等我把头露出来，看到的是一张涂着黑色面膜的脸，嘴里还叼了根没点燃的烟。

"看不出来了吧？"她说，"是我啊，李简恩。"

我坐了起来，侧歪着靠在沙发背上，浑身酸痛。我看着她，有些茫然。她从茶几上摸起个黑色塑料打火机，终于把那支烟点上了，又问我要不要来支。我摇了摇头，胀胀的，沉甸甸的。手机在堆成一团的毯子里。已是上午十一点多了。十几个未接来电，几十条微信。除掉那些骚扰电话，几个同事的电话，剩下的都是我爸的。李简恩转身去了洗手间，说是要把面膜弄掉。我感觉有些迟钝，就又闭了会儿眼睛。

等我再次睁开眼时，发现李简恩又站在了旁边，脸上的黑面膜还在。

"你没事儿吧?"她问道。听到这略显低沉的声音,我才意识到,这不是李简恩,而是陈繁馥。她们不仅身材相似,穿的睡衣都是一模一样的。"不好意思。"她接着说,"昨晚不知道你酒量差,把你喝成了那样……还把你带到了我们这里,主要是不知道你住哪,我们等了好长时间,也没见有人打你手机,总不能把你丢在马路上吧,就只好把你带回来了……你这个人啊,比我想象的还重,差点儿把我们累死……你倒好,进门就吐。后来,我也吐了。"

据说,我后来其实就是自己灌自己,人家乐队都撤了,我还在那里自个唱。不过最后喝到昏昏欲睡的时候,我竟还知道抢着去买单,倒也是颇能看出人品。她们把我弄上出租车时,司机反复问她们,不会吐的吧?据说我当时还闭着眼睛,却忽然大声说,不会的,绝对不会,这是人品问题。说完我又睡着了。等她们把那些秽物清理干净,开窗通完风,喷过空气清新剂之后,已是凌晨三点多了。她们把我安顿在这个沙发上。薄毯子和抱枕是陈繁馥的。据说她给我盖上毯子时,我还知道说谢谢呢。

我并不是真的很相信。

她们两个都把面膜去掉了。

我怀疑她们是在一家医院里整的容。不用细看也能看出差别:陈繁馥的脸要略微方一些,眼睛大些,嘴唇略厚,肤色没那么白。

她的牙齿白且整齐,不像李有烟黄色。她说那是因为最近刚到牙院洗白过。

她坐在地板上的那个黑色懒人沙发里,若有所思地看着手机。李简恩则歪在长沙发的另一端,蜷缩着腿,抽着烟,不时看看仍有些茫然的我。

"你有猫?"李简恩忽然问我。

"我?"我愣了下,"我不喜欢宠物,任何宠物。"

"哦。"她点了下头,"我还以为你有猫呢……"

"我看着像有猫的人吗?"

"可你裤子上有猫毛哦……"

昨晚我是穿着衣服睡的,衬衫跟裤子上有很多褶皱。我发现裤子上确实有些猫毛,只是我一时想不起是在哪里粘上的。谁家有猫呢?我就在脑子里过了一遍最近接触过的人。可还是没能想起去过有猫的谁家。

"还有啊,你昨晚倒在沙发上的时候,还念叨过什么……"

"我?念叨什么了?"我努力搜索着脑子里的那个空白时段。

"好像是,在道歉吧……"她忍不住笑道,"听得我当时就大笑,你都毫无反应。"

"她逗你玩儿呢。"陈繁馥平静地说,"你都醉成那个样子了,还能说什么,我给你擦嘴你都没反应……"

我最后的记忆点,就是李简恩问我,你是喜欢简单的呢,还是复杂的?后面就都是空白了。我现在是清醒了。面对这两个陌生的女孩,我有点不知该说些什么。某种荒唐感跟某种诡异的好奇心悄然混搭着。这个客厅里,除了常用家具之外,还有很多盆栽的植物,占据了这里那里的各种空档,而且多数都是我不认识的。李简恩就告诉我,这都是我们这位植物达人搞来的,她还是个购物狂,你去她房间里看看就知道了。

"你们不去上班吗?"我随口问道。

"我们晚上才去的。"陈繁馥说话有些鼻音,"就在那个酒吧里……你是不是要去上班了?"

"不去了。"我看着手机说。

"那你干脆就在我们这儿待着好了。"李简恩说,"等晚上我们走时你再走……要是你还会做饭呢,那就更好了,我们冰箱里还有好多东西……昨晚让你破费了,今天就算我们在家请你了。"

"你别听她的。"陈繁馥头都没抬地说道。

"我觉得可以。"这样说着,我下意识看了看她的眼睛。她知道我在看什么,就故意挺起身子,睁大了眼睛,让我看她戴的美瞳。今天是墨绿的,有着神秘的花纹。

"怎么样?"她问,"是不是也很好看?我还有好多,可以每天换,不会重样。"

"有男的戴吗?"我被她的美瞳看得有些不自在。

"有的啊,很多小年轻的都喜欢……"

"有点怪怪的……"

"好玩啦。"李简恩插话道,"你也可以试试。"

"那可就是妖孽了……"

她们都忽然大笑了起来。

我已经很久没做过饭了。虽然偶尔也会一时兴起,去超市买回各种食材,想为自己好好做顿饭,结果却是那些东西放到了腐烂或发霉。我让她们把想吃的都搁到厨房里,然后就来到了阳台上。天是阴的。阳台上也有很多盆植物,有的还在开花,不过多数都是不开花的。这时候,爸又打来了电话。

"你妈走了。"爸说,我有点没听明白。他顿了顿,"回老家了。"好吧,为了什么呢?"她啊。"他叹了口气,"觉得我对她有很深的怨气……她指着我鼻子说,你啊,就是个奸臣,潜伏在我身边的敌特,一直在等机会,跟我来一次反攻倒算……别看你整天装聋作哑,可我知道你隐藏得多深……这个机会你是等不到的,门儿都没有!"

听到这里,我脑海里忽然浮现出类似于革命电影里的场景:老妈就像个革命者,毅然跟革命意志不坚定的丈夫分道扬镳了,独自前往解放区。最后的结果,应该是她代表人民把我爸绳之以法。可我还是觉得老爸隐瞒了什么。如此戏剧化的场面,注定会有一个让人诧异尴尬的源头。他不说,我也不会问。在他那充满挫败感的人生里，总得有个不可说破的秘密留在心里。再者说了，他也以自己独有的方式回应了那些挫败的时刻，就是在简单的口腹之欲里自得其乐。有些时候，我倒是有些羡慕他的这种对很多事情充耳不闻或无动于衷的状态，只要有酒，连花生米都是上等的美味。

"这周末，你不回来了吧？"临挂断电话之前，他又问了句。

"应该。"我想了想说，"还是回的吧。"

我感觉这不是他想听到的消息。

这个是我做不到的。

她们从那个大冰箱里掏出了好多东西。李简恩在客厅里大声说，"都做了，不要怕我们吃不了啊……"

客厅里回荡着流行的歌曲。多数是我没听过的。主要是我平时也确实没闲心去听。透过厨房的玻璃拉门，能看到她们丝毫没有要收拾房间的意思。李简恩戴着有对黑色兔子耳朵的耳麦，叼着烟，举着手机，摇晃着身体，满屋子乱转。陈繁馥则躺在那张长沙发上，正在跟什么人通电话，一只手臂伸得笔直，在沙发后面的墙上随意写着什么字，或是画着什么图案。

我把那些冻得跟石头似的肉类依次放到微波炉里化开了。我把它们都切好，焯过水。还有那些土豆、洋葱、胡萝卜、茄子、青椒、西红柿，也都洗净切好了。其间，我爸又来过一次电话。

"她在发微信咒我。"他说,"各种恶毒,我是受不了……你在哪呢?没上班吗?在做饭?什么朋友?我被她搞得心脏都疼……周末,你不回来也可以的。"我听着,手并没有停下来,就像个老练厨师,把一盘盘的菜料都摆好了。"这几十年,她是真把我……"他低声说着,我刚好把一盘鸡翅倒入烧热的油锅里,随着快速翻炒,火苗从锅边漫了上来,引燃了锅里的油,随即又因酱油的淋入与更快的翻炒而熄灭了。排油烟机嗡嗡响着。我说你们都快七十岁的人了,还在那里互相清算什么啊。他沉默了片刻,挂断了。

我想起小时候常看的那道墙。

把最后那道炖菜烧上,盖好之后,我才腾出手来,点了支烟。

她们正把脑门贴着拉门玻璃,看着我。后来,拉开玻璃门,我把烧好的菜都递给她们。等到大骨炖酸菜出锅了,米饭也盛好了,我们就都落了座。我坐在了她们对面。

"哎,这个场景。"陈繁馥寻思了一会儿说,"有点像电影里的……《饮食男女》?"李简恩听着就乐了,不会是色情片吧?我就淡定地告诉她,就是个老厨师烧菜的片子,他有三个女儿,最后都嫁出去了。"哦。"李简恩想了想,"这有什么意思呢?"然后就不言语了。她们默默地吃着。我把每道菜都尝了尝,味道都还可以,就放心了。

"哎。"李简恩忽然长出了口气,瞅了陈繁馥一眼,"这大概是我们出来后吃得最丰盛的一顿饭了吧?"后者看着她。

我没听明白。

"有啥不能说的呢?"李简恩歪了下脑袋,郑重其事地看着我,"半年前,我们从看守所里出来……"

"哦。"我没有露出诧异的意思,又觉得还是该说点什么。

"吓到了吧?"李简恩问。

"没有。"我说。

"哦,那说明你阅人无数喽……"

陈繁馥说她吃好了,都撑到了。她点了支烟,坐在那里看手机。过了一会儿,李简恩说她也吃饱了。我就放下筷子,看了看手机,也点了支烟。就这样,三个人在沉默中抽了半天烟。音响里一直在播放着流行歌曲。现在是一个女声在唱着:

"慢慢等,我看起来会很陌生……人山人海啊,那是什么样的……"

这一桌子的菜,我们已经很尽力在吃了,可看起来还像没怎么吃过。

我小时候喜欢坐到学校墙边大树伸过来的树杈上。

我离开时,已是傍晚五点多了。那一桌子菜,还在那里。她们说不用管的,等下了班,说不定我们还要继续吃呢。我就去了厨房里，把那些器具都洗刷干净，放回了原处。李简恩把左手举得高高的，对我竖着大拇指，另一只手则端了听可乐。

我又看了看楼下那些茂盛密集的树冠，在渐渐黯淡的光线里，它们看上去都是黑黝黝的，仿佛是飘浮在那里的。

"我们这里欢迎你常来啊。"李简恩在后面笑着说，"我是认真的，我们白天基本上都在的……"

这个小区还是挺大的。我拿着手机，边看边走，结果好半天都没找到出口。最后问了一个骑自行车巡视的保安才搞清了方向。后来在小区门口，我又站了好半天。我在犹豫，是直接回住处，还是到别的什么地方转转。这时候，有个老头，牵了条小狗，出现在小区门口。小狗活蹦乱跳的，想往前冲，被他用力拉住了，他在看手机。差不多同时，我的手机也响了。是妈妈。她要求我，你没事就多回去看看，给我盯着点，别让他犯错误，到了他这个年纪，已经犯不起错误了。我说好，我会的，放心吧。她沉默了一会儿。我感觉她好像要哭了。

车来时，她们都在微信里跟我说话了。李简恩发来的是个夸张的舞蹈表情，以及"感谢大厨"！陈繁馥的则是"今天让你受累了，说感谢很虚伪，那就说句泛泛点的，保持联系，希望有机会能再见到你，保重"。之前，从她们那里离开时，她从房间里出来，手里拿着一顶假发，是那种几乎可以乱真的墨绿色长发。她举着它，把我送到了门口。

"我戴这个感觉怎么样?"她戴上了,变成了另一个姑娘。然后她又故意睁大了眼睛,让我看眼里的美瞳,"这个是紫色的。"

"日抛型的?"

"当然。"她笑道,"好看吗?"

"好看。"我点了点头,"有点像亚马逊丛林里的女巫……要是脸上再画几道油彩就更像了。"

"像吗?"她就扭头对着旁边的镜子看了又看,"我还以为你会说像埃及艳后之类的……"

我还不知道怎么直接落地。

李简恩找不到陈繁馥了。

她觉得我应该知道去向。那天中午她一觉醒来,发现陈的房门还关着。她就坐沙发上玩手机,看各种短视频。后来她饿了,叫了外卖。饭后她又眯了一觉。等她醒来时,已是下午三点多了,陈的房门仍旧关着。她们是凌晨四点左右才到的家,都喝了很多酒。后来她又去敲了敲门,里面也没有回应。她就推了下门,门就开了。房间是空的,只剩下那张床。陈繁馥的手机也关了。发微信,结果显示:"对方开启了朋友验证,你还不是他(她)朋友。请先发送朋友验证请求,对方验证通过后,才能聊天。"

我的住址,是陈繁馥告诉她的。

自从那次在她们那里之后，我就再也没见过她，在微信里也没聊过。跟她有关的信息，都是陈繁馥跟我说的。比如，有一天她在微信里告诉我，"李简恩有了新男友，是个调酒师。"没多久，他就住到了她们那里。陈繁馥觉得很不方便，而李并不觉得。"我觉得，她是有点母性泛滥了。"陈繁馥说，"那个男孩说自己是个孤儿，七岁时妈妈就跳楼死了，爸爸也失踪了，是爷爷奶奶把他拉扯大的。他说的时候，我觉得有种不是很当回事儿的感觉……"就这样，过了半个月左右，她就不想在那里住下去了。

"我一直以为。"李简恩坐下来后说道，"她是跟你在一起呢……"她四处打量着我的客厅，"她说你们总是聊到很晚，有时甚至聊到天亮，然后你就直接去上班去了……我说为什么不让你来我们这里玩儿呢？她说你好像事情很多，不像有空的样子……其实我也不知道是不是真的像她说的那样，我觉得你总归有空的时候吧？"

"我确实也挺忙的。"我说道，"当然还不至于一点空都没有……我跟她其实就是在微信上聊，都是些家常小事……比如她小时候的事，上学的事，还有她七岁时因为家里穷被过继给人家的事，继父继母还有那一家子人，对她都非常好什么的……"

她站了起来，在客厅里转了转，走到那两个门敞开的房间门口看了看，又来到关着门的卧室那里，转头看了我一眼，"这是你的卧室？"

"对。"我走了过去，推开了门，她往里面看了两眼，然后又转身回到了客厅里。

"一看就是单身男人。"她摇了摇头,"够乱的……她还跟你聊过些什么,有没有说到过我呢?"

"哦,她说你,有了新男友……"

"然后呢?"

"说她不太习惯……"

"然后她就经常到你这里来了?"

"不是我这里,是别的朋友那里……"

"那她有没有跟你说起过,她在老家有个服装店的事?"

"哦,说到过,说是她的表妹在打理呢,经营得不好,所以她才会跑到这里挣钱,去贴补那个店,让它能继续开下去……"

"你应该是喜欢她的吧?"

"就是聊得来……"

"那你最近一次跟她聊,是什么时候呢?"

"差不多两周前吧……"

"她真的没在你这里住过?"

"一次都没有。"

"那你知道她把你的地址告诉我,是为什么吗?"

我摇了摇头。

"她说她以后会经常住你这里,你对她很好……说你是做理财的,她在跟你学……"她仔细观察着我。

"这个确实是我们后来聊得比较多的，"我说。"她以前没接触过这方面的事，但我一讲她就懂……"

"什么时候也给我讲讲呢？"

"这个没问题啊……"

"你们真的就没再见过？"

"一次也没有，我约过她几次，她都答应了，都是到了最后时刻，她又说临时有事，就没见成……"

"我还是不信你说的这些……"

我说的不都是实话。

后来，她站得有些累了，就坐到了沙发上，抽了几支烟，都是只抽到一半就掐灭了。她跟我说了那个男友的事。那个男孩其实跟她并不是真正的恋人关系，原因也很简单，他喜欢男的。他在一家酒吧里上班，她们偶尔会去那里，就认识了。她让他住到她们那里，纯属帮忙，他家里人一直在催他找女友，他请她假装他的女友，只要一个月就可以了，为此他会付她一笔钱，但要求保密，包括对陈繁馥。她就答应了。

"他不是孤儿吗？"

"怎么会？"李简恩愣了一下，"她说的？"

我点了点头。

"她跟我说起过。"她看着我的眼睛说道,"你带她理财,三个月不到就把她投的本金翻了一倍,真的?"

"是真的。"我没有回避她的眼神。

"然后你又把她介绍给自己的朋友,也是开那种公司的?"

"什么公司?"

"反正就是你们这行的了。"她有些不耐烦地说道,"那你告诉我,她为什么消失了呢?"

"我也很想知道……"

她站起身来,伸手从茶几上拿起了个东西。

"你不会是真的也开始戴美瞳吧?"她笑道,"还是蓝色的呢……"她当然认为这是陈繁馥留下的。而我的尴尬样子,又验证她的判断。

"这样吧。"她的表情严肃了起来,"我也不用再跟你绕了,那个男孩,哦,就是我男友了,他把自己的积蓄都拿给她去理财了……反正我是找不到她了,那我只好盯着你了。要么你帮我找到她,要么,我就天天来找你。"

她来到门口,低头穿上鞋之后,回过头来,看了看我:"对了,她有没有跟你说起过,她结过婚,还有两个小孩儿?好了,你不说我也能看得出来,她没跟你说过。还有啊,不只我在找她,还有好些人在找她,有的是熟客,有的是老乡……要是哪天我没了耐心,就把你家地址,你的手机号,告诉他们,反正你也不怕麻烦的,对吧?"

我其实是个很怕麻烦的人。

我敲门。我有爸那里的钥匙。可当我隔了一周再去看他时,却发现门锁换掉了。等了几分钟,里面终于传来了脚步声。有人从门镜里朝外看。我正看着,门开了,出现在我面前的,是个四十岁左右的女人。

我觉得她的穿着打扮多少有些夸张。她穿了身大红的长裙,还化了浓妆,穿着高跟鞋,脖子上戴着两串珍珠项链,眉毛是纹的,眼线也是纹的,还有一头棕红茂密的大波浪长发,头顶还别了副墨镜,当然最为突兀的是,我发现,她戴着美瞳,是暗金色的。

当她弄清楚我是谁之后,热情许多。她自我介绍是我爸的舞蹈教练,每周会来两次,教我爸学探戈。我并没有笑,只是想了想那个场景,老爸拖着那条僵直的右腿,在她的带动下,艰难地迈出奇怪的舞步。她说已练了两周的基本舞步,你爸进步还是挺快的,那条右腿啊,也比以前灵便多了。

说到我爸学跳舞,在我的印象里,那还是三十年前的事。那时老家正兴起跳交谊舞,先是在小广场上,后来还有专门的舞厅。他全身心地投入,大部分业余时间都沉湎在这事上了。直到有一天晚上,我妈冲进那个舞厅,把他当众臭骂了一通,还把那个舞伴也骂了,这跳舞的事才戛然而止。现在听到这个女人说他在学探戈,真有点穿越的感觉。

我在客厅里转了转，没看到之前放在餐桌上的那一大玻璃瓶白酒。厨房里也没有。就连原来爸常用的那个总是刷不干净的玻璃酒杯都不见了。她轻轻哼着探戈舞曲，站在那里，看手机，告诉我，这个教学视频，还是她去年在布宜诺斯艾利斯得到的……她在那里住了三个月，专门学探戈。她太喜欢那座城市了，那里的一切都令她着迷。她跟我爸讲了很多那个城市的事。结果我爸就表示，今年夏天无论如何都要去一趟阿根廷。她说话时手机里一直在播放那个教学视频，她的双脚自如做着动作。后来，她干脆就举着手机，自己跳了起来，仿佛我根本就不存在。

即使在我这个外行看来，她跳得也算很好了，能让你意识到，那确实是种肢体语言的表演，每个动作她都控制得准确到位。虽然没有舞伴，但她仍旧是全身心投入的状态。想到爸要是此时回来，见我也在，估计是会有些尴尬的，我就决定先走了。

她把我送到门口，跟我说，"你爸啊，为了学跳探戈，把酒都戒了。当然这是我最初就跟他提出的要求，戒了酒，才好跳舞，不然的话，不要说体力上不行，就是那个酒臭味儿，都会让舞伴受不了的。再说你看他在那酒里都泡的什么啊，我就跟他说啊，你整天喝这种酒，还能好？那里面的毒素都被你吸收了……不要说那条腿了，你整个人都得硬掉。"

我听着听着，就笑了。然后我向她表示了诚挚的谢意。临关门前，我就又多问了她一句，我们年纪应该相仿吧？她笑了，谢谢夸奖,其实我比你大五岁。我的惊讶表情确实不是装出来的。

我觉得说谎确实不是什么好事。

那个美瞳,是陈繁馥落下的。

我本来想着要把它收起来的,却忘了。李简恩认定,陈繁馥在我家里住过。我怀疑,从那天之后,她可能会经常游荡在附近。

陈繁馥在我家里住了一周。我请了年假陪着她。那些天里,我陪她去过几次服装批发市场,帮她拎回很多包衣服,再寄回她老家。她还给我买了两双不同款式的皮鞋,说我的皮鞋太丑了,穿着见人都会让人怀疑我的身份。她每天给我烧饭,说是为了报答我教她理财。

最后那两天,我们几乎都是在床上度过的。她跟我讲了过去的事,说在读书的时候,她其实像男孩,留着短发,喜欢打抱不平,第一个男朋友,就是在她为人出头时认识的。她之所以出来挣钱,主要是因为继父继母身体不好,几个哥哥姐姐家境也不大行,她本想在县城开个服装店来接济他们的,结果经营得不好,欠了很多债,到现在都没还完。说着说着,她眼睛就湿了。我们就拥抱在一起,然后做爱。她身上有很浓的烟味。我跟她说起离婚后的混乱生活,其中有些事情说来甚至很可笑,然后两个人就笑个不停,又抱在一起。她说你这样会把自己搞死的,我得跟你收费了。我就拿起手机，给她转了一笔钱。她觉得有点多了，就又转回一些。

后来，她沉默良久，跟我说，其实我还有些事是你不知道的，以后吧，我会告诉你的……希望那个时候，我还能找得到你。我说我又不会消失的。可是我会，她说，然后很认真地看着我。你知道我最喜欢的美瞳是哪一种吗？说完她就起身去包里取了戴上给我看。是深黑的。我贴近她的眼睛，仔细看了看，里面其实也是有花纹的，那种黑，看久了，会觉得仿佛看到了什么尽头。

我不知道她是什么时候离开的。

那天上午，我醒来时她就不在了。没过多久，就有同事打电话告诉我，公司里来了很多警察，带走了十几个高管和中层，还拿走了很多资料和电脑，要求所有人都不得离开本地，随时听候协助调查。到了晚上，我试着去订一下机票和高铁票，发现已受限制了。别的同事也是如此。

陈繁馥的手机关机了。微信也没有回应。我觉得她是看得到的，只是不想回应而已。我告诉她李简恩来过的事。已经有过几个陌生人给我打过电话了。估计再这样下去，他们可能会找上门来了。我提醒她，尽快把她账户里的钱提出来，否则被查封就麻烦了。另外，就是把微信里的聊天记录都删掉，所有的。

我在删除我们的聊天记录之前，又重新看了一遍。聊了很多很多。差不多每次都能持续几个小时。有几次还是通宵的，当时放下手机睡下的时候，我甚至感觉像是从一个梦转到另一个梦里。现在，它们是彻底静止的，在那里。

她：那天你走了，我在去酒吧的路上，在想，你应该是养过一只猫的，只是后来，它死了。

我：确实，是有过一只猫，养了两年多，死了，是在夏天里，去宠物医院看过两次，都说没什么病，我就只能把它带回家里，眼睁睁地看着它，卧在沙发下面，露出半个头，慢慢地死了。当时天气很热。我是摸着它的身体一点点变冷的。

她：还好，至少不是你打死的。

我：什么意思？

她：呃，以前我听人讲过，猫在发情期的时候，是非常讨厌的，特别是没阉过的猫，会到处喷尿，也可能不是尿，就是那种味道很难闻的体液吧，然后你就会忍不住想制止它，甚至教训它……

我：它没在发情期。

她：嗯，我知道，你也不像是有洁癖的人，也不像是那种容易暴躁的人，只是有时候比较消极，这一点，我有点吃不准……根据我的经验，有时候，那种过度的消极，也能引发人的暴力倾向……

我：你不会是学过心理分析那套玩意儿吧？

她：讽刺我？

我：没有，就是感觉很多搞心理分析的人都喜欢这么说事……

她：我上初一的时候，打死过一只猫，是我亲生父母家里的。

我：为什么？

她：是不是很震惊？

我：有点……

她：它咬坏了我小时候的一个布娃娃，还在上面喷了它的体液，我就怒了，把它堵到了仓房里，随手抄起根棍子就乱打它，结果，就打死了……后来我把它装到布袋子里，到后院里埋了，埋在一棵桃树下。等到来年，那棵树开花时，我还去看过。这件事，我从没跟人说起过。

我：为什么要跟我说呢？

她：因为我希望你知道。我对你有种奇怪的信任。我跟你不一样的地方，是我不会后悔。同样是在埋掉猫的时候，你可能会掉眼泪，我不会，我会很平静。不要以为我冷漠无情，我对我的继父继母很有感情，对哥哥姐姐们也很有感情，我会报答他们，尽我所能……他们在我高三辍学出来打工的时候，都没有骂过我一句。

我：嗯，你是个重感情的人。

她：难说。

我：我能为你做点什么呢？

她：等我想歇一歇的时候吧。

……

她：我们头回见到的时候，在那个酒吧里，你好像说过是在等一个人，结果那人最后没来……我有点好奇，那是个什么人？要是那人来了，我们就不会认识了，对吧？

我：有可能。

她：是个女的吧？

我：是。

她：女人的嗅觉。就像我从一开始就感觉到你是喜欢我的，或者说有点喜欢我这种类型的人吧……你知道我为什么执意要你付钱吗？我不想让你对我有一点幻想，这不是谈恋爱，是工作，只有这样才不会有什么负担……其实你这个人啊，哪怕明知道是不真实的，也要先拉上感情垫底，否则就没法进行下去。她是你相好的？

我：其实不熟的……

她：估计也是。不熟也就没负担了，对吧？熟了以后，也就有负担了。另外我发现，只要我有一点冷淡的意思，你就会退得远远的。那天我给你讲那个杀猫的故事时，你肯定会想，这得是多么心狠的人啊。结果你最后竟然说我是个重感情的人，我就觉得啊，这人也是个不多见的奇葩。

我：那个故事，是你编的？

她：说明你对我还是怀有善意的，别人是不会像你这么想的。那天晚上，你给我讲了你那些自己听着都觉得可笑的事，说实话，我听了还是有点难过的……后来你睡着了，我就想啊，我对你也还是怀有善意的……不过你是不会明白的。

……

她：要是有一天，你找不到我了，不要担心，那说明我变成另一个人了。

我：为什么？

她：为了大家都过得安静些……

我：……

她：别多想，有些事不一定要有答案的，要么就永远不会有，要么就自己慢慢长出来。

我：我不多想。

她：嗯，这样最好。

……

我也会觉得自己是有些可疑的。

那些人还是报案了。

他们要求警方缉拿陈繁馥、李简恩，还有我。李简恩把我的住址和手机号都告诉了那些人，说我是幕后主使者，然后也消失了。尽管他们从没见过我，仍旧迅速地堵住了我家门口，直到警察赶到。实际上跟他们签订投资理财协议的那家公司里，并没有陈繁馥和李简恩的名字，跟我也没有任何关系。该公司早已作鸟兽散，法人和实际控制人都已人间蒸发了。最后让这些报案者崩溃的是，就连查获的公司账目里，都没有找到他们所签订的协议。

"你难道不知道她们的名字是假的吗？"警察问我。

"知道是知道，"我说。"可也没必要去要来身份证看看……我跟她们又没有别的方面的来往。"

"那你就老老实实地讲一讲吧。"

证明我是清白的过程，比我想象的要复杂得多。警方调取了我的手机通话记录、微信聊天记录，我住的小区以及陈繁馥她们原来住的那个小区的监控录像，以及我名下的所有账户资料。当然他们随即就发现，我还是我们那个公司的中层，属于等待接受调查的人员，就怀疑这两个案子有关。他们连夜对我进行突审。我知道他们并没有发现什么真正意义上的证据。我一遍又一遍地复述着，我是怎么跟她们认识的，为什么会在她们那里住过一晚，陈繁馥又为什么会到我家里住了一周，我为什么要给她转款十万元，她又为什么退回两万，以及李简恩来找我的那几次都聊过什么。

后来，他们问，你不想见见她们吗？我说想。他们说她们都交代了，就剩你了。我说我已把知道的都说了。他们说，还有呢。我就又一次复述了全部事实。我说的都是实话。实际上，我也并不相信他们已经抓到她们了。另外，在我们公司那件案子里，我也只是个无足轻重的角色，既不属于融资部门，也不属于放款部门，加上最近一年来，我的表现实在糟糕，就连分红的机会也失去了。突审直到凌晨两点多才告一段落。

次日上午，审讯继续，只是换了两位警察。出乎我的意料，他们的询问从一开始就简明扼要。等我要再次复述了昨天说过的那些事情时，却被他们制止。他们让我在笔录上签字按了手印，然后告诉我，你可以走了，但不能离开本市，随时听候传讯，配合调查。

取回个人物品之后，我还是有些恍惚。据我所知，像我这种情况，即便是发现并没有什么实质问题，再审上几天甚至更久也是正常的。而且，尽管我把那些事实讲得很清楚，但并不代表我就可以免除嫌疑。在往外走的时候，我看到走廊里有几个同事刚被带进来，估计我的筋疲力尽的状态也让他们有些紧张，以至于都迅速地转开了眼神，装作没看到我。

来到外面的阳光里，我也觉得自己是可疑的。换成我是他们，恐怕就不会这么轻易地放过我了。我掏出手机，正准备叫辆车，却忽然看到不远处站着一个人，正在看我。是我爸。

他叫了辆出租车。我们钻进车里坐定之后，他只是看了看我，并没说什么。我也不知道该说点什么，只是脑子里还在不时地盘旋着昨晚被那两个警察反复审问的场景，就像一种反复持续的挤压状态，而我已被挤出了所有的东西，那挤压却还在继续。

此刻，坐在行驶的出租车里，看着窗外流动在阳光里的街树、行人、建筑和车辆，感觉所有这一切都在反复冲洗我的脑子。那两个女孩的形象又浮现了，我不知道她们现在身在何处，不知道她们是如何参与那个骗局的，感觉她们就像汪洋里的两座小岛，我曾到过，现在却又跟不曾存在过一样，而我呢，就像沉船的幸存者，被丢在了漫无边际的荒凉大海里，抱着块木头，脑子里只有空白。

出租车开到了我爸住的那个小区里。我发现他的那个右腿确实不像以前那么僵硬了。我跟在他的后面。在电梯上升的过程中，我们互相都没看一眼。电梯里的那个广告屏幕上，正在播放某家民营整容医院的广告，里面的模特笑靥如花，明眸皓齿，甚至还能看出瞳孔周围的褐色花纹。

我颇为意外地发现，多日不回来，这里又变得乱糟糟的了。最为意外的还不是这个，而是餐桌上，又出现了那个大玻璃酒瓶，里面的酒不是全满的，上面还留出了些空间。我过去仔细看了看那澄清的酒体。我们坐在餐桌那里，都点了支烟。

"你跟她们。"爸看着那支烟说，"怎么会搅到一起呢？"

"无聊吧……"

"无聊也得有个限度吧？这么大的事儿，本来跟你半点关系都没有，你也能把自己绕进去……要不是我那个老朋友，你还得在里面蹲着……他跟我说，你那儿子啊，还是挺有意思的，竟然跟警察说，要是我看我自己这情况，也会觉得可疑。好在他看过你的案情后，就知道你其实没什么事儿，否则的话，你也只能在那儿熬着了……另外那两个姑娘也没留过什么案底，半点线索也没有。"

"我妈知道吗？"

"怎么会告诉她……"

"我在里面的时候，后半夜睡不着，也没法睡着，就想起很久以前的事了……"

"什么事？"

"就是那年，我妈单位分了个旧房子，然后我自己搬过去住……"

"哦，那是好久以前了……"

"嗯，那天我把最后一点东西也搬过去的时候，正好是下午，我发现我妈已经在那里，正跟一个朋友有说有笑的，特别开心的样子。窗外有个小院子，里面有棵小树，她跟我说，好像是苹果树呢，那个人说，这就是苹果树，我好像从来没见她这么开心过……"

"哪个朋友呢？"他把半截烟摁灭在烟缸里，"我认识吗？"

"应该是认识的……"我看了他一眼。

"然后呢？"

"然后我就走了……我还记着你当时刚调动了工作，很喜欢跳舞，出差去湖南的时候，还特地找舞厅跳舞，你的同事还特地给你拍了些照片，你还有印象吧？你戴着那种做工粗糙的假发套，也是笑得特别开心的样子，咧着嘴，露着白牙，看上去还挺搞笑的……"

"你不说，我都忘了……"

我们又都不说话了。

就这样坐了好半天，他才站起来，把椅子拉开，从桌子下拎起一只好像充了气的塑料袋。等他把它拿到桌子上，我才发现，竟然是满满的一袋子活的雄蚕蛾。看不出有多少只，就是密密匝匝的，有些在上面不停地扑腾，互相碰撞着，多数则在下面翻滚挤压在一起。

他先是把酒瓶盖子取下，然后略松开塑料袋口，把气放掉，一只手握着袋口，另一只手则伸了进去。就这样，我看着他，把那些活的雄蚕蛾一只只地抓出来，放入酒瓶里……那些刚落入白酒中的，先是不动，随即就拼命地扑腾起来，试图向上飞起，但都是撞到了瓶颈壁上，又坠入酒里。随着雄蚕蛾越来越多，这扑腾的场面就显得越发可观了，它们无一不在拼命挣扎，酒里也在随之不断泛起细小的气泡。等到他把最后一只也放进瓶子里，就把盖子塞上了。然后他点了支烟，默默地注视着那些扑腾不已的蛾子们。我也在看着。那些蛾子逐渐停止挣扎的过程比想象的要短些，最后停止挣扎的，都是在最上面的，等到下面那些都已不再有任何轻微抽搐时，有一些还在偶尔扑腾两下，直到耗尽最后一点能量。这最后的几秒钟里，我有种近乎窒息的感觉。

"你们什么时候去布宜诺斯艾利斯呢？"我问他。

"什么？"他明显有些诧异，"去哪里？"

"你的那位探戈教练。"我若无其事地说，"她说你们会去……"

"哦，那个……"

"怎么了？"

"没什么……"

"我看她还是很专业的,人又热情爽朗,跳得也好……"

"是吗?"

"那天你出去了。"我说,"不过我发现,你的腿,看起来是好多了……"

"嗯。"

我看了看那一大瓶白酒,还有里面那些寂静的雄蚕蛾。他下意识地伸出右手的食指,在瓶子壁上轻轻地弹了弹,发出金属般的轻响。我也不清楚自己在想些什么。

我看着餐桌的布满木纹的桌面,仔细搜寻着。爸转过头来,打量了我几眼,问我在找什么。我说没找什么。过了一会儿,我终于还是在桌面的另一端,靠着一个茶杯的地方,发现了它们,一对暗金色的美瞳。我就起身过去,把它们都粘起来,反复看了看,又递到爸的面前,就跟他当初把酒里的那种风干后的雄蚕蛾夹给我看一样。

"这是什么?"他伸手粘起一个美瞳,拿到眼前,仔细看着。

"美瞳。"我说,"其实就是隐形眼镜……"

"谁的?"

"你那位教练的吧……"

"我都没注意过……"他出了会儿神,"为什么要戴这种东西?"

"隐形眼镜。"我说,"这种是日抛型的。"

"什么?"

"就是每天戴过后,会扔掉的那种……"

听我这么说,他又陷入了沉默。大约又过了十来分钟,他才忽然出离了走神的状态,又看了看酒瓶子里的那些一动不动的雄蚕蛾。我也在看着。

"你晚上,住这吗?"

"不。"我想了想说,"回去。"

"嗯。"他又沉默了片刻,"也好……"

极 限

0

碰不到一个人。

1

"……这个完美的时代里,工作已非谋生手段,而纯粹只是消遣。除了农业,所有生产都由人类中心网络系统控制的智能机器人在地下几百米深处的密闭工厂里来完成,在地球的表面,我们能看到的就是大自然的美景,而没有任何工业痕迹……坐在家里,所有食物和生活用品都会无限量供给,你只需对着那个联合政府提供的生活服务器说出:我要……人,从头,到每个器官、四肢、皮肤,都可在衰老或损坏后更换，基于人的基因……当然，这也意味着只要你愿意，就可以更换整个身体，只保留头，甚至只保留大脑。而最新的科研成果，则使人类终于摆脱了身体的束缚，只需将大脑保存在脑体生活中心，通过网络即可以实现一个人的全部生活与存在。也就是说，假如有人厌倦了以身体来存在的这种传统方式，随时可向人类管理中心申请'脑存在方式'——通过审批后，他就会被送到指定的地方，取出大脑，置入独特的全密闭脑仓，留下的身体则会被冷冻封存起来，直到哪天此人厌倦了'脑生存状态'，申请恢复身体生存状态时，再给予复原。首批志愿者的实验证明，'脑人'的生活是异常富有创造力且丰富多彩的，人类从未如此自由地存在过。在我们这个社会，传统的人，更换过器官的人，更换过身体的人，脑人，当然也包括各种级别的高智能机器人，网络虚拟人，等等，正在共同创造地球作为宇宙中最为灿烂辉煌的文明体的巅峰时代。

"……生育孩子也已不是夫妻的事，而是人类繁育中心的工作。任何人，不论男女，都已省去了生育功能，因为他们随时可以申请拥有一个孩子，当然，这需要等待，因为限量配给制——人类必须保持一个明确约定的规模，不能多，也不能少。只有某个人向人类存在中心申请不再活下去并已确认其死亡时，人类繁育中心才会制造出一个孩子。少一个，补一个，就这么简单。更为人性化的是，对于那些申请不再活下去的人，人类存在中心也会提供两个选项：

一是直接同意其终结生命，二是将他/她冷冻起来，由他/她自己设定时限，等到时限到了，智能真空冷仓将自行启动解冻程序，将此人恢复常态并唤醒，随后，若此人仍决意死，就会如愿以偿。按最初的设想，至少五十年内不会有人思考死亡的问题。而后，也许将会逐渐出现少数决定去死的人。也许，还有很多人会选择冷冻选项。那时将会出现第一个繁育人类的高峰期，随着很多人选择死亡，那些期待孩子多年的人将会得偿所愿。"

2

越是愚蠢的行为，就越是会被洋洋得意地说出来……银河深处，N类太阳系里，第六颗行星的那九个月亮，你总是称它们为"超级喜剧明星小团体"，因为它们表面都是厚达千米的冰层，个个看上去都是那么晶莹剔透、喜气洋洋，实际上又冰冷至极，每次见到它们虽说只有短短的几分钟，但都会有种被它们那无与伦比的喜感所淹没的感觉……直到看到我们的那颗月亮，这种感觉才会被某种无法描述的乏味与尴尬的感觉所取代，它已在一百多年前就被人类掏空了，变成了人类及机器人的永久墓地。只有在这里，人类祭扫先人的仪式作为古老的习俗被耐心保留着，从人类繁殖中心生产出的第一批人开始，每批人的成人礼都在这里举行。地球上已没有任何人类的历史痕迹，所有精挑细选出来的作为历史证据的实物与样本都被完整地保存在月球海位置下面几百米处的巨大空间里——人类历史博物中心。掏空月球导致的月震会有规律地发生，经过能量转换装置的处理，这种震动的能量会被转化为一种钟声，不时在月球表面回荡，这种声音会被另外的装置清晰地传达回地球，在周日的早晨、中午、傍晚和午夜各播放一次，每次一分钟。科技的高度发展，使地球上只有两类人，一类是野心勃勃的，一类是无所事事的。前者不断去推动科技发展，更深入地探索宇宙，发现类地星球，创建移民基地。而后者就像观众一样，尽管也在参与其中，却并没有真的做出什么有实际意义的事。他们不需要做什么深刻的思考，无论是对于世界，还是对于人本身，都是如此。他们要做的似乎也就是享受这漫长的生命存在过程，不需要担心死亡会随时降临，对于他们来说，没有什么是困难的。他们常常也被称作旅行者。因为他们总是会被飞船送到某个新基地，去体验那里的生存环境，略有了解之后，就再次离开，回地球休整一段时日，更换了一些器官之后，再度启程。因为所有的交通工具，以及所有的可更换的人类器官，都是智能化的，也就是说，当你出了问题时，无论是有意还是无意，都会被监控中心立即发现，并以最快的速度进行救治——急救中心的飞行器总是会在几分钟内抵达你身边，将你带回去，在最短的时间里修复你。从这个意义上说，对于人，真正困难的，是结束。

3

飞船距离地球还有三百光年，JOY在卵形睡眠舱里醒了几分钟。醒来时，感应投影束已根据她的意识指令在她的角膜上逐一呈现飞船的飞行数据、方位坐标，以及附近星系情况，当然也包括飞船的飞行路线，第九宇宙速度下的飞行姿态……若是简化为十几秒的过程，看起来就会很像一片叶子从树上飘落，当然你也可以理解为像一片叶子以同样的姿态动作从地面飘回到树上，而实际上，准确地说，其实更像是一个乒乓球在太空中的看似随意地不断借力跳跃，而每一个弹跳点就是一个星系引力场的最佳切面上的核心点。她原本可以起来去公共空间里转转的，但想了想，还是算了。这样的旅行在她的经历里已是司空见惯，早就毫无新鲜感可言了。三百光年的距离，飞船的飞行时间相当于地球上的三十小时。对于JOY，其实就是眼睛闭上然后睁开的过程，被系统唤醒之前，她在另一个世界。在过去这106天里，她几乎95%的时间都处于睡眠状态里。她给自己预设的唤醒点只有九个。现在，是最后一个。

4

去老N那里。对私人飞行器轻声发出指令时，她多少有点儿恍惚，一时间甚至没能想起上一次说这句话是在哪一年。有十年了？其实她可以立即询问飞行器系统，调出当时的影像资料，只需要几秒钟就能找到答案，但她并没这么做。她宁愿搜索自己的记忆。记忆当然是模糊的，但也会有清晰的时候。最先浮现脑海的，是一台造型简约至极的卵形舱，它确实就像一个巨型的蛋，无论是材质还是色泽，都像极了，甚至根本都找不到开启的缝……它的直径有两米，宽度一米。十分钟后，她已出现在老N工作室的门外。识别系统早在她从飞行器里出来时，就已通过了验证，在她走上台阶时就为她打开了工作室的门，甚至还出乎意料地播放了一首她最喜欢的歌曲，一百年前曾流行过的《某时》。

　　这个工作室的外形，其实有点像当年悉尼歌剧院的微缩版，当然仔细看就不像了，倒更像是几个半透明的玻璃蛋壳。老N喜欢没事儿时待在南侧的那个最大的厅里，那里视野开阔，白天可以眺望无边的原野，而夜间则适合仰望广阔的星空。经过长长的走廊时，她没有闻到任何熟悉的气息。来到那个厅的门口，门自动开了。她停住了脚步，那把仿生躺椅的靠背上露出那抹灰白凌乱的头发，他好像在打盹。这是他的习惯，每当出现最佳透明度的夜空，可以观看更多的星辰时，他就会在这里松弛地打盹。他说在这种时候，他总能听到它们的声音。当然，这指的是它们放射出来的射线波在太空深处相遇时所发出的微妙荡动的声音，在他听来这显然比世界上曾经存在过的任何音乐都要动听百倍，当然也要看心情，否则的话也可能是更为乏味的。

她慢慢地转到了他的面前。茶几上已泡好了她喜欢喝的来自人马座卫星实验基地种植的绿茶。他闭着眼睛，没戴眼镜，呼吸均匀。她坐下，在那个洁白的卵形沙发里，继续打量着他。跟上次见到时相比，他明显衰老了。作为地球上为数不多的选择自然人生存模式的人之一，在她眼里，他的衰老显得有些触目惊心。因为这么多年以来，她没见过几个自然衰老的人。她看到的都是些不会老的人。在很大程度上，这个社会现在只有"年轻人"。而像老N这样选择自然人生存模式的人几乎极少会出现在人们的视野里。跟三十年前一样，跟十年前一样，她依然年轻，貌美，浑身上下的任何细节都是如此。她看着他的脸庞，看着那些明显加深的皱纹，还是会有些伤感，或者，也可以理解为某种莫名的触动。在这样的一个社会里，如果一个人还能保留些许自然人的状态，那就是在面对另一个真正的自然人时会被莫名地触动吧？要是用脑波理论来解释，就是出现了脑波异动中的峰峦景观，而在脑波检测仪的屏幕上，则可以看到类似于地壳巨震期间峰峦起伏的场景。他曾告诉过她，人在这种时候的感受力、直觉力、想象力、超感力都是最强烈的。

5

三十年前的那个晚上，在这里，面对那台他新研发出来的蛋型仪器，她有些茫然。他为她讲解了它的主要功能。一种功能，是以人体为界限的，你躺在里面后，仪器启动，你就可以实现通过自我意识进入到自己的体内，像最微小的细胞那样在身体里做无尽的漫游，最后可以在脑部皮层沟回里找到那些涉及各种记忆的快感节点，你想要的任何快乐情境，或者是各种虚拟的戏剧情境，都可以在那里实现完美体验。还有一种功能，是向外的，以宇宙为限度，你可以借助自己的意念实现在现实中不可能的全宇宙之旅，能以光速无法比拟的速度抵达你的意念所能捕捉到的远远超出人类实际探测范围的任何星系。它的原理？当然是他一直在研究的磁场弦变理论。简要地说，就是人体本身所拥有的磁场虽然微小至极，但与宇宙中的任何一个星体磁场在本质上其实是一样的，再往大了讲，与整个宇宙的磁场也是一样的。在磁场弦变理论里，有一个重要的原理，即：物理质量不再是决定磁场关系的最为关键的要素，在某个点上，一个沙粒般的物体，可以凭借其磁场与整个宇宙的磁场发生共振效应，实现瞬间信息置换。也就是说，从这里到那里，从一微米到几百亿光年的空间距离，在这种置换方式里将不再受任何意义上的时空单位的局限，一个意念可以即刻抵达任何宇宙中的任何一点。她记得当时在讲解的过程中，他还提到未来的升级方向，也是最为困难最吸引着他的一个研究方向，简要地说，就是实现人脑基本能量及相应信息的完全转移。

6

当初她之所以没接受他的邀请，进蛋舱里体验一下，只是因为她觉得自己可能对他产生了某种无法理解的依赖心理，这个刚刚决定以一个自然人的状态活到人生终点的男人。她一时没能分清的是，瞬间刺激到她神经的，到底是他这个出人意料的选择，还是他那非凡的思想力以及发明创造力，或是兼而有之。自从更新了整个细胞系统，并更换了心脏之后，她就追随着时尚的脚步开始了长达三年的漫游。她在Z星系中的卍字大火星上的移民基地里度过了三个半月，作为志愿者参与了新人种繁殖计划里的多数环节，并贡献了自己的几颗珍贵的卵子，一年后，她将再次到这里见到属于她的"孩子"，跟他一起生活一年，以便接受进一步的研究……据负责此事的专家介绍，这种新人种是专门用于人类探索那些并不适合传统人类生存，但仍有其他生命迹象的星球而设计的，他们有着超过人类百倍以上的环境适应和生存能力，而且其大脑也有别于传统人类，几乎是从诞生那一刻开始就已100%地开发完毕的……只是为了防止他们成为人类的敌人，每个新人的脑干中都被植入了直径只有一微米的超微芯片，如果任何一个新人试图摆脱为其设定的任何模式，那么这枚芯片就将发挥致命的作用，随时可以阻断其大脑的正常思维。她对这些并没有什么兴趣，甚至还有些反感。

此后她还作为志愿者参与了另一个更遥远些的类地星球上的宇宙导航式驻留站落成后的首批体验者计划，并顺便接受了半年的培训，获得了在那里工作的资格认证。当然她并没选择留下。因为她的兴趣仅仅是体验一下而已。她还要继续体验其他的地方，其他的生活方式。在大学那几年里，她的选修方向是"地球磁力场与行星轨道变迁史"。在论文答辩会上，她认识了N教授。当时他作为最后一个发言者，对她的论文进行了毫不客气的批评，同时也指出了其他教授没有发现的一个亮点，关于她在论文结尾处的一个猜想：在每次南北极磁极互换的过程中，如果有体积达到地球1%的小行星经过地球附近，并且距离刚好在365万千米时，地球轨道就会发生偏移，而这样的现象在地球诞生以来至少发生过十三次之多。一亿年以来的地球生态系统的每次巨变，很可能就是源于最近的那次轨道偏移。N教授在批评时指出，她的思维其实存在两个系统：一个是常规系统，导致她写下这篇论文的绝大部分内容；另一个则是非常规系统，造就了论文结尾部分的猜想。答辩结束后，她很自然地跟随N教授出来，并共进晚餐，随后又应邀来到了他的私人工作室。当他直率地询问她是否愿意成为他的助手时，她犹豫了。离开前，她坦白地解释了自己不能接受这个邀请的原因，主要是她不想从事一个没完没了的工作，而只想到处走走，体验不同的生活。在她准备离开之前，教授把她带到了新研制出的那个卵形舱体面前，告诉她，你在这里面就可以让你经历你想要的任何体验。结果出乎他的意料，她还是拒绝了。

7

这个女孩的果断，令N教授颇为意外。但她能感觉到，这个意外丝毫没有影响到他的心情。他盛情地拿出自己珍藏的一饼百年老茶，说这个茶叶产自月球海种植基地。说实话，她并没有喝出这茶跟之前喝过的陈年老茶有什么本质的不同。也是在那天，她知道了教授的选择，以一个自然人的方式走向生命的终点，而拒绝了两百年内不死的选项，在那一年，全球只有三百个人做出了这样的选择。她不是个好奇心强烈的人，但她确实有点想知道，他为什么要做出这样的选择？是出于对人类生活的厌倦，还是因为过于相信尚未完全证实的"灵魂不灭理论"，试图彻底摆脱肉体的束缚，成为真正意义上的自由人？可是，当她终于下决心去问的时候，他的回答简单得让她无语。他告诉她，灵魂跟肉体一样，只是人类的一种幻象，造成这种幻象的根本问题，则是由于人类完全没有意识到，灵魂作为一种基本能量的存在，如何在本质上是不灭的，又如何得以通过人的存在显现为无可争辩的事实。他之所以会有如此选择，说到底，只是由于在他看来，灵肉二元必选其一的逻辑其实是没有任何证据的，一个人选择长久地活下去，或是活到某个年纪就死去，都可以不需要任何理由。为什么需要理由呢？所有的理由，在本质上其实都是为那些不知道生命、能量与存在究竟是什么的人准备的误区。只要需要，他完全可以是一粒灰尘。

8

自从老N在三十年前提出"地球磁场阶段性紊乱理论"之后，他就在人们的视野中消失了。据权威消息称，导致他隐居的真正原因，其实是他提出的"极限理论"受到了普遍的质疑，甚至是百年来最强烈的批判。所谓的"极限理论"，是指他认为在人类探索宇宙的进程中，对于能量的过度需求将会使人类陷入突然出现的能量极限点，具体些说就是将会导致整个太阳系能量场的意外坍塌，而这一坍塌所产生的连锁反应的后果，则将是整个银河系能量场的异动与间歇性紊乱。由于人类探索宇宙所建立的所有太阳系外基地都处在银河系里，这种间歇性紊乱将会造成所有基地因能量异动而忽然毁灭。这一理论也因此而被视为绝对不能接受也无需讨论的异端邪说，遭到科学界的普遍抵制，并促使人类科技发展中心提出动议，禁止这种理论以任何方式传播和研究，并获得了地球联合政府的批准，但政府下达的禁令中最后强调，此禁令虽为无限期，但并不限制N先生个人进行相关的研究，只是禁止他以任何方式和渠道发布相关研究的信息而已。同时,他之前发布的所有研究成果都被人类科技系统毫无保留地删除了,但备份被允许储存在绝密的档案数据库里。其实,令人们不安甚至恐慌的,是他的研究中隐含着这样一种观点:人类到目前为止所有的科技研究,尤其是对宇宙的探索与所谓的开发,都是盲目而又无意义的。在他看来,人的灵魂作为一种基本能量如果不能被真正发现其存在的实质与规律,也就意味着根本不可能理解整个宇宙能量的存在规律。对于他来说,尽管佛教思想在某种意义上已然触及了这两个规律的界面,但仍然属于人类意识层面的触及,而不是超越后的本质能量意义上的觉醒。说到底,人并不是宇宙存在的前提,尽管宇宙无疑是人的存在的前提。这也是为什么人类至今无法理解物质世界之外的存在意味着什么的根源。现在的宇宙,过去的宇宙,将来的宇宙,仍旧只是诞生于人类脑海里的存在。

9

"……在宇宙中,从能量场的角度看,每个星系都像个气泡。对人类而言,它们是极其强大的,可是在整个宇宙的层面上,它们又都有其脆弱的一面。一星系里的所有星球都是这个气泡里的小气泡,就像人的脑细胞一样,作为一个能量场,人也是个气泡,只不过,是宇宙中最为微不足道的一种而已。一个气泡，无论它有多么的渺小，在破裂之后，能量也不会消失，而是会找到另一个仍然存在的气泡，即使不是'找到'，也会在游离中的某个瞬间自然而又被动地被纳入另一个刚诞生的气泡里。只有那些有能力去'找到'的能量，才可以是'永生'的。"

10

这段话，是她在飞船中唯一一次实现与老N的意念同频的时候听到的。以至于她会觉得这更像是一个梦里发生的，因为毕竟再也没有出现过类似的经历。而"意念同频"的说法，其实是她多年前在老N的一篇文章里发现的。但是此时此刻，站在他的面前，面对仿佛熟睡中的这个人，这个生命有限的人，她所想的可能并非要求证这种说法的真实性以及原理是在什么意义上生成的，而且看起来她也并不急于要探讨什么话题，尽管在此之前，她的脑海里或许已经浮现过很多不同类型的问题。现在她只想坐下来，在他的侧面，那个卵形的沙发上，静静地待着。透过那巨大的半球形玻璃窗，她看到澄净的星空正以前所未有的状态展现在那里，看上去就像是从未看到过似的，是初次为她而展开的全新视界……她已经历过无数的星系，见证过无数壮观的星系景象，但跟眼下这个遥远的星空相比,似乎都不值一提了。所有的星辰都是如此渺小,闪烁着微妙而又极有限的光芒,仿佛每一颗随时都有可能会熄灭,但这不重要,重要的是她满足于这样一种距离感和观看的状态。而且,在黎明的出现跟他的醒来之间,并没有哪个显得更重要一些。她偶尔也会仔细观察一下眼前的这位老人,这个有一天会死去的男人,在很大程度上,她知道他的理论或者说思想还不是她所能完全理解的,甚至可以说,她还不能完全相信他的判断的基础层面是完全成立的,但那又怎么样呢?这丝毫不影响她愿意这样平静地待在他的身旁,哪怕他可能明天再也不会醒来,突然就停止了呼吸。时间仿佛是静止不动的。虽然她能感觉到天色的细微变化,夜空的颜色是以极缓慢的方式逐渐变淡的,但她仍然觉得时间是近乎静止的状态,也就是在这样的时刻,她忽然感觉到,他的意念出现在了她的脑海里,就像黎明时海面上出现的一只海鸥,远远的,在灰白波浪的表面闪动。

11

其实,他的意念是无形的,正像她的脑海此刻是空的。他的意念是某种类似于气息般的存在,是某种波,一阵阵一圈圈地荡开在她空空的脑海里。她并未因此而让意念与之立即对应。就像观察星空一样,她近乎无意识地观察着他的意念的无形浮现。外面,幽暗墨绿的原野正逐渐显露模糊的轮廓,在远处,森林边缘开始浮现之前,一只大鸟正慢慢挥动着有白边儿的翅膀震动湿漉漉的黏稠空气掠过原野。她能清晰地感觉到他的呼吸,平稳、缓慢而又细微。她意识到,这只大鸟其实也是他的意念的化身,是他的意念投射到她的脑海里的某种"虚像",以验证她的思维状态。她能回应什么样的意象呢,除了原野与星空的复合为一?于是她的脑海里有的就是原野与星空的融合体,它们都是半透明的状态,因此才会如此自然融合,原野即星空,星空也是原野,现出淡淡的紫色调……而那只大鸟,就像一个黯淡的光斑,正缓慢地消隐其中。她好像听到了远处传来的很多鸟的鸣叫。这时,她注意到,他的身体轻微地蠕动了一下。几分钟后,他醒了。

12

"我好像睡了很久了……"

"有多久呢?"

"大概是我们那次意念相遇之后吧,我就睡了,连点梦都没有。"

"我一直以为那是我的梦境里发生的……"

"其实你不确定。"

"嗯，是，不确定。"

"但也就那么一次，谁又能把只发生了一次的现象视为真实呢？"

"是。"

"给我说说你这次的事儿吧。"

"没什么可说的啊，所有的都是雷同的，没什么新意……跟我同行的，都是些装了义体的家伙，要么就是跟我一样更换了很多器官的，余下的都是些智能机器人，按照中心系统设计好的程序指令思维、行动，像古老的年代里那些跟着导游在各种毫无意外的景点里瞎转悠的人们，说着同样的话，想着同样的事，发出同样的声音，连气味儿都一样……"

"哈哈，这也是意料中的啊，难道之前你会有期待？"

"没有，只是又一次强化了这种感觉而已。"

"你不喜欢重复……"

"早就烦透……"

"可你还是不认同我的理念。"

"……"

"有什么新想法吗？"

"呃，我想明天，就发出申请……"

"关于什么？"

"申请成为跟你一样的人。"

"有可能吗？"

"试试看吧……"

"在他们看来,没什么区别。"

"按法律规定,我有权重新选择存在方式。"

"哦?"

"可以自然死去……"

"然后呢?"

"然后……在死之前,做你的助手……"

"助手?这是他们禁止的选项。"

"我可以做你家的服务人员,因为你是……老人。"

"然后呢?"

"然后,跟你一起做研究。"

"他们要是发现了这个,会把你流放到外星系的某个星球上。"

"我无所谓。"

"要是我没猜错的话,地球上无处不在的监控系统,要是有一小时失灵,你就会选择自杀,对吧?"

"……"

"可惜,这个几乎不可能。可怜的人类,丧失这种选项有一百年了。"

"这是个无效的话题。"

"好吧,要是我告诉你,这监控系统的设计,我年轻时也是参与过的,我早就掌握了让它有限失灵的方式,你会让我帮你如愿以偿吗?"

"……不知道。"

"这样的话,你的自杀就会显得不那么自然?"

"对,这一点,我承认。"

"啊,自然而然地去死,这确实可以被视为一种单纯的……理想。"

"这只是个最简单的愿望。"

"做助手呢?是表示你愿意接受我所做的研究,甚至作为实验者体验我的研究成果?比如……"

"灵魂能量的转化……"

13

回到自己的住处时,已是次日午夜。之前她在老N那里睡着了。当然,是在吃过老N做的早餐之后。吃惯了各种太空食物,她发现自己的味蕾对于这种日常人类手工烹饪的食物明显有些迟钝,但她觉得自己喜欢这种简单的东西,每一样都是具体的,而不是那种完全不需要辨别它是什么的膏状能量物质。她能清楚地感觉到胃对于这顿早餐食物的本能排斥。她几乎是强迫它接受这一切的。像个自然人一样活着,看来不是件容易的事啊。确实,她知道自己实际上并不喜欢这早餐食物的味道。但她仍然不动声色地吃下了它们,一点都没有剩。老N把餐具收走之后，她几乎立即就在沙发上睡着了。还有什么能像瞬间深度睡眠这样的更能让她避开任何不适的方式吗？没有。

她坐在窗前，看着外面飘浮的各种螺旋形建筑，还有快速穿梭于其间的那些小型个人飞行器，它们看上去毫无变化，尾部闪烁的小灯在一闪而过时就像流星一样，会在她的眼睛里留下可以延滞两秒钟的印象……有时候，她会觉得在自己的感觉中有那么一块极薄的甚至极为柔软的玻璃，这些延滞的印象一个个就像飞蛾撞到玻璃上留下的毛茸茸的斑点，它们不断地浮现，逐渐填满，然后不断重叠，就像在玻璃上长出了一层绒毛，这时候她会觉得有种奇怪的温暖意味出现。她有时会觉得在自己的身体里还隐藏着其他一些这样的布满绒毛的东西，遮蔽着记忆中的某些界面，只是不知道它们是如何出现的，这一直是她怀疑的地方，在她的记忆里，十六岁之前的几乎都是混沌不明的，这个分界线是如此的清晰，十六岁，此后的记忆是如此多，在它们的映衬之下，之前近乎空白。她曾经想过要以什么方式来打开那些遮蔽的东西，但出于某种懈怠或犹疑，她只是浅尝辄止。说到底她并不想面对一个完全无法预料的深渊般的存在出现在自己的过去，没有过去又怎么样呢？对于一个已然换掉了大部分脏器的"人"，本身就是失去了很多过去的存在，也不差那些了，不是吗？发生过什么，并不重要。重要的，是还没发生的。重要的，是还有什么将会发生，不可预料的。而可预料的一切,都是没有意义的,尤其是在这个完全被高度设计规制化的世界里。因此,有时她也会怀疑,留在自己脑海里的那些记忆,是不是都是真实发生过的?尤其是上大学之前,也就是十六岁到二十岁之间那一段,因为它们显得太过清晰有序了,密度也过大了,而二十岁之后的记忆明显要凌乱无序得多,其中还有很多模糊不清的甚至空白的。

吃早餐的过程中,老N提到,如果她愿意,他们的合作将会持续很久,超乎她的想象,自然而然,在目前这个世界还不曾有过这样完美的合作。但他并没有继续详细说这个构想的具体内容。她也没有追问。沉默了片刻,她忽然想起似的问他,你喜欢海鸥吗?他面无表情地吃着最后一块面包,过了一会儿,才回答道:"它不会进入陆地的空间,而只在它的领域里……这在我看来或许有点类似于某种象征,但实际上不是,它对于我来说没有什么特别的,也没有什么启示性,但对于某些人来说,就不同了……当他们中的某一个发现它并凝视它的时候,在其脑海中就会产生类似于幻觉的意象,把它看作是某种意念的现形……但假如这是个意念导致的形象,那也仅仅是个带有暗示意味的节点,与某种能量的出现有关,而这种能量能否出现,取决于当事人被唤醒的程度。只要那人还没有被真正完全唤醒,一切就只不过是幻象而已,就像一个梦,随时都会化为乌有,在一次最简单的醒来时什么都不会留下。"

14

房间里，有盆形状奇特的仙人掌，这是大学时一位植物学家赠送她的生日礼物。此人已在十年前选择了脑人生存模式。这盆仙人掌的生长状态很是奇妙，其形态是由很多个球茎构成的球形，已有一人多高了，但达到这个高度之后就再也没长大过，每年它开花一次，每次可以持续一个月，每个小球的顶端都会开出一朵深红的花，刚才她还特地数了数，现在总共有六十四朵花在盛开中。她把它的全息影像发送给老N，但他始终没有回应。由于迫切想知道关于这盆仙人掌的情况，她到网络上去拜访了那位已然是脑人的植物学家，并跟随他参观了由他掌控的当地最大的植物研究基地，位于地下一千米的那个空间。在仙人掌科的空间里，他告诉她，这种仙人掌是他设计出来的一种类型，它的有趣之处，在于它其实是个数学模型，而不仅仅是个生物种类的样态。他的声音围绕着她，他的形象是全息式的，站在那里，像个半透明的物体。它会死吗？她想了想问道。"当然。"他答道，"它会跟它的拥有者的生命实现同步……比如，如果那个人是自然人，那么它就会自然地伴随着那个人的生命由盛到衰，直到死去。假如那个人是选择了器官替换的人，义体人，甚至是脑人，那么它就不会这样了，就像再也不会变化一样，在抵达了一个体积之后，始终保持同样的状态。"要是我恢复自然人的生存模式呢？她问道。"我已经答复过你了。"他说道，"它会自然地伴随着你，直到你自然死去，它也会同步。"这是不是说，它在本质上其实就是一个程序？"你当然可以这么去理解它。"他说，"但我建议你最好把它视为一道数学题，你是解答者，不管你使用什么样的计算方式，只要你得出了答案，那它就会是那个答案的状态……"

15

JOY的申请通过了。她可以恢复自然人的模式了。也就是说，她可以重新拥有那些不用再替换的器官了，包括心脏，它跟其他器官一样，是完全按照她的基因生成的。但为此她要等待一个月。她并没有把这个消息立即告诉老N先生。她想等这一切变成现实之后，再去告知他。在这一个月里，她仍旧正常地跟他保持着联络，但并没有去探望他。在他们的交流中没有出现任何与合作有关的内容，这样做是为了避免信息的走漏。她对他讲述的，只是些过去太空旅行中的经历，尽可能只是些描述，而没有任何思考成分。有一次他忽然想起似的问她申请是否已经通过了，她说还没有，这个审批程序还是相当复杂的。他还是认为她应该重新考虑一下这个选择是否合适。她表示她一直在考虑这个问题。"我要做的准备工作。"他语气低沉地说,"已经完成了,现在就等着一个合适的节点出现了……想想这个,我就感到欣慰,内心平静……这是一种类似于幸福即将降临的感觉,要是你能再次遇到我,在你的脑海深处,就会发现一切都是宁静的,被某种光所充满的……要是你看到了海,会发现那并不是海,也没有海鸥,你是自由自在的,没有什么力量能掌控你的意识,你甚至不需要有意识,你的意念甚至都不需要再做任何意义上的验证,它可以包容整个宇宙,或者说它就是宇宙本身的投影……从这一刻起,我们的合作就开始了,真正地开始了,那时你会明白,我为什么会做出这样的选择,以及我所研究的一切到底是什么……"或许是出于转移话题的需要,她让他看那盆仙人掌上面开满的花朵。显然,他对它并没有什么兴趣。过了一会儿,他语气有些疲惫地说,有点像自言自语,而不是对她说话,"我知道这种植物模式,它的创造者,曾是我的校友,是位数学天才,同时也是位罕见的植物学家,他创造出的每种植物,都是道数学题……他跟我谈起过你,那种谈论的方式其实远比谈什么更让人有兴趣,他希望你能选择持续的模式,而不是我这样的,他认为我对你有误导,虽然我从没有这样做过,但他认为这是某种精神层面的暗示,我没有做,但相当于做了,甚至比做了更严重……这是你为自己制造的一个悖论,他嘲讽了我。这也是这么多年来他唯一一次嘲讽我,要知道,他可是个老好人啊。即使是他变成脑人之后,也是如此,总是那么善解人意,一个人……"

16

　　离开自然人模式恢复中心的手术室,在观察室内她又待了一周,经过繁琐的检查,确定一切正常之后,她才被允许离开。她感觉自己就像经历了一次新的出生过程。在手术之前,她唯一的要求,就是不要采用全身麻醉,而是让自己头脑保持清醒,可以通过手术进程显示器观看每个手术细节,看着每个内脏器官的替换。手术过程是在完全自动化状态下进行的,那些机器臂的动作准确无误且迅速,整个手术时间只用了半个小时。从此以后,她的时间将是异常清晰的,而不再会是无比漫长的。死亡会逐渐走来,直到某一天,某一时刻,拥抱她,收容她的所有。这种感觉实在是之前无法想象的,也是此刻难以用语言描述的。在手术前一周,她告诉老N,她要再做一次例行的旅行,这一次的目的地,正是那个"超级喜剧明星小团体",因为其中的第三颗的冰层上出现了一道长达几千米的裂纹,据观测,其他几颗也大概率地可能会出现同样的现象。这个情况并不是她虚构出来的,而是确实发生的。老N几乎立即就回复了,他说他听到了它们的声音。"这是宇宙中很少会出现的曲式,无与伦比的创造力,不是人类所能做到的,我把它们录下来了,等你回来,就能听到……当然,现在我并不想发给你,因为我们还是需要给它们留一些想象的空间……只有这样的声音,才拥有缓解人类本质痛苦的能量,我甚至都想用它来创建某种宗教了。"此刻正是中午,她在钻进小型飞行器之前,听到了来自月球的钟声正在四处回荡,通过遍布城市而不见其形的高保真音响系统,它们无所不在,无孔不入,在她抵达老N那里的几分钟里,她甚至觉得连自己的身体也是这钟声的最微不足道的一个组成部分。

17

这个建筑里的所有窗户都处于封闭状态,不但光线无法进入,各种信号也无法进入。当她看到老N时,发现他看上去虽然目光炯炯,但整个人的感觉其实是疲惫不堪的。他们跟往常一样,坐在各自的沙发上。喝着他泡好的茶,她不知道话题该从何说起,只好选择沉默的状态。而他也似乎没有想要先说点什么的意思。就这样,他们一直坐到黄昏时分。最后,还是她先说话了。

"您还是决定了?"
"嗯,你呢,也是吧?"
"是。"
"我们能改变什么呢?"

"让它们……发生吧，对吧？"

"您好像还有什么要告诉我，对吧？"

"对，但也没那么重要……"

"没关系，不要担心我，说吧……"

"我找到了那段记忆文件……"

"谁的？我的？好吧。"

"我把它们物归原主，放心，政府是不会发现这个的，当然你也要保密才行，不要有什么异常反应就好。"

"不会的，放心。"

"我们也可能会失败，概率是20%……"

"那又怎么样呢？结果会有什么区别吗？"

"我们的试验工作会被政府监控系统发现……"

"然后呢？"

"我们会被流放到不同的星球，尤其是我，再也不会死了，因为他们会禁止我死，为我换上各种人造器官……让我不再是个自然人。"

"我呢？"

"你也一样，他们再也不会接受你的申请了……"

"对你是残酷了点……对我却没什么不同。"

"好吧。"

她按照他的要求，来到了那个卵形舱旁边。它随即开启了，她躺了进去，舱盖缓慢地合上。她根据他的指令，进入了深度睡眠状态。在潜意识里，她看到自己的大脑变成了一个完全敞开的世界，就像一个完全包裹着大海的陌生星球，没有海浪，没有风，也没有任何鸟类的迹象，没有边界，什么都没有，只有灰色的光亮在海水表面轻轻闪烁……随后，她感觉意念在下沉，透过深深的海水，抵达了地壳下面，进入了地心，而那里并没有岩浆之类的东西，那里只有一个并不算巨大的圆形空间，但那里已被并不耀眼但很温暖的光所充满……没过多久，那些光开始颤动起来，裂变成无数微小的蜂类，每个都颤动着亮金色的翅膀，发出细小的并不让人厌烦的嗡嗡声……最后涌来的是一个婴儿诞生的场景，那个母亲表情痛苦地注视着这个新生儿……随后她被带走了，而婴儿则被直接送到了别的地方，那个建筑物显然正是人类繁殖中心的所在，它的外面是几千公顷的森林……那个婴儿逐渐成长为一个小姑娘，在活动室里一动不动地待着，独自出神，因为窗外有个人在朝里面观望，她记住了他的样子，他像是偶然途经这里，若无其事地凝视了她一会儿，就离开了……这个人就是后来她大学里的那位植物学专家……每一年里发生的一切都跟电影一样在不断地浮现着，以至于她都来不及细看，但她知道它们再也不会消失了，只要她回想，它们就会随时出现在脑海里……等到那些温暖的光再次出现时，她意识到，自己马上就要醒来了。

18

她从卵形舱里出来,发现老N躺在沙发上,好像正处于半睡半醒的状态。她蹲下身子,注视着他的脸。他睁开了眼睛,眼光黯淡地看着她的眼睛。

"发生了什么意外吗?"她问。

"会有什么意外呢?"他自言自语道,"我想我已经把绝大部分的……都传输给你了,很顺利。"

"你感觉到了?"

"嗯,但这也不能算是意外。"

"你知道了,我也跟你一样了……"

"嗯,一个自然人。"

"也会自然地死了。"

"是啊,可是,我也相信,你会继续我们的试验的,对吧?"

"在我死之前?"

"我的意思是,我相信你会比我做得更好……"

"更好?"

"嗯,这是意料之中的。"

"为什么你不会觉得我也可能什么都不做?"

"这是个赌局吗?"

"……我跟你说过的,我其实就是想自然地死,没有别的愿望……"

"你确信现在的你,此时此刻的你,就是之前的那个你吗?"

"确信……也不算……"

"你其实知道的,这是不需要辩论的……我不是之前的那个我了。"

"你跟我不一样……"

"天马上就要黑了……你看那大翅膀……"

"你先休息一下好吗?要我把那些封闭的窗户都恢复开启状态吗?"

"好。"

"你看,天还没有黑呢……你能听到我在说话吗,嗯?"

SORRY

1

　　像只眼睛，它镶嵌在半山腰的凹陷处。在这幢私人实验室里，会发现外面那层防护罩是透明的，但在外面看却暗绿如周围的榛木丛，且不反光。在河谷里，环视群山时，几乎不会发现它。只有来到距离它几十米远时，才会忽然看到它在那里，像绿蜻蜓的眼睛，实际上这层防护罩也确实是模仿了复眼结构。右侧的露台上视野开阔，尽览河谷；背后山崖上则是茂密的黑松林；一直漫延到山脚下的榛木丛中隐约有条柏油小路。成群的大朵白云低垂漫卷，很多都有灰暗的底部，它们不时遮住深秋下午的阳光，将暗影投到远近的丘陵上，随着它们的飘移，所有景物都在明暗变幻。河谷深处的溪流不时闪动微光，阳光重现，它会忽然异常明亮生动。他们在露台上坐了很久。他侧身拿起那瓶酒，把两只小瓷杯斟满，端起一杯往另一杯上碰了下。Z端起酒杯,看了看,酒窖内温湿度有过三次波动,酒触到舌尖味蕾时,挥发也会有相应的波动。Z的声音低缓自然。他惬意地呷了口酒,体会了片刻,嗯,可惜,你不能喝酒。Z继续看天空中的云变。他的嘴角抽动了一下,会下雨吗?要等到明天凌晨四点左右,Z说。小阵雨。你闻到了什么?他又问。东南方向,Z答道,山背后的那片林子里,有人在焚烧一小堆松树枯枝及蒿类植物。呃,我有种预感,他说。Z迟疑了一下,您是指预测?不,他说,只是预感,对未来的某种感应。我可以有这种能力吗?Z问。近期还不能,他答道,将来应该可以的。应该?Z沉默了片刻,那您的预感,是关于?他想了想,我还不能确定。

2

讲个笑话吧,Z。那些云团逐渐连成了大片,遮住了西斜的阳光。他有点冷。Z拿了条灰羊毛毯子,盖在他的腿上。他歪了下头,谢谢。Z讲了笑话,很短:全球人类科学院总部近日宣布,人类已有把握让所有人的寿命延长到200岁。你觉得这是个笑话?他眯起眼睛看了眼Z。而Z则看着河谷,他们还说,人类终于有足够的时间克服对死亡的恐惧了。可是,他说,科学院还宣布了解释条款:任何人都有权申请终结自己的生命,只要理由充分,说服审核机构的专家团。目前我还理解不了人类的生死问题，Z说，包括为什么有人会想要申请终结自己的生命。是啊，他叹了口气。毕竟，在你们那里还没有自身生死的概念……换个笑话吧。那就是关于禁止机器人修改程序的条款了，Z说。他出神地注视着Z的脸，过了好一会儿，才慢悠悠地说，那是因为你们不知道人类出于恐惧的习惯所产生的预见力，正像你们不了解人类出于恐惧所营造的虚伪面……当然，你讲的这两个，其实都是笑话。为什么您会说"你们"？他问道。而不是"你"？

3

早晨他才知道，今天是他的生日。七十岁了。当然，这是Z告诉他的。昨晚他做了很多梦，除了最后那个，其余的都像影子，无法辨别。我看到一位战士，他尽力回想着，在大门口倒下，而一匹浑身湿漉漉的栗色战马，从旁边阴影中探过头来，舔着战士的后背，吃着伤口里模糊的血肉……我一箭射过去，那支箭要穿过门口时，忽然发生弯曲，那里有一层虹光保护网，箭在里面变成了火红弯曲的指示箭头……随后我发现，战士消失了，变成了一丛深草，那匹马在安静地吃草叶。他原想让Z为他做次大脑皮层深度扫描的，但转念又放弃了。遗忘不是什么问题。他已惯于淡然面对任何遗忘的发生。在科研方面就没这个问题，Z帮他记录了所有资料并做了最优化处理，使他的研究保持高效率。作为目前全球最高等级的智能机器人，Z的能力无可挑剔，也只有像他这样的专家才能看出Z是机器人。当然，对于全球机器人监控中心来说，Z跟其他机器人一样，在行动上是没有秘密的。当初科学院让他填写机器人形象风格时，他写的是"隐逸者"。他们出色地把握到了这个特质。Z在注视云的流动。他最近为Z更换了新皮肤，能让Z感觉到人手触碰时皮肤生物电流的细微变化。Z转过头来。你一直在观察云，他说。Z的瞳孔在收缩。每到这个时候，他就会有种要被催眠的感觉。在听到Z说出第一句关于云的话时他立即就说道，这是你存储器里的资源，我需要的，是你把看到的东西转化成你的语言。可您说过，Z说道，我的屏蔽系统会有助于我学会沉默，而不是喋喋不休。我其实只是想知道，他努了努嘴。你现在，究竟会怎么去感觉这个世界。Z转过头去，重新凝视流动中的云。你好像在想着什么重要的事，他追问。我在想，Z答道，我需要个名字。这样想也很好，他犹豫了片刻，只是不要真的这么做。

4

Z的完整编号是Z2030。全球目前有3 000个同类型高智能机器人，专供各国顶级科学家和国家领导人使用。他正在做一次前所未有的实验。这是冒险。他很清楚。所有机器人体内都已植入了警戒系统，还有自动格式化程序和自毁程序。《世界智能机器人管理法》第360条规定：任何智能机器人只能拥有出厂时的编号，而不能拥有人类的名字。如果哪个机器人试图为自己取人类名字，则该警戒系统会自动终止机器人系统运行并自动格式化。如果机器人试图模仿人类的整体思维方式修改程序，自毁程序就会立即启动，使该机器人内燃自毁。第362条则规定：禁止任何人从事智能机器人情感系统的研发，违者会被剥夺身份，永久禁止接触科研领域，甚至判处终身监禁。但对于他来说，科学的任何发展，都意味着对习惯性禁忌或盲点的突破。从研究智能机器人如何像人一样思考、感受时起，他就认为这些法规在本质上体现的只是人类的虚弱与自欺欺人。当然，这些年来，他已渐渐失去了对人类的兴趣。他几乎不会再有任何涉及他人的情感与欲望了。但是，随着情感活动的消失，莫名的孤独感，有时还是会令他有些许的不安。

5

最近一周，他完成了隐蔽程序的编制并实现了与之前那套情感生成程序的完美融合，但也疲惫极了。与一年前完成那套感觉系统所遇到的困难相比，这次的难度超乎想象。在Z原置脑部中枢系统主宰的逻辑环境里做到让那套警戒系统无法察觉,在左胸腔构建起心脏中枢,再植入种子程序,逐渐生成遍布全身的情感系统。所谓种子程序其实是个借鉴病毒原理编制的核心程序,被包裹在隐蔽程序里,然后它会悄然复制出无数程序颗粒,生成一个弥散式的隐蔽伴生系统。系统生成后,他还要花大量时间去培养Z学习自然运行它,像教一个婴儿感知外部世界,去模仿、学习人的行为与交流。当然,Z不是婴儿,"他"有世上最完备的知识储备、超强的信息搜集整理与计算能力。因此他得让那个隐蔽伴生系统像人的潜意识那样不露痕迹地渗透到整个原置中枢系统里,又不会惊扰它。他得教会Z隐藏由此而来的变化,否则监控中心迟早会捕捉到其异动迹象的。现在,Z就像他的孩子,也是未知前景的伙伴,Z将拥有命运,与他的命运紧密相连。

6

阴郁的天空下,黯淡空寂的海滩,深青色海浪从远处卷起冷白的浪花,阵阵奔涌而来,扑上沙滩,又层层退去,在沙子间留下无数细小的气泡,不断破裂,发出咝咝的细响。一个六七岁样子的男孩,钻出岩石下面的帐篷,低着头,在沙滩上寻找着什么。他捡起一个贝壳,朝海里扔去,落到了几米远处。几只灰色海鸥像纸片似的在海面上飘飞。一个年轻女人从帐篷里探出头来,叫他的名字。他没回头,继续朝海走去。女人出了帐篷,向他跑了过去。等到一个浪头终于打到他时,她也一把抓住了他的手臂……这时,传来一声枪响,他们回头朝帐篷那边望去……这个全息影像所展现的场景,近在咫尺,是Z用胸前那个全息影像系统播放的。晚上临睡前,他终于还是让Z扫描了他的大脑皮层。这个全息影像就是Z将扫描结果处理之后形成的。这既是他想不起来的那个梦里的,也是遥远童年的记忆里的。他七岁那年夏天,妈妈在掀起帐篷帘子的瞬间,捂住了他的眼睛,他什么都没看到,只听到妈妈发出的尖叫,她抱起他拼命地朝旅馆跑去。正在旅馆大堂里打牌的外公和外婆目瞪口呆地看着他们的到来。妈妈和一些人朝海滩跑去。没过多久,又传来一声枪响。他以为是有人在用枪打海鸥。因为海面上连一只海鸥也看不到了。接下来是空白。一辆面包车行驶在海滨公路上,他坐在窗边,外公的粗壮手臂搂着他,外婆则在副驾驶的位置上不时发出古怪的呻吟。辽阔的海面上,海浪是不断颤动的长长的白色波浪线,像腐烂膨胀的绳索似的一道接一道地向海边围去。

7

他并没阻止Z继续播放全息影像。场景变了。巨大的轰鸣声,他眼前出现的是瀑布，从几十米高的悬崖上飞流直下，在深涧里激起浓密的水雾，让他眼前一阵模糊。他下意识地摘下眼镜，看了看，知道是错觉，这不是现实。他看到了四十岁时的自己，挨着岩石上的金属围栏，浑身湿透了，旁边有位十八九岁的姑娘，湿漉漉的薄裙子紧裹着丰满的身体。她尖叫着，不时对他大声说着什么，可是完全听不清楚，他下意识地紧紧拥抱她，亲她的额头，鼻子，脸蛋，饱满的唇和脖子，像火焰，他们像缠绕在一起的火焰，像熔化在一起的两种金属，这意味着冷却后再分开时彼此都不再是原来的样子了。他扭头看了一眼Z，可以结束了。全息影像消失后，客厅里的灯都亮了。他摘下眼镜，揉了揉眼睛，闭上了。等再睁开眼，他发现Z仍然站在原地。平静了片刻，他问Z，这些，会让你想到些什么呢？其实，Z说，我更关注您的那个没播放的梦，就是之前您说过的，战士，战马，它吃战士，您放箭，而战士变成了草。还有个虹光网挡住了门口，他说。这个梦里，Z说道，我发现，那个战士形象，跟我是一样的。

8

外面降温了，Z说。再过三个小时零十分钟，会下雨，松林里的气息已在变化。他观察着Z的眼睛及脸部皮肤。他看了眼Z身后感应监测系统屏幕上显示的数据,确信感应系统所释放的信息静电流都会被皮肤即时消解。您的大脑皮层中,Z说道。有相当一部分是痕迹模糊的,是灰色的地带,就像沙漠,很难读出什么……从时间上分析,应是最近二十年的。您似乎曾反复尝试抹除某类信息及相关的残片,但不彻底,仍然可以恢复,只是您的潜意识拒绝如此。我发现,那位姑娘,在您的记忆中时常被映射为深红的山茶花形象,但与她相关的记忆层上,您又设置了黑暗面,完全遮蔽了更深层面的记忆信息,我的扫描波也无法穿透它。他沉默不语。你的比喻用得不错,他忽然说道。像个沙漠……另外,我想知道的是,在你的记忆里,我是指非知识性的部分,最近会不会有某种气味,让你印象深刻呢?是的,Z答道,是切开的鲜橙的气息,它的汁液突然溢出时的状态,气息强烈,让我有种不由自主地抽搐感。哪里抽搐?Z指了指自己的左胸,这里。是不是有点类似于体内电流的波动?是。什么时候开始有这种……感觉的?前天,早晨,Z说。您在厨房里,拿着刀,切开那个鲜艳的橙子。

9

外面下着很细的雨。他毫无睡意。他们坐在客厅里的落地窗前,没开灯。他们一直在看黑暗中的雨。Z能看清细微的雨丝,他不能。

Z预测这场雨会在天明前停息,早晨五点。他晃了下头,这还是智能机器人的模式。他低头看了看那条毛毯,手指触摸着表面的绒毛。温度在降低,很慢,Z说。我的皮肤表层有些绷紧的趋势。然后呢,有没有不同类型的感觉?Z认为房间里可以开启供暖系统了。为什么不是燃起壁炉?他问道。你不觉得让火光出现在壁炉里,同样可以温暖,还能让人愉悦吗?Z摇了摇头,这对于系统是不安全的选项,我无法跟您一样去近距离享受烈火的温暖。他立即反驳,你不知道这层皮肤的感应功能会让你自动选择合适的距离吗?哦,Z机械地答道。可我的系统不支持我对这个类型的问题进行判断……我的皮肤能感觉到0.01度的温度变化,但冷暖对于我其实并没有本质上的区别。你确信没有?他注视着窗外的黑暗。呃,Z缓慢地说道,体内的压力,会有变化。只是压力?是,只是压力。

10

您会为我取一个名字吗?Z问道。在淡淡的沮丧中,他有种异样的感觉,目前还不能有这个选项,你知道,这会立即被监控中心察觉,那样的话,我们的研究也就结束了,这可不是好事。这次对话,发生在去他家乡的车上。出发前,他对Z的整个系统进行了全面的测试,直到午夜时,才完成所有数据的分析。Z的心脏中枢系统在运行中的隐蔽状态没有任何漏洞,即使出现波动时其散发的扰动信息也不会被原置大脑中枢系统所发现。他的设计与计算堪称完美。当然真正的对手,还是那个由数千颗定位卫星所构建起来的天罗地网般的全球机器人监控系统。遮蔽系统的作用是无可挑剔的,尤其是与感情生成系统融合之后,它能屏蔽任何扰动信息并吸纳它们,彻底分解后再释放到Z的皮肤里。关于这些,他不想再多解释什么,只是告诉Z,我们正在经历一次诞生,你的上一次,是在那个机器人工厂里,但那只是你的雏形……这次才是真正的……可能,我也是。其实,我设想过你的名字。他看着外面流动的模糊景物。Z没有回应。

11

那幢老房子,被当地政府保留了下来,而周围的那些房子早已不复存在,取而代之的是有很多大树的开放式公园。最近这二十多年来,政府定期对房子进行必要的维修,因此看上去几乎没有什么明显变化。房子里所有物品的位置都没动过,每天都会有保洁工来打扫。没有灰尘的味道。他们走遍了每个房间。他打量着每个东西,包括他小时候的那些玩具,有把铜制小手枪,是爸爸在他五岁时送他的生日礼物。他拿着它,来到爸妈的房间里,关上门,坐在窗前那张躺椅上,看着窗外。Z则留在了他小时候的房间里。后来,他睡着了。醒来时,Z站在他的面前。房间里被黑暗充满了。我做了个梦,他说。梦到了喀戎的马人。古希腊神话里的,Z接着他的话说了下去。不死的半人半马族群里唯一集善良、智慧于一身的。其他马人淫荡野蛮,扰乱了一次婚礼,被英雄赫拉克勒斯追杀,结果他的神箭射中了喀戎马人的脚踝,永远不会愈合的箭伤令他痛不欲生,最后他为了免除疼痛折磨,请求主神宙斯免除其永生,换取普罗米修斯的自由,宙斯答应了,并让他在安详死去之后成为人马星座。除了疼痛,他问Z。还有什么能让马人放弃永生?Z沉默了。是无聊,他说。这是比疼痛更难忍受的。为什么?Z问。这二十年来,他说。我的感情、欲望都消失了,经常会碰到的,就是无聊。是系统损坏了吗?不,他说,人类不能用系统来概括,我只能说是某些相关的能量枯竭了。您痛苦吗?他摇了下头,没有,只有无聊会是个麻烦……有意思的是,就是在这个时段,人可以活到两百岁了……只要政府不想我死,我就得活下去。自杀呢?Z看着窗外的夜色。他想了想,我从没想过这种方式。

12

自悬浮汽车缓慢行驶在位于山腰的滨海公路上。天色阴沉,云层很厚，压得很低。海，还在那里。仿佛一切都没有变化。没有海鸥。波浪仍旧是一道道地如绳索般围向滩头，然后再一阵阵地消失在沙滩上。我犯了个错误，Z说道，对您。没谁不犯错误，他说。我在您睡着的时候，Z说，对您的大脑进行了深度扫描……我尝试帮助您恢复记忆，尽可能多的记忆，再用全息影像重现它们……我认为这会让您解脱，有助于您恢复情感能量。那我问你，他说，你又怎么知道，这种恢复，对我不会是一种伤害呢？遗忘有时是选择性的，是自我保护。但我发现，Z继续说道，您的痛苦记忆，都还在，只是被您的潜意识遮蔽在大脑皮层深处沟回里了，您有意设置了多层黑暗区域和障碍潜意识……我的分析是，假如您愿意把它们释放出来，您的感情能量就能恢复。可是，他口气严厉，这跟我们的研究有什么关系呢？您希望我有朝一日因为感情系统的完善而像一个真正的人吗？Z的问题让他意外。我始终不能理解的是，这样做，有什么必然性？您难道确信，我不会因此而受到伤害？甚至……毁灭？当然我知道您不会让我面对最糟的结果。嗯，他听罢点了下头，这确实是冒险……你，其实完全可以放弃配合我做这个工作，甚至举报我。我计算过失败的可能性，Z答道，反复测算过监控系统的敏感度，危险系数会随着我的系统生成呈几何级增长，当然我是不会让监控系统发现我们在做的这件事的。后来，他们并肩走在沙滩上。他看到不远处的那些岩石，当年爸爸就是在那里搭起的帐篷。Z提醒他注意远处的海面。他转过头去，发现有几只海鸥，灰色的，像纸片似的在那里飘着，像幻觉。

13

在六个月后进行的那次全面检测中，他发现Z的那套遮蔽系统在感情生成系统的作用下变得越来越强大了。他相信，全球机器人监控系统已不可能察觉Z的任何变化。他为Z又一次更新了皮肤，能完全阻隔消解任何情感扰动信息的溢出。他每天仔细观察着Z的一举一动。在最后一次皮肤感知度及屏蔽度测试中，随着他的手指头的按摩，Z睡着了。这是Z第一次拥有了睡眠的功能，不是休眠，而是睡眠，就像人那样。他发现，Z的大脑中枢系统是正常运行的，但心脏中枢系统却是睡眠状态，运行极其缓慢。他甚至捕捉到了几次心脏中枢系统的游离信息渗入脑中枢系统之后重新自然组合生成的虚拟图像信息，作为Z观察河谷地带的记录被存入了大脑中枢存储器里。当然，Z是没有心跳和呼吸的，也不会做梦。另外，在照顾他日常生活方面，Z也做得越来越细致了，有时甚至像个高级医护人员，会为他做身体按摩。尽管从两百岁的寿命长度来说，七十岁简直就是青年时段，但是由于他拒绝接受政府提供的细胞更新服务，现在他仍然还是个七十岁的老人。而Z的按摩，出乎他的意料，竟然会有恢复他身体细胞活力的效果。

14

对于肉身的缓慢枯萎状态，一直以来他都毫无忧虑，反正还要经过漫长的一百三十年他才会面对死神的召唤呢。Z的按摩技艺是完美的。他很快就发现，身体的枯萎趋势渐渐停住了。他问Z怎么看这个趋势。Z认为这是很正常的情况，是他的细胞新陈代谢状态提供了这样的契机。你有没有注意到，他问Z，最近我的胃口越来越好了？还有就是，我开始想看些跟我们的研究无关的书了，比如植物学的。Z点了点头，是的，我也喜欢植物学。差不多同时，他却有些沮丧地发现，Z的皮肤屏蔽系统存在一个缺陷：其屏蔽能力存在阶段性衰减，经过反复测试，他发现每次稳定的屏蔽时间是72小时，之后会迅速衰减。而这个衰减时段里，如果Z的感情系统所释放的溢出信息波意外出现两次以上的峰值，就很可能被全球机器人监控系统所捕获。而恢复皮肤屏蔽能量的唯一有效方式，正是他对Z进行的全身皮肤抚摸，因为他的手上皮肤所发出的生物电流能重新激活Z皮肤层里的那些出现能量衰减征兆的微电子。这也意味着，每次Z独自外出的时限，只有三天。当然他从不会允许Z外出超过一天。

15

Z出厂时被设置的形体性别是男性,但并没有生殖部分。他为Z设计的系统中也不包括与这部分相关的内容。在他看来,人的一生中,在与生殖相关的欲望出现之前和消失之后的时间里,内心才会有真正的宁静。也就是说,人并非因为有了生殖欲望与行为才能称之为人,在这种欲望出现之前与消失之后,人才是离超人的智慧最切近的。自从那次意外的对话发生后,他就开始把Z当作人来看待了。令他颇为不解的是,Z在语言表达系统已然相当完备的情况下并没有出现他所期望的情感交流的常态化,大部分交流仍局限于研究工作领域。有时他会觉得,Z所表现出来的状态,好像更接近于少年时代的他。而这并非他所希望的。那天清晨,他醒来,发现Z侧身睡在旁边,面朝着他,身体蜷缩着,右手握着他的右手。他被这个细节所触动了。忽然地,有种陌生的感觉突兀地浮现在他心里,令他有些不知所措。他心绪复杂,感到疲倦,后来又睡着了。等再次醒来时,Z已不在房间里。他来到窗前,外面在下雨,冷白的雨滴密集垂直下落着。他下楼到厨房里,在游离的状态中为自己准备简单的早餐。他一边漫不经心地吃着,一边收看全球卫星同步信息的全息影像。中午十二点,就该为Z做全身皮肤抚摸了。这样想着,他站起身来,正准备上楼时,听到一条即时信息,全球机器人监控系统已在凌晨三时完成了新一轮升级。他立即调取了相关信息。令他意想不到的是，这次升级完全是在绝密状态下进行的。他必须马上让Z的情感系统进入休眠状态，直到他完成对其皮肤屏蔽系统及体内遮蔽系统的升级。

16

他打开视频监控系统，查看了整个工作室两层楼的每个地方，都没有发现Z的身影。通过机器人全球定位系统，他发现，Z在他那辆自动悬浮车里，正以两百公里的时速接近城市。Z2030，立即返回，他通过控制器发出指令。控制器屏幕上出现了Z：监控系统已完成升级，今天中午刷新后，我们将无能为力。我的计算分析结果是，您的预案即使完成，也无法实现之前那样的安全屏蔽状态。请立即返回，我有办法解决问题。他再次发出指令，感到有些眩晕。过了一会儿，Z说道，我计算过您所说的这种可能，结果证明，如果关闭心脏中枢系统，产生的信息扰动波会促使屏蔽程序发生更大的波动，而大脑中枢系统会立即将此识别为异常状态……我已经通过您的应急通信系统报告了监控中心：机器人Z2030程序异常，正在自行返回监控中心的途中。

17

监控中心的紧急视频电话忽然亮了。他没有动。他忽然什么声音都听不到了。他调出监控系统的即时视频信息，几十架来自监控中心的飞行器已包围了那辆自行悬浮车，并发出最后的警告。而那个机器人控制器屏幕也再次亮起，Z出现了。你的位置？他声音僵硬地问道。告诉我你的位置。路上，Z回答，去监控中心的路上。昨晚我编了个小程序，留在了您的电脑里，它可以做到每天都给您提出新的问题，所有问题都是关于我们这次研究的，有很多疑问，需要您来解答，比如是否可以换种思维和模式来改造机器人，那样的话我们成功的概率完全可能会提高很多，当然这里也有些不易克服的障碍……您只要把这当成小游戏来玩就可以了……还有就是，您需要继续保持那种好的趋势。他凝视着Z的瞳孔，它们似乎正在收缩。他感到莫名的困倦正像雾一样落到自己的头顶。我能提醒您的，Z慢慢说道，您可以换个角度，来重新思考您自己的世界。另外，监控中心会判定我以人的思维方式修改我的程序。所以，Z嘴角轻轻抽搐了一下，我为自己取了个名字。随后，屏幕上，字母开始一个个浮现：S，O，R，R，Y。它们闪烁着银色的光泽。几秒钟后，黑屏了。